D1829032

IMPRESSUM

AUTOR:
Berndt Schulz

LEKTORAT:
Dana Polz

UMSCHLAGGESTALTUNG:
matrix-buchkonzepte maren orlowski, Hamburg,
unter Verwendung eines Fotos von Adobe Stock,
Uryadnikov Sergey

SATZ:
Gerhard Mohler

VERLAG:
edition federleicht, Frankfurt am Main
www.edition-federleicht.de

1. Auflage 2021

ISBN 978-3-946112-74-7

Berndt Schulz

EIN HERBST AUF DEM LAND

Roman

edition federleicht

„Waren Sie schon mal in der Literatenkolonie? Haben Sie sich die erzählerischen Wunder angesehen? Alle diese Bemühungen von Schriftstellerinnen und Schriftstellern vergangener Jahrzehnte und Jahrhunderte, das wahnsinnige Leben für Momente anzuhalten und es in sprachliche Medaillons einzufassen! Wir müssten davor niederknien!“

„Aber da gibt es etwas, das wir nicht begreifen können, wir können es nur zerstören. Kraniche verkörpern die freie Natur, bahnen sich eine Schneise durch unsere Welt. Vielleicht liegt deshalb eine Klage in ihrem Schrei. Bitte lasst uns unser Reich, versucht nicht, uns zu verstehen, lasst uns.“

1. KAPITEL

Ich wurde erwartet.

Als ich am frühen Abend aus dem Zug stieg, stand das Empfangskomitee bereit. Sofort hörte ich den Ruf der Sonnenvögel. Über mir zog eine unwirklich breite Formation von Kranichen nach Süden. Vor mir standen die Menschen, mit denen ich den Herbst verbringen würde. Bis jetzt kannte ich nur einen von ihnen. Rosskopf rief mir etwas zu. Er deutete mit dem Zeigefinger zum Himmel.

„Hören Sie? Extra für den Kranichfan bestellt! Damit Sie gleich wissen, was hier los ist!“

Ich trat auf die Gruppe zu. Hinter mir fuhr der Zug an, nahm rasch Fahrt auf und verließ mit einem Wischen die Station Richtung Norden.

Rosskopf schüttelte mir die Hand und sagte ein paar freundliche Worte. Nicht er hatte mich eingeladen, sondern Frau Schleiter-König, die Leiterin des Instituts. Auch sie gab mir die Hand und lächelte skeptisch. Sie war eine Frau, die sich auf das Älterwerden vorbereitet, mit klugen Augen hinter einer runden Brille, straffen, blonden Haaren und linkischen, nahezu knabenhaften Bewegungen. Dann wurde ich mit jedem Einzelnen der Gruppe bekannt gemacht. Drei junge Frauen und drei junge Männer, deren Namen ich wieder vergaß, streckten mir ihre Hände entgegen; ich hatte ja noch genügend Zeit, mir einzuprägen, wie sie hießen. Wir würden uns näherkommen. Ich sollte den Stipendiaten der hier seit Jahrzehnten mitten auf dem flachen Land ansässigen Literatenkolonie kreatives Schreiben beibringen. Damit wollte man eine Tradition beleben, und die aufblühende Tourismusbranche der Region Wolfland-Schwalm erhoffte sich zündende Slogans und mitreißende Geschichten für die Darstellung des modernen Landlebens.

Jeder hieß mich herzlich willkommen, als brauchte ich dringend Trost und festen Halt. Aber wir befanden uns hier ja in der Mitte des Landes. In seiner ländlichen Herzregion. Mir konnte also gar nichts passieren, außer dass ich es nicht schaffen würde, meinen eigentlichen Auftrag zu erfüllen.

Mein eigentlicher Auftrag? Es verging keine Minute, in der ich nicht daran dachte. Er sah vor, nach jener geheimnisvollen Autorin zu forschen. Man kannte Texte von ihr, leuchtende, poetische und prophetische Worte, aber man wusste so gut wie nichts darüber, wie ihr Leben geendet hatte. In dieser nördlichen Region der religiösen Bewegungen, vor allem aber in der Reformationsstadt selbst, hielt so mancher sie für eine Art Wunder. Andere verurteilten sie gerade deswegen. Sie war damals gekommen, hatte die interessierten Kreise mit ihren Worten und Ideen befruchtet und war wieder gegangen. Seitdem blieb sie verschollen. Im Umkreis existierten ein paar Zeugnisse von ihr, in der Kolonie vor allem Handschriften.

Und jedes Schulkind der Gegend lernte zumindest einen Satz aus ihrer Feder. Wie beispielsweise die Wendung: „Ihr mögt mich hassen, aber ich bin eine von euch." Andere, an der Literatur interessierte, kannten eine Erzählung, die mit dem Satz begann: „Als ich am Morgen nach unruhigem Schlaf an mein kleines Fenster trat, sah ich, dass sich mein Gartenteich in ein Gehirn verwandelt hatte."

Befremdliche Worte für das biedermeierliche Denken und Empfinden des frühen 19. Jahrhunderts. Aber trotz aller Verstörung, die ein solcher Text in einer Welt auslösen kann, die darauf in keiner Hinsicht vorbereitet ist, war das schon so gut wie alles. Im einfachen Volk hatte man sie damals nicht wahrgenommen und schon gar nicht geliebt für solche Sätze und Geschichten. Selbst dem geübten Lesepublikum galt sie als schwer zugänglich. Aber vor allem hatten ihre unkonventionellen Vorstellungen vom Zusammenleben zwischen Mann und Frau irritiert. Hatte sie nicht in wilder Ehe gelebt? Eine Todsünde! Und so ließ man es geschehen, dass sie verschwand, und niemand weiter nach ihr fragte, und sie nur weiterlebte in diesem Zwischenbereich von Leben und Legende. Sie hinterließ aber viele Verzweifelte, die glaubten, ohne das Lüften der Geheimnisse um diese einzigartige Frau nicht glücklich werden zu können. Sie glichen Angehörigen, die endlich wissen wollen, wo ihr Liebster in der Fremde begraben liegt, damit sie ihre Trauer würdevoll abschließen können.

Und für die Suche nach dieser ungewöhnlichen Erscheinung ihrer Zeit und literarischen Legende hatte man nun ausgerechnet mich auserkoren.

Nun, ich würde mein Bestes versuchen, um Licht ins Dunkel dieser seltsamen Existenz zu bringen, die als schreibende Frau an den Vorurteilen ihrer Zeit gescheitert war.

Als wir den Bahnsteig verließen, registrierte ich gleich, dass meine auf das Land bezogenen Erwartungen nicht zutrafen. Ich hatte Geräusche wie aus der „Pastorale“ im Kopf, wo sie durch den ersten Satz geistern, eine Art *Andante molto mosso* zu Ehren der Ankunft auf dem Lande, dazu einen kleinen Bahnhof in der kaukasischen Provinz am westlichen Rand des Urals, wo Dr. Schiwago mit seiner Familie endlich aussteigt. Ich war sicher zu oft im Kino gewesen; das hatte mir Hannah oft genug vorgeworfen.

Stattdessen knatterten Traktoren, die mit laufenden Motoren vor dem Bahnhof auf irgendjemanden oder irgendetwas warteten, geradezu eine Prozession aus Lärm und Gestank. Tatsächlich nahm ich hinter den Gleisen ein schier endloses Feld mit Sonnenblumen war. Ihre Köpfe bewegten sich dicht an dicht im jetzt aufkommenden warmen Abendwind, so als besprächen sie, was es mit diesem Neuankömmling auf sich hätte. Es roch nach Urin, eine Wolke, die von all den Soldaten kam, die hier neben den Treppenaufgängen ihre Notdurft verrichtet hatten, während sie auf den Anschlusszug warteten, der sie endlich zu ihren Lieben in den Wochenendurlaub mitnahm.

Wir durchquerten die Gänge zwischen den Bahnsteigen, rechts und links Betonwände mit schreienden Graffitis. Als wir auf der anderen Seite emporstiegen, mein Empfangskomitee munter schnatternd, Rosskopf im Gespräch mit Frau Schleiter-König, ich in die

Mitte genommen, schlug mir die echte Landluft entgegen! Gesättigt von Düften von herbstlichen Blumenfeldern – ich stellte mir wogende Astern vor – und aus Kuhställen. Ich wusste, jenseits der letzten Wohnhäuser befanden sich weite Ackerflächen und ausladende, halboffene Ställe am Rand des Ortes. Vor meinem geistigen Auge sah ich das Vieh in großer Menge ergeben auf sein Schicksal warten.

Mit meinen Schülern verabredete ich mich für den nächsten Morgen. Dann begann der Kurs. Und ich war angetan davon, dass ich ihnen eine gewisse Vorfreude anmerkte.

Rosskopf und Frau Schleiter-König zeigten mir meine Unterkunft. Wir fuhren in Rosskopfs grünem Pick-up in den Ort. Vorbei an ansehnlichen Fachwerkhäusern, die kreuz und quer zu stehen schienen, manche von ihnen dreistöckig, mit prächtigen Giebeln und großzügigen Fensterreihen. Andere mit Sonnenkollektoren auf dem roten Ziegeldach. Eine Kirche mit breitem Fundament aus unverputztem Feldstein und mit stämmigem Glockenturm glitt vorbei; vereinzelt zogen Menschen in Tracht zur Kirche, ein alter Mann stand am Rand der Straße und gestikulierte in unsere Richtung. Die neu gepflasterte Straße wurde immer enger und vollzog mehrere Windungen; linkerhand bemerkte ich hinter einer niedrigen Mauer das Schloss.

Dann hielten wir.

Meine Wohnung lag im Dachgeschoss eines zweistöckigen Hauses. Ein Steinhaus, mit Windfang, Freitreppe und großen Sprossenfenstern. Unten befanden sich offenbar die Räume der Stiftung, die mich eingeladen hatte. Oben war ich ganz für mich, eine geräumige Behausung mit Wohnküche, Schlafzimmer und Bad, in der alles, wenn auch sparsam, vorhanden war, was ich für die kommenden Wochen brauchte. Der Vertrag regelte, dass ich jederzeit fristlos kündigen konnte – und auch die andere Seite. Es sollten „verwertbare Ergebnisse“ zustande gekommen sein. Ich sollte unterrichten bis jeder in der Gruppe das literarische Handwerkszeug besaß, um etwas aufzuschreiben über den heutigen Zustand der ländlichen Region in der Mitte des Landes. Die Studenten waren ja Multiplikatoren, sie sollten die Schönheit der unverbrauchten Landschaften in leuchtenden Sätzen malen und damit Stoff für die Werbekampagnen der Region liefern. Einhundertfünfzig Jahre vor ihnen hatten sich Dichter aus allen Landesteilen hier getroffen, um genau dies zu tun. Die Dichter der Kolonie waren von der Landschaft verzaubert gewesen und zum Teil waren sie hier geblieben.

Unter ihnen als einzige Frau – unsere geheimnisvolle Dichterin. Sie trug den Namen Rebekka von dem Gawein aus altem thüringischen Adel.

Meine Gastgeber begleiteten mich bis zur Schwelle des Hauses. Frau Schleiter-König benutzte den Moment, um mir die Erwartungen der Stiftung „Literatenkolonie Wolfsland-Schwalm“ ins Gedächtnis zu rufen.

„Unsere Hoffnungen ruhen ganz auf Ihnen, Herr Beiner. Sie sind ja ausgewiesen als eine Art literarischer Detektiv."

„Na ja", sagte ich.

„Doch, doch!", fuhr sie entschieden fort. „Ein Jäger verlorener, literarischer Schätze! Wir wissen ja, dass Sie lange und erfolgreich im Frankfurter Hochstift tätig waren und viele Schätze hoben, an deren Existenz die Fachwelt zweifelte."

„Da war auch viel Glück dabei – und sehr gute Kollegen!"

„Warum so bescheiden? Wir wissen schon genau, warum wir gerade Sie hierher gerufen haben!"

Rosskopf nickte zu allem und grinste.

Ich schwieg. Nach meinen letzten Erfahrungen mit Hannah lag mein Selbstvertrauen am Boden. Ich hatte in die Abgründe meiner Gewissheiten geblickt. Nichts hatte plötzlich mehr funktioniert. Sahen meine beiden Auftraggeber nicht, in welch unsicherer Verfassung ich war? Ich tastete über meine Kleidung. Einen Moment lang hatte ich befürchtet, Sitz und Aussehen von Hemd und Hose könnten meinen verunsicherten Zustand entlarven.

Aber nein, die Mienen meiner Gegenüber drückten Zuversicht aus.

Ich riss mich zusammen. Das konnte ich gut. Wahrscheinlich war an mir tatsächlich nichts auszusetzen.

„Was unsere Poetin betrifft", fuhr Frau Schleiter-König fort, „sind ja bisher leider alle Bemühungen gescheitert, Licht in das Dunkel zu bringen. Selbst im

Literaturarchiv Marbach ist man nicht weitergekommen – von ihrer Herkunftsregion Eichsfeld ganz zu schweigen. In Thüringer Altadelskreisen verweigert man jede Kooperation. Man argwöhnt seit der DDR-Zeit Bevormundungen. Und ich befürchte, die Fachwelt hat resigniert. Wir legen die Antworten also in Ihre Hände! Wer war diese Rebekka aus altem, eichsfeldischen Adel! Herrgott, es muss doch möglich sein, herauszufinden, was aus ihr wurde, nachdem sie hierherzog! Ich glaube fest daran, dass es brauchbare biografische Spuren gibt. Und wenn überhaupt, dann in unserer Gegend, wo sie offensichtlich ihre letzten Lebensjahre verbrachte! Aber wo! Vielleicht ganz in unserer Nähe!"

„Graben Sie alles um!", warf Rosskopf ein. „Wenn Sie nichts finden, dann geben wir auf und machen für alle Zeiten den Deckel drauf."

„Ich bin kein Archäologe", bemerkte ich vorsichtshalber.

„Ein Mensch verschwindet doch nicht einfach!", rief die Stiftungsleiterin. „Eine ganze Region profitiert davon, wenn sich herausstellt, dass wir diese Biografie vermarkten können! Diese Rebekka soll das Herzstück unserer Sammlung im Institut werden. Eine Frau und ein solches literarisches Genie! In der Literatenkolonie würde man jährlich mit hoher Publizität einen nach ihr benannten Preis verleihen und die Stipendiaten würden Gaweins Originaltexte modern bespielen. So was bräuchten wir dringend! Es wäre ein Glücksgriff!"

„Ich werde mir Mühe geben!", versprach ich.

„Versuchen Sie mehr als das!", betonte die Institutsleiterin.

„Ich werde alles geben!", versprach ich.

„Geben Sie mehr als das!", drängte die Institutsleiterin.

Normalerweise packe ich meine Sachen, wenn jemand so mit mir redet. In diesem Fall nahm ich mich zusammen. Ich erhoffte mir selbst zu viel von diesem Herbst auf dem Land.

„Es könnte etwas – Spektakuläres gewesen sein", sagte Rosskopf. „Vielleicht sogar ein Verbrechen."

„Und vergessen Sie nicht all die Leserinnen und Leser! Es gibt nichts Unerträglicheres als zugeklappte, ungelesene Bücher!"

Pathos lag in ihrer Stimme.

Rosskopf fügte hinzu: „Sie wissen vielleicht nicht, dass ich auch einen Bio-Bauernhof betreibe – ich lege zwei extra große Stracken vom Fuchsschaf oder, wenn Sie wollen, auch vom Pietrain-Schwein auf Ihr Salär, wenn Sie zu Aufsehen erregenden Forschungsergebnissen kommen, die uns nützen!"

Ich schwieg. Beide sahen mich flehentlich an. Und wir wussten zu diesem Zeitpunkt alle drei noch nicht, dass dieses Flehen gerechtfertigt war.

Ich fühlte mich im gegenwärtigen Moment voller Tatendrang. Ich war entschlossen, die mir gebotene Auszeit mit allen Chancen zu nutzen. Die Renovierung meines eigenen, verfahrenen Lebens war darin unbedingt eingeschlossen.

Und diesen Zustand versuchte ich gleich auszudrücken, indem ich mich bequemer einrichtete. Ein paar Möbelstücke, die mich an einsame Abende in fremden Hotelzimmern erinnerten, blieben dabei nicht auf ihrem Platz.

So vieles war ungewiss. Mein Leben in den letzten Jahren konnte man getrost als chaotisch und rastlos bezeichnen. Ich hatte nicht gewusst, wohin mit mir. Nur Hannah hatte mir Halt gegeben – eine Zeitlang. Schließlich hatten wir uns in endlosen Streitereien voneinander entfernt. Dann war sie aus der gemeinsamen Wohnung in Offenbach ausgezogen. Wir blieben beide wie gelähmt, warteten ab, was das Leben mit uns vorhatte. Wir selbst trauten uns aus Angst vor Zurückweisungen nicht mehr, dem anderen etwas anzubieten, das uns hätte beieinander halten können. Was würde geschehen, wenn die letzten Versöhnungsangebote voller Hoffnungen scheiterten ...

Ich ging in die Küche und inspizierte die Gerätschaften. Verpflegung für den ersten Abend hatte ich mitgebracht. Ich trank ein Glas Wasser aus der Leitung, es schmeckte nach guten Mineralien. In dieser Region gab es gesunde Quellen. Ich aß und trank.

Nach einer Weile spürte ich das Bedürfnis, Hannah anzurufen. Ich wollte ihr berichten, ihren Rat hören. Ich zog das Handy, steckte es nach einigem Zögern wieder ein. Ich musste alleine zurechtkommen. Hannah würde sowieso nicht auf meinen Anruf warten. Sie rechnete mit höheren Eingebungen oder wollte einfach nur in Ruhe gelassen werden. Und ich musste diese Haltung loswerden, bei ihr Trost zu suchen.

Wenn man so will, musste ich endlich selbständig werden.

Also unterdrückte ich meinen Wunsch. Stattdessen öffnete ich das Fenster und blickte über die Dächer des Ortes.

Aus der Höhe betrachtet, lag eine beruhigende Stimmung über dem kleinen Landstädtchen. Es roch nach allen Hervorbringungen des Landes. Diese alte Bauernregion blickt auf eine lange Geschichte von Reichtum und Selbstvertrauen zurück, aber auch von erbitterten Kämpfen. Ich hatte darüber gelesen, wie nicht nur vom Landadel, sondern vor allem von der Bauerngesellschaft eine beeindruckende Rangordnung durchgesetzt worden war. Jetzt war Ruhe eingekehrt – in die Geschichte und auch in den Ort, abgesehen von vielstimmigem Hundegebell. Der Ort war eingerahmt von schon abgeernteten Feldern, hier wurde vor allem Getreide und Mais angebaut. Die schier endlosen Flächen blinkten weiß und in verschiedenen Brauntönen bis hin zu strahlendem Gold. Und dahinter standen Laubwälder, die sich bereits verfärbten, vor allem Buchen und Eichen und wie zur Dekoration roter Ahorn. Gruppen von Windrädern drehten sich in der Ferne. Ein leichter Geruch nach Rauch lag in der Luft. Der Himmel war weit und hoch.

Noch immer zogen Schwärme von Kranichen heran. In breiter Formation nutzten sie die Aufwinde am Ortsrand, vorbei an der untergehenden Sonne, deren Licht die Wolken verfärbte, immer nach Süden.

Ihr Rufen drang zu mir, und wie immer, wenn ich ihn hörte, war ich seltsam angerührt davon.

Ich hatte schon ausgiebig versucht, zu verstehen, was dieser Schrei der Vögel in mir auslöst. Ich hörte ihn im Herbst, so wie jetzt, und im Frühjahr. Ich hatte lange Reisen unternommen, um die Vögel in der Natur zu erleben.

Ich ließ das Fenster offen. Allmählich wurde ich ruhiger; das bewirkte allein der Anblick der majestätischen Vögel.

Überall in der Welt wartet man auf die Ankunft der Sonnenvögel. Im Herbst kommen sie von Norden. So wie jetzt. Am Ende des Winters kommen sie von Süden. Eines Morgens nach Sonnenaufgang sind sie da. Der Himmel verfinstert sich durch die Scharen der Sonnenvögel. Sie ziehen heran und landen. Man sieht sie dann eine Zeitlang vor dem gleißenden Licht der Gewässer auf den Wiesen stehen.

Es interessierte mich sehr, ob die Vögel, die ich gerade sah, auf ihrem Weg nach Süden hier in der Nähe rasteten. Sumpfige Wiesen gab es im Überfluss. Das wusste ich durch meine Vorbereitung auf diesen Aufenthalt. Ich würde einen Ornithologen fragen; vielleicht wusste es Rosskopf, der ja aus der Region stammte. Selbst auf Erkundung zu gehen, was ich liebend gern tue, war nicht ratsam. Man konnte viel Unheil anrichten. Nähert man sich den Kranichen, verschwinden sie unter Umständen auf Nimmerwiedersehn. Sie fliehen die Menschen. Ich dachte unwillkürlich: *Man muss sie sich als glückliche Tiere vorstellen.*

Bei diesem Gedanken fiel mir meine unglückliche Dichterin ein. Auch sie war am Ende ihres Lebens vielleicht vor den Menschen geflohen. Wer war ihr zu nahegekommen, und aus welchem Grund?

Ich blickte den Vögeln noch lange hinterher. Immer neue Formationen zogen im letzten Sonnenlicht heran und über uns hinweg. Und alle riefen: „Wir sind da! Wir sind wieder da!“ Ich musste an Hannah denken, und wie wir vor einigen Jahren im Frühherbst einen Ausflug unternommen hatten. Wir hatten unsere Großstadt verlassen und lagerten an einem kleinen, mäandernden Fluss. Wir sahen den Vogelzügen über uns zu und Hannah sagte plötzlich:

„Aus dem Verhalten dieser Vögel können wir Menschen nichts lernen.“

Ich hatte schon seit einer Weile gespürt, dass sie mit etwas haderte.

„Was meinst du, was ist los, Hannah!“

„Wir dürfen uns nicht verrennen in Dinge“, erwiderte Hannah, „die uns von den Menschen entfernen. So wie du es tust. Du strebst fort von den Menschen, so wie diese Tiere, und damit auch fort von mir. Nein, man muss zu den Menschen hin finden.“

Ich wollte keinen Streit über mich und mein Verhalten. Ich wich aus. „Diese Vögel da oben waren lange vor den Menschen auf der Erde. Stell’ dir das vor – sie existieren seit Jahrtausenden. Sie sehen alles und dann auch wie wir Menschen ankommen. Warum sollten wir also von ihnen nichts lernen können. Glaubst du im Ernst, solche Boten der Götter hätten keine Botschaft für uns?"

„Du entfernst dich von mir", erwiderte sie nur.

Natürlich wusste ich, sie spielte auf meine Neigung an, Dinge aus der Natur zu mystifizieren. Ich verbrachte ja viel Zeit mit dem Studium der Vogelzüge. Und Hannah war enttäuscht von mir, weil ich ihr nicht das Leben bieten konnte, das sie erwartete. Ein Leben in städtischer Geselligkeit, mit akademischem Erfolg und bürgerlichem Glanz. Hatte ich ihr das jemals versprochen? Offenbar ja. Oder sie hatte es stillschweigend vorausgesetzt.

„Ich entferne mich nicht von dir, Hannah", hatte ich geantwortet. „Aber versuch doch mal, dir die Schönheit eines Kranichpaares im Morgenlicht vorzustellen."

„Du behauptest, Kraniche verkörperten das Glück, weil sie dem Sonnenlicht hinterher fliegen – aber sie ziehen das Sonnenlicht mit sich. Sie hinterlassen Dunkelheit und schwermütige Stimmungen. – Was sollte daran für uns gut sein?"

„Woher soll ich das wissen", hatte ich unwillig entgegengesetzt.

Sie hatte mich nur angeblickt, als sei ich nicht mehr zurechnungsfähig. Diesem sprachlos werdenden Streit, in dem so vieles ungesagt blieb, und in dem die Enttäuschungen über uns hingen wie Urteile, waren dann zu viele andere gefolgt.

Wieder schrien die Kraniche über mir. Ein neuer Zug flog direkt über uns hinweg. Und mit einem Mal glaubte ich zu verstehen, warum uns der Schrei der Zugvögel so berührt.

Ich suchte nach Worten.

Ich beneide Menschen, die in der Lage sind, Naturbeobachtungen mit dem sozialen Verhalten von Menschen zu vergleichen. Wenn es gelingt, dann kann uns das wie ein Blitzschlag treffen. In der Poesie war das möglich.

Plötzlich glaubte ich also zu verstehen, was der Ruf der Kraniche uns sagen wollte.

Ich ging zu Bett. Ab Morgen würde ich viel zu tun haben. Ich vernahm noch immer den Schrei der Zugvögel. Weil es schon dunkel war, riefen sie wohl nur noch in meinem Kopf. Aber nach wem riefen sie? Wen meinten sie?

Irgendwann schlief ich ein.

***

Ich hatte mir für den Unterricht viel vorgenommen. Aber noch lieber hätte ich mich sofort in die Aufklärung des Falles um die unglückliche Poetin Rebekka von dem Gawein gestürzt.

Was war damals tatsächlich geschehen? Ich fragte mich beständig, wer bisher ein so starkes Interesse daran gehabt hatte, es in den Verließen vergangener Zeiten einzuschließen. Das wenige, das bisher bekannt geworden war, schien mir befremdlich genug. Wer hatte einen Vorteil davon gehabt, dass es bisher vertuscht wurde? Ich konnte mich kaum zügeln, Licht in dieses Dunkel zu bringen! Und ich dankte dem Institut, mir jetzt dafür die Gelegenheit zu geben. Mein Jagdinstinkt war geweckt! Die Frage, welche schlafenden Hunde ich mit meiner Aufklärung wecken würde, stellte ich mir zu diesem Zeitpunkt noch nicht.

Im Augenblick, weil ich wegen gewisser Formalitäten noch zwei Tage mit dem Beginn der Suche warten musste, war ohnehin erstmal der Lehrer in mir gefragt. Und auch darüber war ich froh, denn ich hatte diesen Impuls im Trennungsschmerz der letzten Monate schon verloren geglaubt. Wozu, hatte ich voller Selbstmitleid gedacht, soll ich jemandem etwas beibringen, wenn mir selbst alles genommen wird?

Alle waren pünktlich da. Ich betrat den hellen Raum mit hohen Fenstern im Erdgeschoss. An drei von vier Seiten hatte man Ausblicke auf bunt verfärbte Bäume und immergrüne Hecken – kein geringer Vorteil des Landes. Sonnenlicht fiel von der Seite ein, die zur Dorfstraße führte. An der gegenüberliegenden Wand hingen gerahmte Bilder mit ländlichen, meist idyllischen Motiven von Malern früherer Jahrhunderte.

Ich schob mein Pult in den Halbkreis, legte meine Unterlagen auf den Tisch und ließ meinen Blick über die Gesichter der Teilnehmenden gleiten. Sie sahen mich mit offenen und erwartungsvollen Mienen an. Freundlichkeit ist einer der Vorzüge von jungen Menschen. Ich wollte, dass die Teilnehmer sich einzeln vorstellten.

„Wir wüssten gern mehr über Sie, Herr Beiner“, sagte eine Teilnehmerin. „Wir sind über Sie nicht informiert worden.“

„Das wusste ich nicht“, erwiderte ich. „Obwohl es darüber nicht viel zu berichten gibt.“

„Gibt es nicht über jeden Menschen Interessantes zu berichten?“, fragte die Teilnehmerin zurück.

„Doch, ganz sicher“, gestand ich. „Und ich hoffe, Sie werden genau darüber ausgiebig schreiben. Das ist ja der Schatz der Literaten, dass sie sich jedem Individuum gegenüber öffnen können. Und zwar wirklich jedem Individuum, ohne jedes Vorurteil.“

Ich war also schon mitten im Unterricht. Sie machten sich Notizen.

„Warum wollen Sie hier auf dem langweiligen Land leben?“, fragte der Teilnehmer nach. „Hier ist doch nix.“

Ich blickte ihn freundlich an. „Ich bin nur hierher gekommen, um Sie zu belehren. Außerdem ist es auf dem Land gar nicht so langweilig, wie Sie befürchten. Wenn es Sie beruhigt: Ich bin Städter durch und durch. Ich liebe die Großstadt. Ich mag über alles den Geruch von Autoabgasen. Und ich flaniere gern.“

„Dann sind Sie hier aber vom Weg abgekommen!“, rief ein junger Mann und alle lachten.

In Wahrheit hasse ich es, über mich zu reden. Ich lieferte ihnen eine Kurzfassung. Ich sprach in wenigen Sätzen von meiner Herkunft aus dem Berliner Arbeitermilieu, von meinen Ausbruchsversuchen, von meinem eruptiven *Studium Generale*, von meinem Umzug nach Offenbach. Am Rande auch von meinen literarischen Versuchen. Mehr war nicht zu sagen.

Sie sahen mich weiterhin neugierig an. Offensichtlich versuchten sie, die Person, die vor ihnen stand mit meiner Erzählung in Übereinstimmung zu bringen. Das Ergebnis war anscheinend unbefriedigend. Eine Teilnehmerin sagte denn auch gleich:

„Ich glaube, Sie verschweigen viel, Herr Beiner! Nicht günstig für einen Autor!"

„Aber günstig für einen Lehrer!"

„Schade!", meinte sie.

„Fangen wir mit Ihnen an", erwiderte ich. „Stellen Sie sich doch bitte der Gruppe vor."

Die Teilnehmerin reagierte unverhältnismäßig erschreckt. Ihr rundes Gesicht verfärbte sich; es wirkte für einen Moment so, als würde etwas aus ihren rot gefärbten Haaren auslaufen. Dann sprach sie aber laut und munter, mit klarer Stimme.

„Ich bin Helga – ich meine, ich heiße Helga. Ich studiere Deutsch und Biologie in Marburg. Ich möchte Schreiben und wurde deshalb als Stipendiatin ausgewählt – wie wir alle hier. Meine Eltern betreiben einen Bauernhof hier in der Nähe."

Sie schwieg und blickte vor sich hin.

„Das wars?" fragte ich.

Sie nickte.

„Die Nachbarin vielleicht?", schlug ich vor und deutete auf eine hagere, groß gewachsene Teilnehmerin mit interessantem Vogelgesicht. Sie beugte sich vor.

Ich hob meinen Stift, um mir Notizen zu machen.

„Ich heiße Tanja Oelschläger. Ich komme aus Brandenburg. Aber ich studiere ebenfalls in Marburg und wohne auch da, weil meine Eltern diese Uni für die

Beste halten. Ich studiere auch Literatur – und Botanik."

Ich nickte und deutete auf die dritte junge Frau. Sie schüttelte sich und begann zu sprechen.

„Übers Schreiben habe ich an der Uni bisher nichts gelernt. Es geht nur um Literaturepochen und Theorien. Keine Schreibwerkstätten, die einem das Handwerkszeug lehren. Es ist fast so, als enthalte das Curriculum ein Verbot."

„Das ist unser Vorteil in diesem Kurs", sagte ich. „Ich will Ihnen genau das beibringen." Ich sah, wie ihre Augen blitzten. „Das Handwerk des Schreibens. Damit Sie diese Region in den glühendsten Farben schildern können, wie Rebekka von dem Gawein es getan hat. In Sachtexten, wo es erforderlich ist – vor allem aber in literarischer Fiktion."

„Erzählungen, Kurzgeschichten, Romane? – Glauben Sie, dass die Tourismusbranche das braucht?", fragte die Teilnehmerin.

„Vielleicht nutzen Sie Ihre erworbenen Fähigkeiten allein für sich, das wäre doch auch ein Ergebnis ..."

„Dazu gehört Mut."

„Das ist richtig. Man muss an die eigene Kraft glauben, an die eigene Mission, sozusagen."

„Und dann vielleicht auch dafür kämpfen – gegen alle Widerstände."

„Sagen Sie uns Ihren Namen?"

„Ich bin die Traudi Weber!"

„Und jetzt zu den anwesenden Herren", sagte ich.

Der Teilnehmer am rechten Rand der Gruppe glättete sein Struwwelpeter-Haar. Es ließ sich aber nicht bändigen. Er grinste. Sein breiter Mund blieb verzogen und sein gutgelaunter Dialekt verriet, dass er aus Südhessen kam.

„Ich bin der Klaus-Jürgen Strehler. Im Ried haben wir gelernt, das Eins mal Eins Zwei ist. Ich mag aber die Vorstellung, es könnte auch Drei sein. Verstehen Sie?"

Es war eine Testfrage, die mir gefiel und ich antwortete: „Selbstverständlich."

„Äh", sagte Struwwelpeter etwas ratlos.

„Selbstverständlich verstehe ich das. Literatur bietet das. Ich kann versprechen, dass ich dieses Problem im Auge behalte."

„Dann ist gut", sagte Klaus-Jürgen und lehnte sich zurück, um sein Struwwelpeter-Haar zu bändigen.

Neben ihm saß ein junger Mann, der wie ein bekannter Fußballspieler aussah, mir fiel aber nicht ein, welcher. Er hatte mich schon die ganze Zeit so neugierig angesehen, als könne er sich an meinen Anblick einfach nicht gewöhnen.

„Ich sag mal so", begann er und hob die Hand. „Mir käme es darauf an, zu erfahren, wie man einen guten Anfang setzt, wie man glaubhafte Figuren erfindet und wie man einen ... Aufbau hinbekommt. Einfälle habe ich genug."

„Die Struktur eines Textes", nickte ich.

„Ich hoffe, wir werden viel üben", meinte der junge Mann. „Mit Theorien kann man beim Schreiben nicht viel anfangen."

„Wir üben!“, versprach ich. „Wie heißen Sie?“

Er hieß nicht Florian Neuhaus – jetzt war mir eingefallen, an welchen Fußballer er mich erinnerte. Er hieß Joachim Klar. Und er studierte in Gießen.

Als Letzter in der Runde stellte sich ein Teilnehmer vor, der steif und unbehaglich auf seinem Stuhl saß. Sein blondes Haar war straff gescheitelt, sein Gesicht blass; er trug eine dicke Brille „Ich heiße Bernhard von Stuck. Ich werde im nächsten Jahr der erste Stipendiat der Literatenkolonie sein, dann bewerben sich die anderen hier. – Ich habe ein besonderes Interesse an Rebekka von dem Gawein. Ich wäre Ihnen dankbar, wenn Sie mich in Ihre Suche nach dieser einzigartigen Autorin einbeziehen könnten.“

„Haben Sie schon Forschungen angestellt?“

„Nein. Ich habe ja keinen Zugang zu Irgendwas.“

„Und was erwarten Sie von dieser Runde hier?“

„Viel gute Lektüre und eifriges Lernen. Unsere Zeit ist ja knapp.“

„Sehr schön! Ich danke Ihnen allen!“

Der Anfang war gemacht. Sie hatten meiner Absicht, ihnen literarisch erzählendes Schreiben statt griffiger Slogans für Werbekampagnen beizubringen, keine Widerstände entgegengebracht. Rebekka sei Dank! Ich legte den Stift, mit dem ich mir Notizen gemacht hatte, zur Seite. Ich blickte auf meine gefalteten Hände. Als Pädagoge war ich daran gewöhnt, dass die allererste Stunde die schwierigste war. Danach musste es geglückt sein, die Abwehr der Schüler gegen den Besserwisser vor ihnen zu durchbrechen.

„Wir können also anfangen, und ich möchte Ihnen erzählen, wie ich zur Literatur kam“, sagte ich. „Meine allererste Begegnung sozusagen. Und das ist nicht aus dem Nähkästchen geplaudert – Sie erinnern sich, da gibt es nichts zu berichten –, sondern eine Unterrichtseinheit. Ich bitte Sie also, aufzuschreiben, wie das bei Ihnen war. Nicht den Titel des ersten Buches, das Sie gelesen haben, sondern die Erschütterung, die das bei Ihnen ausgelöst hat. – Und schreiben Sie darüber. Alles andere ist zweitrangig. Daraus werden Sie am meisten lernen.“

„Mein Bleistift ist schon spitz!“, frotzelte Klaus-Jürgen. Ein Mädchen kicherte.

„Also“, sagte ich. „Hören Sie zu. – Als ich der Literatur begegnete, da ging in mir etwas Seltsames vor ... „

„Sie wurden müde und schliefen ein“, unterbrach mich Joachim.

Niemand lachte. Einer zischte in Joachims Richtung. Helga verdrehte die Augen zur Zimmerdecke.

„Nein, das Gegenteil war der Fall“, fuhr ich ungerührt fort. „Es war beinahe erschreckend. Ich verwandelte mich als Person. Äußerlich blieb ich mir ähnlich, aber in mir wurde alles anders. Meine Sinne schienen mir nicht mehr zu gehören. Ich hörte einige Sätze eines literarischen Erzählers und schon merkte ich nicht mehr, wie ich den Atem anhielt, jedenfalls eine Zeit lang, dann weiter atmete, dann aus meiner Haut schlüpfte, dann neben mir stand.“

„Wow!“, sagte Helga. „Was war es, was Sie da lasen oder hörten?“

„Es war im Schulunterricht. Irgendein Schulbuchtext eines Literaten. Vielleicht Böll oder Heine, vielleicht Trakl, das ist austauschbar. Ich erinnere mich, dass die Schule in meinem Berliner Stadtteil dunkel war. Es gab Bauarbeiten, die Fenster waren deshalb eine Zeitlang ohne Glas und mit Stoffen oder Plastikfolie verhängt."

„Und es war Sommer, warme Jahreszeit", mutmaßte Traudi.

„Ja, es war warm. Von Zeit zu Zeit drangen Sonnenstrahlen in den Klassenraum. Sie glitten über die vor mir Sitzenden. Unter ihren tastenden Fingern begannen die Kleidungsstücke auf den Körpern der Schüler bunt zu werden. Es muss die 1. Klasse gewesen sein, höchstens die 2. Ich war also Sechs oder Sieben."

„Frühreif", sagte Tanja.

Ich nickte. „Die matten Farben glühten also. Die Sonnenstrahlen erzählten ihre eigene, ganz andere Geschichte. Sie tasteten weiter über die Gesichter, über den Staub auf den Köpfen. Und gleich nach den ersten Sätzen eines Dichters, ein Gedicht, Sätze einer Erzählung, während ich die nachfolgenden Pflichtlektionen im Schulbuch las, die von irgendeinem Thema handelten, von geometrischen Formen oder historischen Taten, spürte ich, wie groß die Welt jenseits der Schulbänke war."

„Das haben Sie mit Sechs oder Sieben gespürt?", fragte Bernhard zweifelnd.

„Soweit ich mich richtig erinnere? Während ich weiter atmete, den Geruch der Sonne auf den behauenen

Steinen draußen in der Nase, lösten sich meine Blicke von der Schrift des Unterrichtsstoffes. Ich ließ meine Blicke durch den Klassenraum wandern. Die Stimme des Lehrers verhallte allmählich. Ein anderer Ton begann, meine Wahrnehmung zu durchdringen. Ich spürte das genau, fast körperlich. Der Unterrichtsstoff war nur noch als ein Unterton vorhanden, als Aufgabenstellung von müden, überforderten Erwachsenen, wie ein dünner Schatten im kostbaren Sonnenlicht dieses Vormittags. Wichtiger erschien mir – während leise eine andere Stimme in mir aufstieg, die etwas in gereimten Worten rezitierte –, wichtiger also erschien mir diese Wahrnehmung heller Streifen des Lichts von den Fenstern her. Das war gewissermaßen eine andere Erzählung, unterlegt von wohlklingenden, wenn auch beunruhigenden Worten."

„Schön gesagt", kommentierte Joachim.

Ich fuhr fort. Das Thema erwärmte mich. Ich unterstrich meine Worte mit ausholenden Gesten.

„Ich wusste plötzlich, dass diese fast schmerzlich intensive Wahrnehmung mich unangreifbar machen würde. Und darauf kommt es mir an, das möchte ich Ihnen vermitteln. Literatur ist mehr, als Worte auf Papier. Die Begegnung mit dem geschriebenen Wort schuf eine Welt, die mir allein gehörte. Ich war nicht mehr ausgeliefert, nicht mehr ausgesetzt in der Fülle der Zumutungen von außen, der Aufgaben, der Zensuren, der Zurechtweisungen, der Verpflichtungen, in denen fremde Gesetze regierten. Die Angst verließ mich, angesehen, bewertet und angeklagt zu werden, herausgestellt zu werden, wo mein Versagen deutlich wurde. Ich würde mich zukünftig widersetzen. Ich würde mit dem Finger auf meine Welt weisen, die nur mir gehörte, auch wenn noch andere Stimmen darin sprachen. Vielleicht nahm auch nur ich diese andere Welt mit ihren ureigenen Erzählungen, mit Sprache und Licht wahr ..."

Ich hob den Blick und ließ ihn über die Studenten streifen, registrierte, dass ich ihre Aufmerksamkeit noch besaß. Traudi lächelte und nickte mir zu. Ich sprach weiter.

„... Und augenblicklich hob ich die Hände und blickte durch die Finger in Richtung des Lichts und staunte wie ein Puppenspieler über die Strahlen, die durch die Fenster eindrangen und miteinander spielten, die meine Hände durchsichtig machten und zwischen den Fingern ein eigenes Leben simulierten. – Bis mich der Lehrer anstieß, mir eine Kopfnuss verpasste und sagte: Pennst du wieder!"

Helga lachte ausgiebig.

Klaus-Jürgen scherzte: „Ja, so gehts zu! So sind sie, unsere Lehrer!"

„Jetzt haben Sie doch noch ein bisschen von sich verraten!", sagte Joachim. „Und Sie versprechen uns, dass wir solche Erfahrungen mit Literatur auch machen werden?"

„Wenn Sie sich einlassen."

„Auf jeden Fall", rief Joachim.

„Literatur ist ein Virus", erklärte Bernhard. „Wer überlebt ist infiziert und bleibt unverletzbar."

„Ja ... ja wirklich, danke Bernhard“, erwiderte ich überrascht

„Ich kann mich an solche Momente nicht erinnern“, sagte Bernhard. „Ich weiß aber, dass mein erster Autor Edgar Allen Poe war. Und das war schon eine nachhaltige Begegnung!“

„Schreiben Sie es bitte auf“, wies ich an. „Sie können es machen, wie Sie wollen, in jeder Form, Hauptsache Sie schreiben darüber! Machen Sie sich frei von allen Befürchtungen. Wir werden dann über die entstandenen Texte sprechen.“

Fast alle machten sich eifrig Notizen. Es blieb still im Raum. Traudi Weber kaute auf ihrem Kuli herum, dann sagte sie:

„Wir werden doch bestimmt jede Menge Fehler machen, mit unseren mangelhaften Voraussetzungen. Es wird Gestammel sein. Was soll das der Gruppe nützen?“

„Gestammel ist zehn Mal besser als Schweigen“, sagte ich. „Und in allererster Hinsicht wird es Ihnen selbst nützen. Die Gruppe ist zunächst unwichtig.“

„Seh ich nicht so, aber Sie sind der Lehrer“, meinte Klaus-Jürgen.

„Wir“, sagte ich, „werden aus dem, was Sie geschrieben haben, jede Menge Anschauungsunterricht gewinnen. Die Anfängerfehler beim Schreiben sind immer dieselben! Wir werden sie in Zukunft rigoros vermeiden. Es sind ja immer ganz einfache Fehler. Sie werden sie nie mehr machen, das verspreche ich.“

„Welche sind das denn im Einzelnen?“, wollte Helga wissen.

„Gleich, gleich“, sagte ich. „Für die erste Lektion reicht es, wenn Sie Folgendes nicht vergessen: Wir alle leben in der sozialen Alltagsrealität – aber ab heute gilt, dass wir unsere Fragen und Probleme in der literarischen Fiktion lösen. Denken Sie darüber nach. Und jetzt machen wir erstmal Pause.“

***

Am Ende hatte ich sie erstaunt zurückgelassen. Und im Falle Bernhards auch ein bisschen feindselig. Aber dieser Zustand würde bis zum nächsten Unterricht hoffentlich Fragen provozieren und diese den Unterricht lebendig machen.

Am Nachmittag zog ich mich für einen Spaziergang über die Felder an. Am Abend war ich mit einer Expertin im Museum eines Nachbardorfes verabredet.

Ich hatte in der kurzen Zeit schon einige interessante Menschen kennengelernt, mehr als in der Stadt im zehnfachen Zeitraum.

Beispielsweise den Landarzt, bei dem ich mir gleich am Morgen einen Termin abgeholt hatte, weil die Kopfschmerzen nicht nachließen. In seiner Praxis hingen Uhren an den Wänden, die falsch herum liefen. Oder den Ortsvorsteher, er schien den Ort ausschließlich vom Traktor herab zu regieren. Bis in den späten Abend hinein, hörte ich in den kommenden Tagen seinen Traktor – und seine dröhnende Stimme. Oder die Nachbarin meines ländlichen Asyls. Sie besaß den schönsten Garten und pflegte ihn ohne Pause und sie lachte ständig über nichts. Oder der Pferdezüchter. Ich fragte ihn etwas, und er ließ sich mit der Antwort Zeit bis die Sonne unterging. Auch der Betreiber der kleinen Tankstelle am Ortsausgang schien ein Original zu sein, er rettete Hornissen an den Zapfsäulen, während die Kundschaft Schlange stand.

Sie alle machten das, was ihnen im Augenblick passte und schienen sich nicht um die Meinung der Anderen zu scheren. Menschen in der Großstadt, soweit ich mich an sie erinnerte, schienen mir beflissener und bedrückter gewesen zu sein - soweit ich sie in der unübersehbaren Menge kennen gelernt hatte.

Ich glaube, ich begann bereits nach einem Tag damit, mich mitten im Landleben einzurichten.

Die Landschaft lag gewissermaßen vor der Haustür. Man durchquerte zwei Seitenstraßen, passierte die Rosskopfsche Mühle und musste nur den Bach namens *Antreff* entlang gehen, um auf die Felder zu kommen. Zwei Arbeiter in blauer Montur reinigten mit langen Harken und Schaufeln den Bach, sie zogen langblättrigen Schlick, der an Seegras erinnerte, und auch Abfall heraus, der die Abflüsse verstopfen konnte. Das Wetter war herrlich. Ich sage das, obwohl ein glühend heißer Sommer hinter uns lag, der die Erde verheerend verbrannt hatte. Jetzt lag milder Ende-September-Sonnenschein, ein bisschen glasig, über den Feldern. Von den Kranichen war nichts zu sehen oder zu hören. Nur hin und wieder zogen über mir ein Roter Milan und seine kleinere Gefährtin ihre Kreise.

Ich schritt schnell und freudig aus und rekapitulierte den ersten Unterrichts-Vormittag. Ich hatte die Aufmerksamkeit der Schüler gewonnen. Ich wusste jetzt, dass sie ernsthaft bei der Sache waren, und dass ich nicht um sie kämpfen musste. Das lag wohl vor allem an der Aussicht auf einen lukrativen Auftrag für die Werbe- und Tourismusbranche. Jeder schrieb, aber gute Schreiber waren Mangelware. Diesen Sprung sollten sie über unseren Kurs und das Stipendiat der Literatenkolonie machen.

Vor mir lagen Wiesen, Äcker, Wälder und Hügelketten. Ein hauchzarter Dunst verpackte die Anhöhen, die sich bereits verfärbten, in wahre Geschenke. Am Wegesrand standen Birnbäume, Pflaumenbäume und Apfelbäume mit den unterschiedlichsten Sorten, grün, gefleckt, geflammt, blutrot. Vor mir huschte ein erstaunlich langer signalgelber Lurch ins Moos. Ich war sicher, ich würde in den nächsten Tagen die schönsten Pilze finden.

Ich überlegte, ob meine Absicht, in dieses paradiesische Land eine Idee von Literatur bringen zu wollen nicht vermessen war. Hier schien niemand Bücher zu brauchen. Und doch, man hatte es seit Mitte des 19. Jahrhunderts versucht. Es hatte am Ort diese literarische Kolonie gegeben. Schriftsteller und Künstler waren aus dem Osten hierher gezogen und hatten über das Land geschrieben. Sie hatten hier gelebt und immer mehr waren ihnen gefolgt. Noch heute konnte man die illustrierten Bücher mit ihren Erzählungen im Museum der Literaturkolonie bewundern. Und es war schließlich das Land der Brüder Grimm. In der Umgebung hatten zahlreiche Beiträgerinnen gelebt, die den Grimms die Märchenstoffe zugeführt hatten. Es gab also eine mündliche Erzähltradition, auch in den Spinnstuben und bei bäuerlichen Festen, Märchen, Mythen und Sagen. Die Region Wolfsland-Schwalm war gesättigt davon. Die Institutsleitung war überzeugt, daran anknüpfen zu können.

Und hatten nicht überhaupt junge Leser von heute die mythischen Stoffe wiederentdeckt und lasen sie in dicken Büchern? Den *Herrn der Ringe*, den *Harry Potter*, die Romane von Michael Ende! Das alles waren alte Mythen, modern verpackt. Erzählungen, die Fakten und graue Tatsachen des Alltags mit einem aufregend bunten Zauber umgaben. Dies war mein Ansatz.

Mein Handy summte.

Hannahs Nummer!

Ich meldete mich aufgeregt.

Erst rauschte es. Dann hörte ich sie sagen: „Du gehst nie ran, sag mal, was ist denn los!"

Mit solchen Anfängen hatte sie mich schon immer aus dem Konzept gebracht.

„Es ist schön hier, du solltest herkommen, Hannah!"

Sie schien verzweifelt zu sein. „Herkommen!", rief sie. „Eine von deinen Schnapsideen! Mir wächst hier alles über den Kopf!"

„Was machst du gerade?"

„Deshalb rufe ich ja an. Ich ordne unsere Unterlagen! Mein Steuerberater will Dokumente, die nur du haben kannst. Ich brauche die!"

„Du weißt ja, ich bin für ein paar Wochen auf dem Land. Bis dahin wirst du warten müssen."

„Ich brauche das Zeug jetzt! Sofort! Sonst kriegen wir Versäumniszuschläge ohne Ende! Dazu habe ich keine Lust. Also, schick mir die Sachen zu. Ich brauche ..."

„Hannah", sagte ich besonnen. „Ich kann im Moment nichts tun, verstehst du? Ich bin weg!"

„Niemand ist weg, verdammt noch mal! Er ist irgendwo, und da kann er handeln. Also beweg dich, Johannes! Ich brauche folgende Dokumente dringend von dir ..."

„Hannah? Es hat keinen Zweck! Ich bin im Moment gebunden. Du hast ja den Schlüssel von unserer Wohnung. Geh hin und such dir die Unterlagen raus! Ich erlaube es dir!"

„Du bist ein solcher Stiesel!"

Sie hatte das Gespräch beendet.

Ich atmete tief durch und ging weiter. Hannahs Lieblingsnummer, Druck aufbauen, Aufträge erteilen, deren augenblickliche Erfüllung unmöglich war. Es war vielleicht auch nur das immergleiche Spiel, das sich in den Forderungen schon erschöpfte. Sie wollte sich vergewissern, dass sowohl sie als auch ich noch da waren. Irgendwie schien sie das zu trösten. Demnächst würde es mehr davon geben. Davon war ich überzeugt.

Als ich eine Stunde später in den Ort zurückkam, standen ein paar Leute vor den Häusern. Ich ging an ihnen vorbei und grüßte betont laut und freundlich.

Sie schauten auf, blickten mich eine Weile an und hakten mich ab. Weil sie mich nicht kannten, mussten sie mich nicht grüßen.

Aber Rosskopf stand vor seiner Mühle. „Kommen Sie doch einen Moment rein!“, winkte er. „Wir haben frisch angesetzten Cidre!“

Ich schaute auf meine Armbanduhr; ich hatte bis zu meiner abendlichen Verabredung noch genug Zeit.

In der alten Mühle war es kühl, dunkel und staubig. Das Mühlrad drehte sich nicht, aber darunter schäumte der Bach – vielleicht wütend darüber, dass man ihn heutzutage missachtete. Rosskopf stellte mir seine Frau vor. Sie war rosig und nett, eine Biobäuerin, die anpacken konnte und den Laden schmiss, während er sonst was an Projekten stemmte.

Er goss uns ein. Dann hielt er die Flasche gegen das Deckenlicht und sagte: „Hier, sehen Sie! Das ist genau die Farbe, die Cidre braucht. Sehen Sie? Alles andere ist Mist.“

Ich hatte noch nie etwas Köstlicheres getrunken. Mild, süßsauer, prickelnd, erfrischend. Keine strenge Geschmacksspur von Chemie. Ich hielt ihm erneut mein Glas hin und er schenkte bis zum Rand ein. Seine Frau steckte den kurz geschorenen Kopf zur Tür herein, lächelte entschuldigend und sagte:

„Die Viecher wollen nicht. Kannst du mal kommen?“

„Sorry, alter Schwede“, sagte Rosskopf in meine Richtung. „Wir trinken später weiter!“

„Eher ein anderes Mal“, sagte seine Frau. „Das mit den Viechern wird dauern!“

Die beiden verschwanden nach Draußen und ich stand allein in der Mühle. Alle Türen blieben offen. Ich sah mich um, ein angrenzender Laden quoll über von Landprodukten, darunter auch die dicken und langen Würste, die mir Rosskopf offeriert hatte. Sie dufteten durch den ganzen Laden. Um zwei von ihnen zu bekommen, musste ich aber erstmal Ergebnisse abliefern.

Ich verließ den Laden und stand im Halbdunkel der Mühle. Eine Aura, die etwas erzählte von schwerer Arbeit, festen Lebensregeln, nachhaltigen Stoffen und zuverlässigen Materialien. Das Holz um mich herum, bis hinauf in den hohen Dachstuhl, schien zu atmen. Nach einem Augenblick ging ich hinaus. Ich nahm einen kleinen Umweg und schlenderte noch einmal durch ein paar hügelige Dorfstraßen. Kühe schrieen in unsichtbar bleibenden Ställen zwischen den Fachwerkhäusern, Hunde kläfften, Kinder beschwerten sich lautstark. Und jemand brüllte in sein Handy Anweisungen für eine Baustelle am nächsten Morgen.

Mein eigenes Handy summte. Die Leiterin des Dorfmuseums im Nachbarort rief an und sagte ihre Einladung für das Abendessen in zwei Stunden ab. Ihr sei etwas Privates dazwischen gekommen. Der Besuch eines Enkelkindes, ich kenne das ja.

Ich kannte es nicht, gab mich aber zufrieden.

Es dämmerte bereits, als ich den kleinen Supermarkt betrat, um mir ein Fertiggericht zu kaufen, dass ich in meiner spartanischen Küche aufwärmen konnte. Ich bedauerte es, keine Wurst in der Mühle erstanden zu haben, aber die wartete ja auf mich am Ende meines Auftrages als königliche Belohnung

Später am Abend rief mich die Stiftungsleiterin Schleiter-König an und fragte, ob alles in Ordnung sei. Ich bejahte das. Sie lud mich am Wochenende zum Essen ein.

Den Rest des Abends langweilte ich mich mit dem Fernsehprogramm.

***

Als ich am nächsten Morgen ausgeruht das Klassenzimmer betrat, waren nur drei der sechs Schüler anwesend. Ich wollte schon nach Luft schnappen, doch da kam der Rest herein. Sie hatten offensichtlich etwas ausgeheckt und kicherten eine Weile.

Ich legte meine Papiere aus, wartete, bis sich alle gesetzt hatten und blickte sie der Reihe nach freundlich an.

„Ich werde Ihnen heute meine zehn Gebote nennen. Die zehn Gebote des Schreibens."

„Olala!", sagte Helga. „Sie kommen uns mit Religion?"

„Zehn profane Gebote", erwiderte ich. „Ohne die geht gar nichts. Das würde selbst die Kirche begreifen."

„Achtung vor der Kirchenzuchtordnung!", spottete Bernhard, noch eine Spur blasser im leeren Gesicht als vorher.

Sie legten folgsam Papiere und Stifte vor sich. Joachim und Traudi tuschelten und fuhren zugleich ihre Labtops hoch, und alle sahen mich erwartungsfroh an.

„Das 1. Gebot“, sagte ich. „Wenn Du zu schreiben beginnst, musst Du wissen, w a s Du schreiben willst.“

„Na, hallo!“, bemerkte Klaus-Jürgen.

„Meine Forderung mag Ihnen banal und allzu selbstverständlich erscheinen“, erläuterte ich. „Aber das ist es ganz und gar nicht. Im Allgemeinen fängt man mit Schreiben an, weil man irgendeinen inneren Impuls dazu verspürt. Man will etwas loswerden, man will unbedingt schreiben, man weiß aber nicht recht worüber. Und das ist gefährlich. Denn wir kommen schnell an einen Punkt, an dem wir nicht weiterwissen und vielleicht verzweifeln. Man nennt das auch Schreibblockade.“

„Kenne ich“, lachte Traudi.

„Dann haben wir unser Anliegen nicht genügend durchdacht“, fuhr ich fort. „Wenn wir zu schreiben beginnen, haben wir keine Zeit, etwa im Anfangskapitel unseren Stoff zu suchen. Nein, er muss da sein. Und zwar schon vom allerersten Satz an. Möglichst müssen wir sogar genau wissen, was davor geschah. Die Szene davor, bevor es beginnt. Wenn Kevin oder Janine morgens ins Büro kommen und sich vor den Computer setzen oder ihre Dokumente vor sich ausbreiten – wie ist ihre Stimmung? Das können wir nur wissen, wenn uns vor Augen ist, wie sie die Nacht verbracht haben, allein oder zu Zweit, wie ihr Frühstück allein oder mit der Familie war, wie die Anreise durch die Stadt war, wer sie alles angerempelt hat ... “

„Das bedeutet zu viel Vorarbeit", unterbrach mich Bernhard kopfschüttelnd.

„Dabei geht der Schreibimpuls verloren", unterstützte ihn Tanja.

„Vorarbeit ist das A und O, also etwas Positives", erwiderte ich. „Unser Vorteil dabei ist, dass der Rest von allein geht. Nur wenn unsere Vorarbeit makellos war, können wir ein Handlungsgerüst aufbauen, das Anfang, Mitte und Ende besitzt. Wir gehen in kleinen Schritten voran – und wissen genau, in welchen Schuhen wir gehen."

„Ich dachte, wir lernen das bei Ihnen – also, w a s wir schreiben wollen", nuschelte Tanja kleinlaut.

„Nein. Damit lasse ich Sie allein", sagte ich. „Darum kümmere ich mich nicht. Das müssen Sie selbst wissen. Aber wir können uns natürlich über interessante Themen und Motive unterhalten. Das Einfachste wären Slogans für die Tourismusbranche, aber worauf ich hinauswill, das wären gut gebaute Erzählungen. Beispielsweise über aufregende Figuren in der Region Wolfsland-Schwalm."

„Das nennt man wohl Figurenentwicklung", merkte Bernhard an. „Daran bin ich besonders interessiert. Jeder Schatten an der Wand gehört ja zu einem Menschen, der ihn wirft."

„Das machen wir zum 2. Gebot", sagte ich. „Figurenentwicklung. Gute Figuren verkörpern in der Literatur alles das, was sie in der Realität niemals sein würden. Je extremer, desto besser. Wir müssen sie aktiv gestalten, von Sehnsüchten gebeutelt und getrieben. Der größte Fehler wäre, über völlig normale, desinteressierte Menschen zu schreiben. Auch ein völlig antriebsloser Mensch, muss irgendwann einmal ein Glas Wasser holen – dann sind wir mit dabei. Jagen Sie Ihre Figuren in Konflikte, sie sind das Salz in der Suppe des Erzählens. Und ohne Konflikte gibt es keine tragfähige Handlung."

„Dann könnte man über unseren Unterricht hier keinen Roman schreiben", sagte Helga. „Denn hier ist ja alles eitel Sonnenschein."

„Das kann sich ändern!", rief Klaus-Jürgen.

„Und dann fängt es an, spannend zu werden!", schloss Bernhard. „Als Autor, der über uns hier schreibt, würde ich alles versuchen, es spannender zu machen."

„Auf Kosten der Wahrheit!", rief Tanja.

„So ist Literatur!", ergänzte wieder Bernhard. „Mir ist Literatur wichtiger als die Wahrheit!" Er brach ab und wirkte plötzlich hilflos.

„Das 3. Gebot", sagte ich. „Es lautet: Du sollst beim Schreiben nicht Deine Gefühle entwickeln, sondern die des Lesenden."

„Aber ich muss doch als Schreibender emotional sein, sonst wird der Text eine Art Anleitung zur Funktion von Fahrstühlen!"

„Völlig richtig, Tanja", stimmte ich zu. „Aber es nutzt Ihnen wenig, wenn Sie beim Schreiben über sich selbst begeistert sind, und der Lesende klappt das Buch gelangweilt zu."

„Moment! Entschuldigen Sie, aber das verstehe ich

nicht!“, wandte Bernhard ein. „Überträgt sich die Begeisterung des Autors nicht auf seine Sprache?“

„Das kann im besten Fall schon sein“, gab ich zu. „Aber das Wichtigste bleibt trotzdem, immer an den Leser zu denken. Er opfert seine Zeit, um unseren Text zu lesen. Wir müssen ihm dafür etwas schenken.“

„Das geht klar“, sagte Klaus-Jürgen.

„Das 4. Gebot betrifft die Sprache. Deine Sprache soll sich nicht in Schönheit erschöpfen. Die Wirkung Deiner Sprache auf die Leser ist das Wichtigste.“

„Aber Schönheit der Sprache ist doch zumindest in der Lyrik ein besonderes Ziel!“

„Nein, Schönheit allein nicht.“

„Ja, Moment mal!“, rief Bernhard. „Wollen Sie behaupten, in der Literatur sei Schönheit der Sprache nicht immer eines unter mehreren Motiven?“

„Vergessen wir nicht“, blieb ich besonnen, „dass Literatur ein Lebensmittel ist. Sie ist unverzichtbar. Damit stillt sie auch das Schönheitsempfinden. Aber sie darf keine Dekoration sein. Wenn Ihr Text kein Lebensmittel für den Lesenden wird, dann werfen Sie ihn fort oder löschen ihn. Literatur darf nicht einmal – um im Bild zu bleiben – eine Nachspeise sein ...“

„Sie ist der Hauptgang!“, warf Klaus-Jürgen ein.

„Ganz genau! Danke, Klaus-Jürgen! Unsere sprachlichen Mittel müssen nur hinreichend sein, den Lesenden zu erreichen und zu erschüttern.“

„Ist das nicht ein bisschen viel verlangt, Herr Beiner?“ Bernhard lächelte und lehnte sich zurück, in der Konfrontation beinahe entspannt.

„Nein“, erwiderte ich. „Nicht zu viel verlangt.“

„Na schön“, sagte Bernhard höhnisch. „Das muss man abwarten.“

„Damit zusammenhängend das 5. Gebot: Worte sind kostbar. Du sollst in jedem Moment wissen, was genau Du ausdrücken willst. Suche unter den Alternativen den besonderen Ausdruck, nicht den allgemeinen.“

„Beispiel?“, fragte Helga.

Es klopfte in diesem Moment. Eine junge Frau steckte den Kopf zur Tür herein.

„Entschuldigung! Ist hier gerade Jemand durchgerannt?“

Ich blickte sie verdutzt an, dann in die Runde. „Ist hier gerade jemand durchgerannt?“

„Nein“, versicherten alle außer Bernhard, der offensichtlich versunken war in seine Konfrontationspläne.

„Nein“, sagte ich in Richtung der jungen Frau und sie schlug die Tür wieder zu.

„War das ein praktisches Beispiel für uns?“, fragte Traudi. „Haben Sie das extra inszeniert?“

„Nein, aber es passt tatsächlich zum 5. Gebot“, sagte ich. „Ihre Frage war nicht, ob wir jemanden gesehen haben oder jemand hier gewesen ist, sondern ob jemand ‚durchgerannt‘ sei. Eine bildliche Darstellung, die mit Handlung zu tun hat. Das ist der besondere Ausdruck, den wir suchen müssen. – Danke dafür, meine Liebe!“

Ich winkte nach draußen.

„Wie bestellt“, frotzelte Klaus-Jürgen.

„Das 6. Gebot lautet: Du sollst Dich bemühen, alle

Dinge zu erzeugen, die der Leser im Alltag meidet. Denn die Zustände, die er im wirklichen Leben hasst, bereiten ihm als Lesestoff Freude."

„Entschuldigen Sie", bat Bernhard. Er beugte sich vor und hob seinen Stift. „Entschuldigen Sie bitte! Das klingt mir zu sehr nach Kriegsschauplatz. Haben Sie das im Sinn?"

Ein halblautes Lachen kam auf. Ich spürte in mir eine gewisse Ungeduld aufkeimen, wie immer, wenn ich Widerspruch bekam, obwohl ich glaubte, mich präzise ausgedrückt zu haben.

„Vielleicht ist Schreiben eine Art Krieg", überlegte ich. „Zumindest ein Angriff. Ein Angriff auf die Selbstgefälligkeit, auf die Trägheit, auf die Ignoranz. Aber ich würde es anders nennen. Wie gesagt, Literatur ist ein Lebensmittel, und das heißt in erster Linie, der Schreibende nimmt keine Rücksicht auf das Ruhebedürfnis anderer. Schreiben attackiert, um selbst zu überleben."

„Das ist mir insgesamt eine Spur zu martialisch", gab sich Bernhard nicht geschlagen. „Vielleicht können Sie es eine Nummer kleiner ausdrücken."

„Nun ich denke", sagte ich, „wir streiten nicht um Begriffe."

„Steile Thesen", sagte Bernhard mit gekräuselten Lippen. Ich wartete, ob er noch mehr sagen wollte, aber er versank ins Grübeln.

„Wir hatten schon davon gesprochen, dass Figuren wichtig sind", fuhr ich fort. „Deshalb lautet das 7. Gebot: Am Anfang jeder guten Erzählung steht die Person. Dann erst kommt das Wort. Was die Figur sagt oder tut, das bringt die glaubhafte Handlung hervor."

„Spannender sind vielleicht Erdrutsche oder Emeuten", lachte Klaus-Jürgen. „Ich erinnere mich an den Anfang einer berühmten Erzählung, in der es heißt: *Freitag, den 20 Juli 1714, um die Mittagsstunde, riss die schönste Brücke in ganz Peru und stürzte fünf Reisende hinunter in den Tod.*"

„Thornton Wilder, *Die Brücke von San Luis Rey*", ergänzte ich. „Sie haben völlig recht. Aber nur auf den ersten Blick. Denn mit dem Adjektiv ‚schön', das der Autor einflicht, schafft er eine intime, persönliche Beziehung zu den äußeren Vorgängen. Der Lesende fühlt sich emotional angesprochen. Er gibt seinen rein technischen Blick auf den Vorgang auf und beginnt, sich die Personen im Zug vorzustellen."

„Wenn man es so sehen will ...", räumte Klaus-Jürgen zögernd ein.

„Außerdem sterben fünf Menschen", assistierte mir Tanja. „Wer waren sie!"

Ich legte nach. „Erinnern Sie sich an irgendein Buch – was ist in Ihrer Erinnerung lebendig geblieben?"

„Sie haben recht. Die Figur, die Gestalt!"

„Das glaube ich auch", sagte ich. „Es sind die Kapitän Ahab, die Huckleberry Finn, die Long John Silver der Literatur, die im Gedächtnis bleiben. Nicht einmal die Pest in Venedig wirkt beim Lesenden so sehr nach, wie Fräulein Smilla, die einhundert Varianten von Schnee kennt."

„Nun gut", nahm Bernhard wieder das Rennen auf,

„aber jetzt mal im Ernst, Herr Beiner! Messen Sie gute Literatur daran, wie schnell die Hauptfigur ins Spiel kommt und wie plastisch sie ausgearbeitet ist?"

„Sie müssen sich daran gewöhnen", sagte ich, „nicht als Leser zu denken, sondern als Autor. Für den Schreibenden sollten die Hauptfiguren im Mittelpunkt seiner Überlegungen stehen. Je sorgfältiger sie gestaltet sind, desto wertvoller ist sein Text. Je mehr hingegen die reine Handlung im Vordergrund steht, desto trivialer ist der Text."

Bernhard nahm die Brille ab und putzte sie sorgfältig. Die anderen beobachteten ihn. Im Augenblick war er der Wortführer des Widerspruchs. Aber er blinzelte nur in die Runde und schwieg.

„Das 8. Gebot mag Ihnen vorkommen wie ein Widerspruch zu dem, was ich soeben sagte. Es lautet: Erzeuge Spannung, die den Lesenden nicht mehr loslässt. Denn welche Bücher legt er nicht mehr aus der Hand, bis der letzte Satz gelesen ist? Die spannenden!"

„Aha! Also doch Handlung, Erdrutsche und Emeuten!", freute sich Klaus-Jürgen.

„Nicht unbedingt. Das hängt von der Darstellungskunst der Schreibenden ab", erwiderte ich.

„Ein Beispiel?", fragte Helga, irgendwie erschreckt.

„Folgendes: Sie waren ein wunderbares Paar. Er liebte sie, und sie liebte ihn, sie stritten sich niemals."

„Also hören Sie auf, Herr Beiner! Das kann nicht Ihr Ernst sein!" Bernhard warf den Stift von sich und lächelte geringschätzig. „Das ist nicht durchdacht!"

„Ganz recht, Bernhard", sagte ich besonnen. „Das ist nicht durchdacht. Denn das war ein Scheinbeispiel, um Sie hereinzulegen."

„Wieso denn?", sagte Traudi. „Ein solcher Anfang kann die Leserin doch so stutzig machen ..."

„... Und den Leser auch", unterbrach Joachim.

„... dass sie zu ahnen beginnen, da wird sich alsbald etwas gewaltig tun, da gärt doch was!"

„Wenn der Schreibende dies im Auge hat, und nach diesem Plan schreibt, dann sehr schön", sagte ich. „Aber er darf sich nicht selbst auf den Leim gehen und diesen Anfang ernst meinen."

„Ernst meinen?", echote Traudi.

„Im Sinne von: Ich schreibe einen Text über ganz normale, ganz einfache Leute, und ich ziehe daraus keine Handlungsschlüsse; denn das einfache Leben ohne Höhepunkte ist mein Ideal und soll auch das meiner Figuren sein."

„Es ist nur ein Trick, um etwas desto gründlicher vorzubereiten?", sagte Joachim. „Etwa so, wie es Patricia Highsmith tun würde und schon getan hat, wie in *Ediths Tagebuch* oder *Das Zittern des Fälschers*?"

Jetzt schrieben wieder alle mit. Ich wartete einen Moment und sprach dann weiter.

„Spannung, die sich nicht unabhängig von Personen entwickelt, könnte folgender Anfangssatz erzeugen: *Ich hätte Mutter am liebsten erwürgt. Aber dazu hätte ich sie anfassen müssen.*"

„Wow!", entfuhr es Helga erschreckt. „Ein Satz von Ihnen, wie ich vermute?"

„Zugegeben“, sagte ich bescheiden. „Aber darauf kommt es nicht an. Wir müssen die Lesenden sofort beim Kragen packen und Spannung erzeugen. Und das geht bei anspruchsvollen Erzählungen am besten mit Personen.“

Sie schrieben. Ich lauschte nach draußen. Dort hatte sich ein Geräuschpegel erhöht. Menschliche Stimmen. Der Lärm ebbte jedoch wieder ab und verlor sich nach draußen.

„Das 9. Gebot sagt, dass Dialoge wichtig sind. Und da diese von Figuren geführt werden, kommen also wieder Personen ins Spiel. Und: Dialog ist Handlung! Dialog ist kein Füllsel, wenn die Beschreibung am Ende ist und wir den Text lediglich auflockern wollen. Dialog treibt das Geschehen zwischen Figuren in spezieller Art und Weise desto schneller voran – aber bitte nicht an der Handlung vorbei.“

„Wir müssen also zeigen, wie die Leute in der Region reden?“, mutmaßte Joachim.

„Nein“, sagte ich. „Ganz im Gegenteil. Sowieso kein Dialekt und keine Lautmalerei, keine Worthülsen, wie wir sie in der gesprochenen Sprache haben. Literarischer Dialog ist nie naturalistisch, sondern eine erfundene Kunstsprache, die das wirkliche Sprechen nur imitiert. Am deutlichsten bieten das Historische Romane an.“

„Dialog sei Handlung?“, fragte Traudi nach. „Wie kann das sein? Alles steht doch still, während die Leute miteinander reden!“

„Eben nicht“, sagte ich. „Wir begreifen das, wenn wir

die Fehler beim Dialogschreiben anschauen. Sie heißen: Echos des vorangegangenen Satzes, allzu direktes Anknüpfen an das Vorher gesagte. *‚Der Täter kam um Neun! – Um Neun? – Ja, um Neun'.* Vor allem müssen die Sprechenden im Dialog sichtbar werden, ihre Mentalität, ihre Charaktere und Besonderheiten. Und damit verbunden natürlich die Beziehung zwischen den Sprechenden. Bei Hemingway können Sie das am besten studieren."

„Und bei Beiner", lächelte Bernhard süffisant.

Renate sah erschreckt aus. „Lass doch die ewigen Anspielungen!"

Bernhard drehte seinen kräftigen Oberkörper langsam in ihre Richtung. Sein Gesicht war blass. „Wie bitte?"

Ich fragte mich, ob Bernhard so angriffslustig war, um die Reaktion der anderen in der Gruppe zu testen. Waren Sie Material für ihn? Ich sah einem Konflikt entgegen, den ich in der Literatur gewollt hätte, aber nicht im sozialen Alltag des Unterrichts. Also sagte ich schnell:

„Kommen wir zum 10. und letzten Gebot! Es lautet: Erzähle nicht nur, sondern z e i g e die Geschichte. Wir leben im Zeitalter der geschauten und imaginierten Bilder."

„Aber das wäre ja ein Appell gegen die Literatur und für die darstellende Kunst!", warf Helga ein.

„Wir erzeugen ja mit Worten Bilder!", nahm Klaus-Jürgen für mich Partei.

„Meinen Sie das?", fragte Joachim.

„Die Bilder sitzen ohnehin in unserem Kopf", sagte ich. „Mit Worten erwecken wir sie zum Leben. Darauf kommt es an. Wir sagen nicht: ‚Er war so groß, dass er sich den Kopf anstoßen konnte, wenn er durch die Tür kam. Sondern wir sagen: Die Tür wirkte niedrig, als er eintrat. Dann haben wir ein Bild plus eine Handlung."

„Es gibt sicher bessere Beispiele", sagte Bernhard.

Ich schwieg.

Draußen schlug die Uhr der Dorfkirche. Es war Mittag. Die zehn Gebote der Literatur waren verkündet. Die Sonnenstrahlen dieses herrlichen Herbstes drangen durch die hohen Fenster. Und als ich soeben die Unterrichtsstunde beendet hatte, alle draußen waren und ich meine Unterlagen ordnete, da erschien das Dorfkind in der Tür zum Klassenraum.

***

Ich blickte auf. – Und schon stand sie neben mir.

Die junge Frau fing sofort an zu sprechen. Jedes Wort fand in ihrem schönen, stillen Gesicht einen Widerhall.

„Ich wollte Ihnen einen Besuch abstatten. Ich bin nur ein weiteres Mädchen, das Ihnen einen Besuch abstattet."

Ich musste lachen. „So viele Mädchen besuchen mich gar nicht!"

„Interessiert es Sie, wenn jemand zwei Heimaten hat?"

„Stark", reagierte ich einsilbig – ich war noch immer ein bisschen überrascht.

„Ich komme aus Pakistan. Aber hier bin ich aufgewachsen. Ich bin ein echtes Dorfkind geworden. Mein Name ist Sumaya."

Ich sah sie mir genauer an. Schlank, überraschend heller Teint, mattes schwarzes Haar. Ihre dunklen Augen und ihr ungeschminkter, weicher Mund ließen ihr ebenmäßiges Gesicht erscheinen wie ein Porträt, das ein Maler sofort hätte verewigen wollen. Ihre stolz aufgerichtete Gestalt erzählte – wie ich später erfuhr – von zwanzig Jahren, die sie schon durch die Welt ging. Und dieser Weg war trotz ihrer unversehrten Schönheit offenbar nicht leicht gewesen.

„Ein Dorfkind?", sagte ich. „Davon wollen Sie mir erzählen?" Ich war durch ihre Gegenwart sowohl amüsiert als auch erregt.

„Ich habe gehört, Sie schreiben alles auf oder lassen alles aufschreiben, deshalb bin ich gekommen", sagte Sumaya. „Vielleicht interessiert Sie, wer ich bin."

„Wollen Sie an der Schreibklasse teilnehmen?", hakte ich nach. „Wir haben schon angefangen."

„Der Ortsvorsteher sagt, ich könnte noch mitmachen."

„Soso, der Herr Ortsvorsteher also ..."

„Ich bin in *Silkkut* geboren. Aber schon seit ich vier bin, sind wir hier."

Sie ging ein paar Schritte hin und her, sicher nicht, um zu posieren, sondern um ihre innere Spannung loszuwerden, die ich ihr anmerkte. Auch ich wäre gern ein paar Schritte gegangen ...

Ich bemerkte, wie unruhig sie war. Sie war es nicht

gewohnt, mit fremden Männern zu sprechen. Sie verlor ihre Haltung und gestikulierte.

„Meine Heimat war ein blühender Garten, wissen Sie? Aber dann kam Hass über uns."

Ich war nicht recht gerüstet für ein solches Thema. „Sie flüchteten mit Ihrer Familie?"

„Ich hörte, dass dieses Land hier allen gehört. Deshalb flüchtete meine Familie hierher."

Ich begann zu ahnen, was sie alles hätte erzählen können. „Ich hoffe, alle Ihre Leute haben überlebt?"

„Nicht alle", sagte sie leise und lächelte.

„Wollen Sie sich hinsetzen?", fragte ich.

Sumaya murmelte ein Dankeschön und setzte sich abwartend an einen der verwaisten Tische im Hintergrund.

„Wir brauchen alle eine Heimat", sagte sie. „Zum Glück konnten wir uns hier eine neue schaffen. Wir wurden gut aufgenommen. In meiner ersten Heimat sagt man: *Ein Mensch ohne Heimat wird kein Grab auf Erden haben.*"

„Ein schöner Satz", meinte ich. „Und ein wahrer Satz. Wir brauchen ein Zuhause. Sonst werden wir für die Welt und für die Nachwelt unsichtbar."

„Haben Sie ein Zuhause?", wollte sie wissen.

Ich überlegte. „Ja, ich denke schon. Vielleicht sogar zwei – oder mehrere."

„Das ist schön", sagte sie. „Es hat mit Menschen zu tun, nicht wahr?"

„Immer", sagte ich. „Es hat immer mit Menschen zu

tun. Heimat ist dort, wo wir lieben und Freunde haben – und wo wir gebraucht werden."

„Als wir hier ankamen, fühlte ich mich sehr einsam. Und sehr fremd", erzählte Sumaya. „Alles war anders, als ich es kannte. Und es war Winter, ich fror. Ich sah zum ersten Mal Schnee. Ich lernte zuerst die Sprache, weil das zu einem neuen Leben gehört. Ich begann, mich wohlzufühlen und Vertrauen zu empfinden. Man war freundlich zu mir."

„Sie denken also nicht schlecht über dieses Land?"

„Nein, es ist ein großartiges Land! Und es soll leben bis zum Jüngsten Gericht! Deutschland *Zindabad*!"

Ich war beeindruckt davon, wie ihre Überzeugungen aus jedem Satz sprachen. Das hatte ich bei Gleichaltrigen noch nicht oft erlebt. Eine junge Frau von zwanzig Jahren, die in zwei verschiedenen Ländern aufgewachsen war und anscheinend vieles aufgenommen hatte.

„Es ist schön, Sie so sprechen zu hören!", sagte ich. Und ich dachte: Sie gefällt mir!

Sofort hörte ich in meinem Inneren die Stimme von Hannah. „Du bist immer gleich beeinflusst! Behalte doch deinen Verstand!"

Ja, Hannah, antwortete ich stumm, *aber im Moment fühle mich fremd. Ich bin dieser jungen Frau fremd, aber ich fühle mich ihr auch verbunden. Wir sehen vielleicht beide das Befremdliche des Lebens,* unseres *Lebens! Es begleitet uns, wohin wir auch gehen.*

„Woran müssen Sie denken?", wollte Sumaya wissen. Ihre dunklen Augen blickten mich neugierig an.

Ich hätte schwören können, sie ahnte, was mir durch den Kopf ging.

Es ging sie nichts an.

„Ich will sehen, ob ich Sie in den Kurs einbauen kann“, gab ich vor. „Warum eigentlich nicht. – Sie wollen ja wahrscheinlich nicht in die Tourismusbranche?“

„Wie bitte?“

„Ach nichts“, winkte ich ab. „Aber es würde mich wirklich interessieren, was Sie damit meinen, wenn Sie sich als *Dorfkind* bezeichnen. Das klingt ja kurios.“

„Wieso kurios?“

„Mein Vorurteil“, wiegelte ich ab. „Dorfkinder sehen gewöhnlich anders aus, verhalten sich anders und sprechen auch anders.“

„In Pakistan nicht“, lächelte sie.

„Dann erzählen Sie uns davon“, sagte ich. „Erzählen Sie m i r davon! Ich interessiere mich für Sie!“

Sie schaute mich nachdenklich an. Dann huschte ein spitzbübischer Zug über ihr Gesicht.

„Ich muss das alles erst mit meiner Familie besprechen“, sagte sie.

„Keine Angst“, entschlüpfte es mir. „Ich bin in festen Händen.“

Es war eine völlig überflüssige Bemerkung. Ich hätte mich dafür entschuldigen wollen. Um solche Gefühle ging es hier nicht. Aber ich kam nicht umhin, schon nach dieser kurzen Begegnung einen kleinen inneren Aufruhr zu empfinden. Hannah hatte ja recht: ich neige mitunter zu Pathos. Ich höre bei Empfindungen unterlegte Musik – gewissermaßen.

„Oh“, fiel es ihr ein. „Ich habe ja etwas mitgebracht!“

Sie ging hinaus und kehrte mit einer gebrannten und verzierten Tonschale zurück, die sie mir überreichte.

„Datteln“, erläuterte sie. „Von einem pakistanischen Händler auf dem Wochenmarkt.“

„Ich liebe Datteln!“, entfuhr es mir.

Sie war scheu. Sie sagte, dass sie jetzt gehen müsse. In ihr lebte ein junges, ängstliches Tier. Auch wenn sie sich dies nicht anmerken ließ. So jung wie sie war, und bei allem, was sie als Flüchtling erlebt hatte, konnte sie nicht wissen, wie wunderbar sie war. Und auch nicht, wie wunderbar die Liebe war.

Ich hätte in diesem Moment gern die Hand nach dieser jungen Frau ausgestreckt, die mir in ihrem neuen Zuhause verloren schien.

So verloren wie ich – wenn ich es mir recht überlegte.

***

Endlich kam der Tag, an dem ich mit der Suche nach Rebekka beginnen konnte.

Auf dem Weg zum Bahnhof stellte ich mir eine Reihe von Fragen. Als ich auf dem Bahnsteig wartete, über den kräftige Böen wehten – dunkle Gewitterwolken zogen in der Ferne auf –, grübelte ich darüber nach, warum wir gerade jetzt anfingen, uns mit dieser Gestalt aus dem Dunkel der Jahrhunderte zu beschäftigen. Zufall? Geheime Notwendigkeit? Welche Jetztzeit treibt uns dazu, das Vergangene als gegenwärtig zu erkennen, und eine Frauengestalt des 19. Jahrhunderts als aktuelle Persönlichkeit zu empfinden?

Der Zug fuhr ein. Ich suchte mir einen Platz in der oberen Ebene des Doppeldeckers.

In Gedanken versunken sah ich aus dem Zugfenster. Die flache Landschaft, mit ihren abgeernteten und manchmal goldenen Feldern, bunten Herbstwäldern und Wasserläufen glitt vorbei und ich dachte bei mir, ob ich vielleicht der Einzige wäre, der sich in dieser prächtigen Jahreszeit voller Geschenke, solche Fragen stellte. Vielleicht war es allen meinen Zeitgenossen gleich. Obwohl meine Erfahrung mich lehrte, dass wir uns immer in Tendenzen befinden, in denen sich andere in diesem Augenblick ebenfalls bewegen. So wie bei Kranichen zwar jeder Vogel für sich seine Geschichte erzählt, aber jeder andere auf dem Flug neben ihm sie auch erzählen möchte. Denn sie sind nicht in einem morphogenetischen Feld gefangen, wie andere Zugvögel. Sie empfinden sich nicht als ein einziger, großer Vogel. Jeder Kranich für sich empfindet sich als ausgewähltes Lebewesen, als individueller Sendbote des Glücks. Das macht ihn stolz und selbstbewusst. Und davon will er erzählen.

Das war mir eingefallen, als ich am ersten Abend an meinem offenen Fenster stand und in den Himmel blickte.

Ich erblickte die Vögel wieder. Sie hatten sich aus den wasserreichen Auen von Loshausen erhoben, wo sie rasteten und vor Feinden in Sicherheit waren. Wo sie am Boden tanzten und danach in den Lüften, zu ihrem eigenen Gesang.

Ich näherte mich der Kreisstadt.

Dort musste ich noch zwei Kilometer zu Fuß gehen. In mir reifte der Entschluss, mir ein Auto zu leihen. Ich hatte jedenfalls genügend Zeit, mich der Person, deren Geheimnisse ich lüften wollte, zu nähern.

Mit der leibhaftigen Rebekka waren auch alle Bücher von ihr verschwunden. Sie waren nicht verboten worden, obwohl die staatliche Zensur sich mit der Arbeit dieser Verfasserin ausgiebig beschäftigt hatte. Das hatte ich bereits vor meinem Aufenthalt hier in den Archiven von Marbach studiert. Ihre Bücher waren nur vergriffen gewesen, nicht eingestampft, aber auch nicht wieder aufgelegt. Man hatte wohl einfach darauf gesetzt, dass sie in Vergessenheit geriet. Es gab ein paar Exemplare hier und dort, eines im landgräflichen Archiv von Ziegenhain.

Dieses Buch anzusehen, war beinahe unmöglich, denn die Räume lagen im Hochsicherheitstrakt der dortigen Festung und die bestand heutzutage aus dem schwer bewachten Zuchthaus. Man bewachte dort also seltene und kostbare Bücher ebenso sorgfältig wie verurteilte Schwerverbrecher. Niemand durfte entkommen. Diese Tatsache hatte für mich, als ich zum ersten Mal davon erfuhr, etwas Erheiterndes gehabt. Vielleicht lag in diesem Beschluss der Verwaltungen der Grund, weshalb Rebekkas Buch mit dieser Aura des Verbotenen, ja Kriminellen umgeben war. Nur ausgewählte Personen durften in dieses System strengster

Observation hinein – nach langer und entwürdigender Überprüfung von Person und Interessenlage. Ich war durch den Auftrag des Instituts eine dieser Personen.

Ich kam in Ziegenhain an.

Das Wetter war noch immer sonnig. Aber am westlichen Horizont bauten sich immer mehr Gewitterwolken auf.

Der Ort Ziegenhain ist altehrwürdig. Er liegt in der Schwalmsenke als Teil einer Doppelstadt mit Treysa. Ich sah prächtige Fachwerkhäuser, ich hatte Kenntnis davon, dass in einem mit Efeu überwucherten eine berühmte Pianistin mit weißem Haar wohnte, deren Konzert ich vor Jahren einmal besucht hatte. Es gab einen ehemaligen Exerzierplatz für den Drill gepresster Soldaten, die einst von den hessischen Landesherren in den nordamerikanischen Unabhängigkeitskrieg verkauft und verpachtet worden waren, um auf der Seite der englischen Krone zu kämpfen – gegen die Freiheit!

Heute fanden auf dieser weitläufigen Anlage folkloristische Veranstaltungen mit Heimatbräuchen statt. An der Westseite stand stolz die Kirche, in der zur Reformationszeit die verschärfte Kirchenzucht für das Fürstentum Hessen ausgerufen worden war. An der Ostseite die Tourismuszentrale, für die einige meiner Schüler zukünftig nur zu gern tätig werden wollten. Das war mir schon nach zwei Tagen vor Ort klar: Die Region Wolfsland-Schwalm war es, die tüchtige Angestellte als gut bezahlte Ideengeber anlockte, nicht der freie literarische Markt. Aber ich hatte den Kampf um die mir anvertrauten literarischen Talente noch nicht aufgegeben.

Nach der Kontrollprozedur am Eingang, wo ein misstrauischer Beamter hinter Panzerglas mich eine halbe Stunde warten ließ, obwohl ich einen gültigen Passierschein besaß, betrat ich den Hof des Zuchthauses.

Ein Mann empfing mich freundlich, wenn auch nicht ohne sezierende Seitenblicke. Sah ich vertrauenswürdig genug aus? Er geleitete mich anstandslos in die Verwaltungsgebäude. Wir kamen vorbei an Menschen, die sich in die Schatten der Wände duckten, als wir vorbeigingen. Mein Begleiter hob hin und wieder die Hand. Ein Blick traf mich. Und als ich mich halb umwendete, sah ich einen grauen, gesichtslosen Menschen, der mir etwas zuflüstern wollte. Aber mein Begleiter gebot dem Einhalt und winkte den Insassen in den Hintergrund zurück. Der Beamte lächelte mir entschuldigend zu. „Harmlos. Aber man weiß ja nie. Jeder hat sich an die Regeln zu halten."

Wir durchquerten einen prächtigen Raum mit gewienertem Parkett, Kronleuchtern, hohen Fenstern und hoher Decke. Der Rittersaal: hier war 1539 die Kirchenzuchtordnung für das ganze Land verkündet worden, erläuterte stolz mein Begleiter. Er hatte wohl einen kleinen Umweg eingeschlagen, um mir diesen Saal zu präsentieren. Ich bewunderte pflichtschuldig die prächtige Ausstattung mit allem dazu gehörigen Inventar aus der Zeit der letzten Adelsherrschaft. Dann betraten wir eine Art Luftschleuse. Hier bewachten Uniformierte den Gang. Ich hörte laute Stimmen im Hintergrund, ein Schreien, ein Jammern, ein Lachen. Wir gingen weiter und erreichten die Bibliothek.

Mir wurde ein Tisch mit Schreibtischlampe zugewiesen. Ich war der einzige Benutzer des Archivs. Mein Begleiter verschwand und kam wieder mit einem, in Leder gebundenes, Buch, das er feierlich in behandschuhten Händen trug, wie man Zepter und Krone für einen Monarchen trägt.

„Rebekka von dem Gawein, Die unglückliche Poetin, Julius Campe Verlag, 1839!“

Er ließ mich allein und ich konnte es kaum erwarten, das Buch aufzuschlagen. Der Einband war aus Schweinsleder, die 120 Seiten glatt, doch fleckig. Es knisterte, als ich die ersten Seiten umblätterte.

Es war nicht schwer, von den Texten gefangen genommen zu werden. Ich fragte mich ständig, ob die Autorin mit der Titelfigur sich selbst porträtiert oder die literarische Fiktion in Anspruch genommen hatte. Sie schrieb im belehrenden Stil ihrer Zeit, gespickt mit moralischen Appellen, religiösen Ermahnungen und Hinweisen auf die guten Sitten. Wieder und wieder brach sie aus in unerhörte, höchst irritierende Bereiche – und dann wurde es spannend.

Es war totenstill in der Bibliothek; von außen fielen Sonnenstrahlen durch die vergitterten Fenster. Hin und wieder knackte es im Holz des schweren Mobiliars und des Fußbodens.

Ich vergaß, wo ich war und versank in meine Lektüre.

Nach drei Stunden räusperte sich jemand neben mir.

Ich blickte irritiert auf. Es war der Bedienstete von vorhin. Er deutete auf die Wanduhr, die über den Bücherreihen hing.

„Wir schließen“, sagte er.

„Ja, natürlich“, beeilte ich mich.

Er klappte das Buch zu. Ich erhob mich.

„Ich komme morgen zur gleichen Zeit wieder“, erklärte ich.

Er ließ das Buch liegen, begleitete mich hinaus. Es ging den gleichen Weg zurück, wenn jetzt auch mehr Insassen an den Seiten standen, als hätte sich herumgesprochen, dass Besuch von Außerhalb da war. Sie blickten uns stumm an. Ihre Gesichter waren bleich. Sie wagten nicht, zu fragen, wie es sich anfühlte, ein freier Mensch zu sein.

Nachdem ich die Sicherheitskontrollen passiert hatte und draußen vor der mit Stacheldraht bewehrten Gefängnismauer auf dem Paradeplatz stand, atmete ich auf.

Über mir hingen Gewitterwolken pechschwarz – nicht mehr lange und es würde regnen. Ein paar Händler beratschlagten, ob sie ihre Stände für den Nachmittagsmarkt angesichts des drohenden Gewitters überhaupt aufstellen sollten. Ich steuerte ein Cafe am Rand des Platzes an.

Wie benommen versuchte ich, meine Lektüre zu rekapitulieren. Zwischendurch kam der Kellner und brachte mir mit großer Geste das Bestellte.

Ich hatte etwas Ähnliches bei einer Autorin des 19. Jahrhunderts noch nie gelesen. Ich wusste ja, das

Buch war während der Epoche des Biedermeiers geschrieben worden. Und es tarnte sich wegen der Zensur weitgehend mit einer landläufigen Erzählung über das Leben einer Bürgerfamilie in einer Residenzstadt, in der die zukünftige Poetin durchaus glücklich aufwuchs. Aber es strotzte auch von Passagen, in denen die Autorin ein Weltbild entfaltete, das ihrer Zeit Hohn sprach.

Da war die Rede von Ausbrüchen schon im jugendlichen Alter. Von späterer Promiskuität, von Unbotmäßigkeiten einer Frau am Rand der Gesellschaft, von unversöhnlichem Aufruhr gegen die Welt der Männer und gegen die Obrigkeit. Und die literarischen Passagen – das Ganze war eine Art Bildungsroman in Episoden – hatten mich bei aller poetischen Qualität beeindruckt wegen ihrer ganz und gar modernen Sprache.

Das konnte kaum wahr sein!

Es war, als stünde die Autorin neben mir und erzählte im heutigen Tonfall von ihren Problemen und Ansichten in der lähmenden Zeit der Restauration, der höfischen Zensur und der Verbannung der Frauen an den heimischen Herd.

Eine Passage lautete: *Ich will mich nicht gewöhnen an die Paradegäule und Autoritäten meiner Zeit aus Kirche und Staat. Ich setze dagegen den Freiheitsdrang jedes meiner Worte.*

So konnte nur eine Frau schreiben, die auf dem Sprung war. Die sich nicht einfangen lassen wollte. Die sich über die engen Grenzen ihrer Zeit hinaus wagte.

Und die sich nicht einschüchtern lassen wollte von der drohenden Gefahr.

War sie am Ende doch zu leichtsinnig gewesen?

Auf der Rückfahrt kam der Zug an rot und gelb verfärbten Spalieren von Laubbäumen vorbei, die in der Abendsonne wie von Innen heraus leuchteten. Birken in langen Alleen knisterten im Wind mit ihrem alten, welken Haar – das war wegen der gekippten Oberlichter der Fenster deutlich zu vernehmen. Der Zug passierte eine Trauergemeinde, die mit großem Autocorso angerückt war. Der von Buchshecken großzügig eingerahmte Friedhof lag außerhalb der Ortschaften, direkt unter dem niedrigen Himmel auf einer großflächigen, trocken gelegten Wiese.

Von meiner unglücklichen Poetin gab es auf keinem bekannten Friedhof der gesamten Region ein Grab.

Diese Tatsache erinnerte mich an einen Satz, den ich vor Kurzem erst von Irgendjemand gehört hatte. Ich konnte den Zusammenhang aber nicht herstellen und gab das Grübeln auf.

Das endlich einsetzende Großgewitter lenkte mich eine Weile ab. Der Zug fuhr natürlich, wenn auch langsamer, weiter und ich schaute aus dem Fenster in den heftigen, von Sturmböen begleiteten Regen. Und ich hoffte, dass sich die Trauergemeinde rechtzeitig in Sicherheit gebracht hatte.

Nun gut, dachte ich. Ich würde in den Offenbarungen meiner Poetin weiterlesen. Es interessierte mich brennend, wie eine solche Frau zur zitierten Autorität ihrer Zeit hatte werden können. Nur durch ihre Texte, oder auch als Person? Und welches Verhältnis hatte die Kirche zu ihr gehabt? Ich nahm mir vor, mit den Pfarrern der Region zu sprechen. Sie konnten mir sicher sagen, was den Aufstieg Rebekkas begründete – und wodurch ihr Absturz hervorgerufen worden war.

Und dann kam der wichtigste Teil meines Auftrages. Was war mit Leib und Leben dieser Frau geschehen, die aus der Zeit gefallen schien?

Ich musste sie finden!

Als ich aus dem Zug stieg hörte das Unwetter auf.

2. KAPITEL

Immer wenn es auf dem Land Herbst wurde, atmete ich auf. Die glühende Hitze des Sommers war vorbei. Alles war verdorrt zwischen Allendorf, wo meine Schwester im Geiste lebte, und Obergrenzebach. Vorbei war die quälende Zeit heißer Sommer in den Städten, in denen ich gelebt hatte, eine Zeit, in der ich den Atem anhalten musste, weil jede Absicht sinnlos und jeder Plan zum Scheitern verurteilt erschien.

Jetzt hingegen bleibt jeder Tag und bringt Veränderung. Die Türen öffnen sich. Winde wehen. Alles Draußen wird bunt. Meine Katze nimmt Anlauf und springt aus dem Fenster, rennt den Hügel hoch, als erwarte sie dort weitere Zeitung. Und sie weiß, was los ist. Die Landschaften in unserer Region öffnen sich; der Himmel ist weit und tief: da lässt sich hineinspringen, um einen Kranich herunterzuholen.

Aber tausend Vögel schließen sich in ihren lang vorher ausgetüfftelten Formationen zusammen und werden ungreifbar. Dann fliegen sie fort; das stört mein Glücksgefühl in den Herbstzeiten. Es gleicht ja einer Flucht aus Unkenntnis, denn hier bei uns in meinem neuen, gefährdeten Zuhause Wolfsland-Schwalm wird es jetzt schön. Die Blätter fallen im Tanz, rote Äpfel an den Bäumen, die Luft frisch wie am ersten Tag. Überall in den Wäldern regen sich die Zeichen üppigsten Lebens. Geheimnisvolle Pilze wachsen genau hier und nicht irgendwo. Spuren von Tieren im verlockenden Moos. Alles verabredet sich, und überall leuchtet es im Unterholz. Es ist etwas Überwältigendes da, etwas Wunderbares. Etwas Flüsterndes und sich Regendes. Viel wird erzählt in diesen Herbstzeiten. Nicht nur in den Salons und Spinnstuben, vor allem in der Natur. Man bereitet sich vor. Es ist zu allen Jahreszeiten schön. Das sehe ich klar, seit ich nach meiner Flucht aus der Residenz wieder auf dem Land lebe. Man lernt ja so viel – neue Sichtweisen, eine neue Sprache im Umgang mit den Einwohnern. Und auch eine neue Sprache im Umgang mit der Kirche. Selbst dass der Jasmin im Frühsommer unverschämt blüht und alle Aufmerksamkeit für sich beansprucht, habe ich inzwischen akzeptiert. Aber nur in den Herbstzeiten sehe ich, wie alles freiwillig seinen Platz einnimmt – darauf kommt es an. Und auch die Katze kehrt am Abend zu mir in mein kleines Haus zurück …

Auf diese kurze Passage stieß ich am folgenden Tag,

am Schluss meiner Lektüre von *Die unglückliche Poetin*. So endete der Episodenroman.

Gewiss ein schöner Text, ein Beleg für die leuchtende Sprachkraft dieser Autorin. War diese Passage autobiografisch zu lesen? Natürlich gaben mindestens zwei Sätze zu denken. Was bedeutete das „gefährdete Zuhause Wolfsland-Schwalm"? Und was bedeutete die „neue Sprache im Umgang mit der Kirche"? Gewiss Formulierungen, die aus dem Alltag der Poetin kamen. Dennoch war es Literatur – keineswegs ein sicherer Beleg für etwas aus ihrem eigenen Leben. Und schon gar nicht gab der poetische Text einen Hinweis darauf, warum Rebekka von der Zensur verfolgt wurde. Auch keinen Anhaltspunkt dafür, warum sie kurz nach Abfassung dieses Buches ohne Abschied und für immer aus dem Leben ihrer Zeitgenossen verschwunden war.

Ich wollte dieses kleine Stück Literatur dennoch nutzen, um es mit meinen Schülern zu diskutieren. Es passte mit seinen Bildern wunderbar zur Jahreszeit. Zudem schien es mir auffällig, dass Rebekkas Texte desto mehr leuchteten, je näher sie ihrem eigenen Untergang kam. So war es auch in der Natur – auf meiner Rückfahrt entzückten mich einmal mehr die strahlenden Farben der Landschaft.

Welch freigiebige, geschenkte Pracht!

Und doch standen das Ende des Herbstes und der Beginn des Winters, in dem alles abstarb, schon vor der Tür. Ähnlich verhielt es sich mit Rebekkas Leben und Werk: bald danach war es abwärts gegangen.

In Gedanken blickte ich über die Wiesen, auf denen

Pferde grasten oder in kleinen Herden umher galoppierten. Es waren überwiegend schlanke, elegante, doch kräftige Zuchtpferde; ihre Mähnen wehten wild und auch sie schienen dem Ruf der Natur zu folgen, der sie aufforderte, die letzten herrlichen Tage vor der Kälte zu genießen.

Um mich herum ist pralles Leben, dachte ich. Menschen und Tiere nutzen ihre Tage.

Ich ertappte mich bei einem Seufzer.

Vielleicht, dachte ich, kommt Jemand aus dem Kurs mit seinen offenen, klugen jungen Menschen auf eine Idee, die mir bei der Suche nach meiner verschwundenen Poetin weiterhilft.

Möglicherweise Bernhard. Er hatte mich bereits darum gebeten, mich auf der Suche begleiten zu dürfen. Ich war nicht sicher, ob ich das wollte. Ich war mir nicht einmal sicher, ob ich den Verdacht, der sich in mir allmählich gegen Bernhard entwickelte, überhaupt zulassen wollte.

***

Sumaya wollte nun doch nicht am Unterricht teilnehmen. Entweder hatte ihre eigene Schüchternheit die Oberhand gewonnen oder ihre Familie ihr den Umgang mit so vielen fremden Menschen und vor allem mit den respektlosen Männern nicht erlaubt.

Ich traf sie zufällig, als ich die kleine Gärtnerei betrat, um einen Blumenschmuck für meine vier Wohnzimmerfenster zu erstehen. Denn obwohl mein neues Domizil auf dem Land lag, gab es kein einziges Grün darin. Und jetzt war Herbst, Erntezeit!

Sie trug ein blaues Seidentuch mit buntem Muster um die Schultern und ein langes Kleid in hashemitischem Grün. Sie blieb stehen und ich bewunderte ihre grazile Haltung. Sie blickte zu Boden. Ich sprach sie an und sie hob den Blick.

Schuldbewusst erzählte sie vom Einspruch ihrer Familie. Sie hatte eine direkte Art, die Dinge darzustellen.

„Meine Leute werden immer in mir sein. Deshalb stelle ich meine eigenen Wünsche zurück. Ich gehorche Allah und meinem Vater, die mich mit Segnungen überschütten, aber gleichzeitig bleibt eine Sehnsucht nach etwas anderem in mir. Ich kann es nicht ausdrücken."

Ich war so erfreut, ihr zu begegnen, dass ich nach passenden Worten suchen musste. Ich wusste aber, dass genau diese Verlegenheit manchmal die richtige Sprache ist.

„Und doch", sagte ich schließlich, „sind Sie ein Dorfkind geworden. So drückten Sie es jedenfalls aus. Wie passt das zusammen?"

Sumaya stellte die beiden Tüten ab, die sie trug und blickte mich aufmerksam an. „Sie können zuhören", stellte sie fest. „Das können nicht alle deutschen Männer."

„Wollen Sie nicht darüber schreiben? Sie beobachten ja sehr genau und Sie besitzen kostbare Erfahrungen."

„Das würde ich gern. Aber im Moment darf ich keine Kurse besuchen."

„Sie sind volljährig!“

„Gerade soeben“, lachte sie. „Es gibt andere Gründe, um etwas zu tun oder zu lassen.“

„Und was sagt das Dorfkind in Ihnen?“

Wir mussten beiseitetreten, weil einige Käuferinnen mit Einkaufswagen in die Gewächshäuser drängten. Ihre erstaunten Blicke streiften uns.

„Ich lebe in zwei Welten“, erklärte Sumaya. „Ich bin immer und ewig Pakistani, obwohl dieses Land uns so vieles genommen und nur noch unsere Seelen gelassen hat. Und ich bin dieses Mädchen hier, das die Dorfstraße hinunter geht. Die kleinen Gassen sind leer; das Glockengeläute ersetzt mir nicht den Ruf des Muezzin, aber das Muhen der Kühe aus den Ställen ist mir vertraut. Bäuerinnen heben grüßend die Hand, wenn ich vorbeigehe, das ist sehr schön. Und selbst der wütende Jörg, der gegen alles Mögliche kämpft und unaufhörlich Rauchwolken ausstößt, nickt mir zu. Ich fühle dann keinen Grund, nicht hier zu sein.“

„Sie sind also angekommen, Sumaya?“

„Meine Freundinnen sagen das. Aber ich bin mir manchmal nicht sicher. Ich spreche oft mit ihnen und sage: Es ist nicht mein Heimatdorf, aber es ist ein Ort, an dem ich Glück empfinden kann. Ich sage: Ihr mögt die Stadt lieben, aber ich liebe den Sternenhimmel.“ Sie kicherte verschmitzt. „Macht mich das schon zum Dorfkind? Ich weiß es nicht, aber ich weiß, ich wäre es gern.“

„Wer sind Ihre Freundinnen? Wo leben sie?“

„Die meisten in der Region, einige in der Stadt.“

„Sind es Migrantinnen wie Sie?“

„Einige ja, aber die meisten sind Einheimische, Deutsche."

„Und Sie werden von ihnen akzeptiert?"

„Ja."

„Schön! Denn geschenkt wird einem auf dem Land nichts."

„Ich habe nicht viel dafür getan, Herr Beiner."

Ich wollte sagen: Sie sind eben das Geschenk, Mädchen. Aber ich schwieg natürlich. Stattdessen lud ich sie zu einem Spaziergang ein. Sie lehnte ab.

„Unmöglich! Aber ... kommen Sie doch zu uns nach Hause. Wir sind ja alle Fremde in dieser Region. Meine Eltern würden sich freuen."

Und Sie?, wollte ich fragen. Wieder verkniff ich mir das. Ich sagte zu.

„Ich gebe Ihnen Bescheid", meinte Sumaya und griff nach ihren beiden Tüten. „Sie sind ja hoffentlich noch ein Weilchen hier."

„Bis bald also", erklärte ich und war schon jetzt gespannt, auf welche Weise sie mir eine Nachricht zukommen lassen würde. Ich tippte auf einen kleinen Brief. Noch wahrscheinlicher war, dass wir uns zufällig wie jetzt, irgendwo im Ort, begegneten.

Wir blickten uns zum Abschied in die Augen und ich sah ihr hinterher, wie sie aufgerichtet davon ging.

Es fiel mir nicht leicht, mich auf meinen Einkauf zu konzentrieren. Ich hätte Sumaya um Beratung bei den Blumen bitten sollen.

***

Kurz bevor ich in den Unterrichtsraum hinuntergehen wollte, traf mich die Erinnerung wie ein Blitz. Bei unserer ersten Begegnung hatte Sumaya diesen Satz gesagt, der jetzt in mir nachwirkte. Schon auf dem Weg in die Festung hatte er in mir rumort. Ich versuchte, ihn zu rekonstruieren.

Ein Mensch ohne Heimat wird kein Grab auf Erden haben.

So hatte er gelautet. Ein schlichter, wahrhaftiger Satz, gesprochen von einem gerade zwanzigjährigen Mädchen. Er schien mir plötzlich wie ein Hinweis zu sein für meine Suche nach Rebekka von dem Gawein.

Ich wusste, ich würde kein Grab von ihr finden. Nicht in dieser Region und wohl auch in keiner anderen. Der Grund war vielleicht, dass man ihr die Heimat verweigert hatte.

Weshalb verweigert man jemandem die Heimat – und das Grab?

Dafür gab es einige Gründe.

Ein solcher Mensch konnte gesündigt, gefrevelt, sich gegen Regeln vergangen haben, war politisch unerwünscht geworden – oder hatte sich selbst das Leben genommen.

Selbstmördern gestand man kein Grab zu – höchstens einen anonymen Platz an der Friedhofsmauer.

Ich würde sie nicht finden. Doch wie auch immer ihr Schicksal verlaufen war, ich würde das entscheidende, letzte Stück ihres Weges wohl rekonstruieren können.

Das musste ich versuchen. Dies zumindest erwartete man auch von mir.

Meine Schüler empfingen mich mit gespannter Erwartung. Sie verlangten nach neuen Lektionen, was das Schreiben anging, nach tatkräftiger Hilfe für ihre kreativen Impulse, und ich wollte ihnen das am praktischen Beispiel zeigen.

Ich verteilte den kopierten Text, den ich im letzten Kapitel von *Die unglückliche Poetin* gelesen hatte. Sie lasen schnell und gebannt.

Ich wartete geduldig.

„Sehr schön", meinte Tanja aufatmend.

Und Bernhard von Stuck verkündete: „Diesen Text kenne ich schon, er ist ja aus diesem Buch, das Sie in der Festung studieren, nicht wahr? Markiert er nicht sogar das Ende der Erzählung?"

„Wow!", sagte Helga, „Sie studieren ein Buch in diesem Hochsicherheitstrakt? Ein Buch im Hochsicherheitstrakt! Das muss ja ein besonderes Knallerbuch sein!"

Ich nickte ihr zu. „Dort sind Kostbarkeiten eingebunkert. Bücher und Menschen. Alles das, was der Gesellschaft gefährlich werden kann."

„Nana!", sagte Bernhard und lächelte.

Ich wendete mich ihm zu, verwundert über seine Kenntnisse.

„Rebekka von dem Gawein, *Die unglückliche Poetin*, 1839 im Julius Campe Verlag veröffentlicht. Ich habe diese Autorin ja schon erwähnt, sie ist eine verrätselte Gestalt. Es existieren nur Restexemplare ihres Buches. Eines davon lagert in der Festung des Landgrafen."

„Was hat sie noch geschrieben?", wollte Helga wissen.

„Gedichte, kurze Prosa. Die Fachwelt munkelt auch über ein Theaterstück über die Brüder Grimm. Angeblich begegnete man sich in Allendorf an der Landsburg, wo die Grimms den Pfarrer Mannell und seine Tochter Friederike besuchten, die eine ihrer wichtigsten Märchenzuträgerinnen war."

„Der Ort und die Mannells werden in dem Text erwähnt ... "

„Ganz richtig!"

„Und das ist alles?"

„Ja. Jedenfalls soweit wir Kenntnis haben. Und selbst über diese Begegnung gibt es bei den Grimms keine Notiz."

„Dann verschwand sie spurlos", schloss Bernhard unheilschwanger.

„Super!", gab Klaus-Jürgen von sich. „Sehr wirkungsvoll für den Nachruhm. Ich denke, das mache ich irgendwann auch so."

„Aber vorher, Klaus-Jürgen! Vorher, weißt Du! Da musst Du schon einiges ..." Ich unterbrach Traudi. „Lassen Sie uns über die Textpassage sprechen. Es ist eine Lektion in Praxis, angewandte Theorie gewissermaßen. Wer möchte anfangen?"

„Ja, wie, erwarten Sie aus dem Stegreif eine Interpretation des Textes, verehrter Herr Lehrer?"

„Ich würde mich freuen, Klaus-Jürgen, wenn Sie mir

ganz spontan verraten, was Ihnen an diesem Text gefällt – und was nicht. Und wenn Sie bitte die bisherigen Lektionen dabei im Kopf behalten wollen."

Nach einer kurzen Pause meldete sich Bernhard.

„Die Frage ist natürlich, in welchem Kontext die Passage steht. Und da sehen wir rein biografisch, dass die Titelheldin aus dem eichsfeldischen Bergland kommend, genauer aus Heiligenstadt, offenbar direkt aufs platte Land gezogen ist. Wahrscheinlich sogar hierher, in diese Gegend. Allendorf ist ja nicht weit. – Und ist es dann etwas Poetisch-Metaphorisches oder beschreibt sie eine konkrete Landschaft?"

„Was meinen Sie?", gab ich die Frage an die anderen weiter.

„Verrennen wir uns da nicht?", fragte Helga leicht erschreckt. „Wir kommen auf diesem Weg ein bisschen vom Schreiben ab – oder nicht?"

„Nein, kommen wir nicht", erwiderte ich. „Wir wenden die Schreibregeln an, die wir bisher gelernt haben. Wir füllen die Regeln mit eigenen Konzepten auf."

„Und werden zu geheimnisvollen Autorinnen", meinte Tanja.

„Na, dann ist gut", gab Helga, jetzt erleichtert, nach.

Joachim und Traudi hatten bisher nichts gesagt. Beide meldeten sich. Ich deutete zuerst auf Traudi.

„Wenn wir es biografisch nehmen, wie Bernhard sagt, dann ist diese Autorin im Herbst hier gewesen. Vielleicht im Herbst vor ihrer Buchveröffentlichung, also 1838 – falls sie da noch gelebt hat ..."

„... Da war sie nicht mal Vierzig!"

„... Vergiss nicht, sie wurde verfolgt. Sie hatte jedenfalls nicht viel Ahnung von Landwirtschaft. Ihr Verhältnis zur Natur scheint mir rein ästhetisch ...“

„Ich würde vorsichtiger sein“, wandte Joachim ein. „Nachdem, was wir gelernt haben über Anfänge, würde ich sagen: Sehr gelungen! Der Anfang macht neugierig, er treibt voran, er enthält etwas, das man unbedingt noch genauer erfahren möchte. Und er besitzt in bestimmten Wendungen, wo man damit nicht rechnet, eine metaphorische Verallgemeinerung. Das überhöht ihn und baut Spannung auf.“

„Zum Beispiel?“, wollte ich wissen.

„Wechsel der Bedeutungsebene. Von der Anschauung zur Reflektion, von der reinen Landschaftsbeschreibung zur philosophischen Betrachtung – herbstliche Kühle, Sommerhitze und *jeder Plan ist zum Scheitern verurteilt*. Was bedeutet das! Es verrätselt ein einfaches Naturbild, wie es nur Literatur kann.“

„Aber“, warf Bernhard ein, „worauf konzentrieren wir uns nun? Auf das Biografische oder auf das Ästhetische? – Herr Lehrer, helfen Sie uns!“

Ich musste lachen. „Vor dieser Entscheidung stehen wir tatsächlich“, sagte ich. „Und ich schlage vor, wir nehmen den Text nur als ein Stück poetischer Literatur. Mit dem Biografischen beschäftige ich mich außerhalb dieser Schulstunden.“

„Ich finde den Text einfach nur schön“, meinte Tanja. „Aber das reicht wohl nicht aus.“

Während sie überlegte, mischte sich wieder Bernhard ein.

„Was heißt beispielsweise: *Jetzt bleibt jeder Tag*. Das ist wieder so ein ästhetisches Pfund, über das man stutzt, entwickelt aus einem einfachen Landschaftsbild. Was meint die Autorin damit? Ein dauernder Wechsel von Beschreibung der Oberfläche und dem Auftauchen einer Art Text dahinter – eines Subtextes. Mir gefällt das. Aber sicher nicht jedem."

„Es ist das Wesen des Poetischen, oder?", warf Tanja ein.

„Ja, aber bringt uns das alles weiter?", meldete sich Joachim. „Wir müssen doch ein Erkenntnisziel formulieren."

„Wart mal! Ich möchte nur lernen, lernen, lernen!"

„Dann kommt noch die Katze ins Spiel", warf Tanja ein.

„Richtig! Sehr eigentümlich! Was bezweckt das, ist es ihre eigene Hauskatze oder ein Symbol für irgendwas?"

„Sowohl als auch", meinte Bernhard. „Diese Autorin steht immer für beides. Das macht sie so interessant! Frauen können so was im Normalfall nicht."

„Hallo?!"

„Ich meine, sie können es nicht in der Literatur! Als Schriftstellerinnen! Im normalen Leben können Frauen natürlich alles!"

„Na danke!"

„Machen wir weiter? – Die Katze rennt den Hügel hoch, als erwarte sie dort weitere *Zeitung*! Was soll das heißen?"

„Das Substantiv *Zeitung* steht in der 1. Hälfte des

19. Jahrhunderts für Nachricht oder Neuigkeit", dozierte Bernhard.

Ich nickte und schwieg.

„Und hier!", deutete Helga auf den Text. „Das sind doch wunderschöne Bilder! *Die Katze schickt sich an, in den hohen und tiefen Himmel hinein zu springen!* – Hier spätestens verlässt der Text doch die Mitteilungsebene und wird metaphorisch! Das wiederholt sich an anderer Stelle. – Also mir gefällt dieser Text!"

Ich hätte sagen wollen, sie sollten nicht dauernd bestätigen, dass der Text ihnen gefiel, sondern die Gründe dafür benennen. Doch ich schwieg eisern.

„Um einen Kranich herunterzuholen!", sagte Bernhard. „Auch so eine Formulierung, die man biografisch oder ästhetisch bewerten kann. Kraniche benutzen immer dieselben Flugkorridore, also beispielsweise hier in dieser Region, direkt über uns. Hier könnte die Katze zuschlagen. Dagegen, ästhetisch gesehen, geben die Vögel ein bestimmtes Sinnbild ab, beispielsweise für die immerwährende Suche nach Glück. – Sehr schön."

„Ich weiß nicht, wo Kraniche fliegen", gab Klaus-Jürgen von sich.

„Aber wir hören sie doch jeden Tag über unseren Köpfen", wunderte sich Bernhard. Er wurde zunehmend blasser wie erregt. „Ich habe darüber heute Nacht einen Text geschrieben. Darf ich ihn vortragen?"

Die Frage war an mich gerichtet. Stärker und stärker fiel mir auf, wie sehr Bernhard für die Literatur brannte. Ich nickte.

„Ja! Wir können den Text Rebekkas danach zu Ende diskutieren. Oder gibt es Einwände?"

Allgemeines Kopfschütteln.

Bernhard kramte umständlich einen gefalteten Zettel hervor, entfaltete ihn und starrte einen Moment lang wie befremdet darauf. Dann begann er zu lesen.

„Zu leise! Sprich lauter, Bernhard!", bat Tanja.

Bernhard hob die Stimme.

„Kraniche sind Erzähler. Sie erscheinen am sonnenüberfluteten Himmel und wollen uns eine Geschichte erzählen. Wir lauschen erwartungsvoll. Sie fliegen unbeirrt weiter. Und wir müssen hinterher. Und weil wir das nicht körperlich vermögen, denn wir sind nur erdgebundene, fluguntüchtige Menschwesen, bleibt unsere Sehnsucht lebendig. Den Rest der Geschichte aus fernen Ländern, werden uns die Vögel hoffentlich bei ihrer Rückkehr erzählen. Und eines Tages sind sie wieder da! Sie erzählen von all ihren Reisen. Und endlich verstehen wir. Und sind glücklich."

Bernhard blickte in die Runde.

„Sehr schön", kommentierte Traudi.

„Aber macht uns das wirklich glücklich?", fragte Joachim, wohl nur, um überhaupt einen Einwand zu bringen.

„Hör nicht auf ihn, Bernhard!", sagte Helga.

„Weiter?"

Alle bejahten.

„Ihr Ruf trifft uns tief. Sie meinen uns. Das Rufen ist

trotz landläufiger Meinung nicht sehnsüchtig. Er ist froh und hoffnungsvoll und wie nebenbei erzählt, denn sie sind auf der Reise, und das bewegt sie mehr als alles andere. Deshalb werden aber wir selbst sehnsüchtig, wir möchten zurückrufen: Nehmt uns mit! Nach Süden, ans weite Meer oder in die weiten Wiesen, auf denen am Morgen und am Abend das glitzernde Sonnenlicht liegt oder nach Norden in die endlosen Weiten zwischen Wasser und Bergen, in denen jede Stimme, die Geschichten erzählt, laut zu vernehmen ist."

Ich hatte vor Tagen ähnliche Gedanken vor Augen gehabt, sie aber nicht aufgeschrieben. Bernhard fand die passenden Worte dafür. Eine Gesellschaft von Vögeln, in der jeder seinen Platz einnimmt. Sie zweifeln nicht am Sinn ihres Tuns, im gemeinsamen Handeln liegt ihr Sinn. Das war mir beim Anblick der Vögel in den Sinn gekommen. Die große Reise ist ihr Leben – und ihre Darstellung. Reisende zu sein, das ist die Darstellungsform der Kraniche.

„Danke, Bernhard", sagte ich. „Stimmen dazu?"

Alle waren angetan. Und ich bemerkte, dass Bernhard feuchte Augen bekommen hatte. Er hatte einen merkwürdigen Gesichtsausdruck, und ich war mir nicht sicher, ob er glücklich oder unglücklich aussah.

Die Diskussion ging sofort weiter. Ob Bernhards Text der Beginn einer Erzählung hätte sein können, blieb offen; sie würde doch in einigen Motiven durchaus eine Handlung strukturieren können und den Text sofort auf eine metaphorische Ebene heben, wo sie – was immer sonst noch an Handlung angeboten wurde – eine gewisse Aura bekäme. Dagegen wurde der Einwand gesetzt, ein Text könne doch auch einfach nur als ein Stück starker Handlung wirken. Habe der Herr Beiner nicht in einem seiner zehn Gebote diese Forderung aufgestellt? Alle waren munter dabei. Sie verzichteten auf die Pause, um weiter diskutieren zu können. Und nach einer Weile kamen wir wieder auf den Text von Rebekka zurück.

Ich ließ die Diskussion laufen. Jeder beteiligte sich im Verlauf der Stunde daran. Ich freute mich über ihr reges Interesse. Und ehrlich gesagt wusste ich im Augenblick selbst nicht, ob ich bei der Suche nach dieser unglücklichen Poetin mehr am Biografischen oder am Poetischen interessiert war. Ich wusste aber, dass ich beides voneinander trennen wollte.

Aber noch wichtiger erschien mir im Moment etwas anderes. Ich musste an Sumaya denken. Ihr Bild schob sich immer wieder in mein Bewusstsein. Sie hatte mit ihrer Bemerkung über Heimat und Grab etwas in Gang gesetzt. Und ich spürte, dass sie mich noch viel mehr bereichern würde.

***

Am Nachmittag erhielt ich durch einen Anruf einen Hinweis auf Rebekka von dem Gawein. Frau Schleiter-König von der Stiftung meldete sich und gab mich weiter an jemanden, der gerade bei ihr zu Besuch war.

„Ein Kenner der Materie“, erklärte sie.

„Klingelhöffer“, meldete sich eine bärbeißige Stimme. „Wie ich höre, suchen Sie nach der Dichterin Gawein. Ich könnte Ihnen vielleicht einen brauchbaren Hinweis geben.“

„Ich wäre Ihnen sehr dankbar“, sagte ich.

„Können wir uns treffen?“

„Jederzeit“, sagte ich. „Außerhalb meiner Unterrichtsstunden natürlich.“

„Sagen wir: Heute Abend, in Heiligenstadt? Sie kennen doch Heiligenstadt?“

„Jaaa ...“, sagte ich zögernd.

„An der Kirche Sankt Martin“, erläuterte er. „Um acht.“

Ich stimmte zu. Dann besprach ich mit Frau Schleiter-König Formalitäten meines Arbeitsauftrags und schaltete aus.

Ich hatte mir inzwischen an der Tankstelle – dort wo Hornissen unter Naturschutz standen – ein Auto geliehen. Einen knallroten Hybrid. Nach kurzem Studium der Karte fuhr ich ins Eichsfeld. Ich brauchte eine gute Stunde, die Route führte durch dichte, nordhessische Buchenwälder. Dann kam ich in der alten Bäderstadt inmitten des eichsfeldischen Berglandes an. Und weil ich noch Zeit hatte, schlenderte ich durch die Stadt.

In mir wuchs die Neugier darüber, was mir Herr Klingelhöffer wohl zeigen wollte. Ich war skeptisch. Ich kannte diese Hobby-Historiker, die ihr provinzielles Spezialwissen zu einem angeblichen Universalwissen aufblähen.

Heiligenstadt, heute ein Bad mit Kurstatus, zu Gaweins Zeiten noch ein Ackerbürgerstädtchen, war vor der deutschen Vereinigung ein abgehängter, wenn auch anspruchsvoller Ort gewesen. Nun zeigte es sich im alten Glanz. Allerdings bekam ich den Eindruck von einem Gemeinwesen, das davon überfordert war, sich auf noch bessere Zeiten vorzubereiten.

An der katholischen Kirche, die prominent am Ende einer breiten Einkaufsstraße stand und selbstgefällig ins Tal blickte, erwartete mich ein bärtiger Mann mit Baskenmütze und Stock. Obwohl er noch kein Greis war, ging von ihm etwas Abgeschlossenes aus.

Wir begrüßten uns und nachdem ich ihm für seine Zeit gedankt hatte, begaben wir uns auf den Friedhof. Wir mussten um das Kirchengebäude herum gehen, blickten hier über die ganze Stadt bis hinein in die eichsfeldischen Berge und hielten an der Friedhofsmauer.

„Da!", sagte Klingelhöffer und deutete mit dem ausgestreckten Zeigefinger auf eine Stelle zwischen Grasbüscheln. „Zu mehr hat es nicht gereicht."

Ich trat näher. „Mit Verlaub – ich sehe nichts."

Er blickte mich verächtlich an, wobei er das rechte Augenlid hochzog.

„Spuren müssen sorgfältig gelesen werden", sagte er. „Zumal dann, wenn sie fast zweihundert Jahre alt sind."

Ich ging in die Knie. Und tatsächlich erblickte ich jetzt die Reste eines gemauerten Rechtecks, das unter der Mauer verschwand. Ich streckte die Hände aus, um Sand wegzuscharren.

„Vorsicht! Hände weg!“, rief Klingelhöffer. „Sie zerstören vielleicht mehr, als Sie an Erkenntnis gewinnen.“

„Ja, was denn!“, rief ich. „Was soll denn hier zerstört werden – hier ist ja nix.“

„Hier hat sie gelegen“, äußerte Klingelhöffer.

„Rebekka von dem Gawein?“

„Ja, wer denn sonst! Von dieser Dichterin reden wir doch – oder nicht!“

Ich nickte. „Und woher wollen wir wissen, dass sie hier ihr Grab hatte?“

„*Wir* wissen es *gar nicht*“, meinte er bärbeißig. „*Ich* weiß es.“

„Und woher, wenn ich fragen darf, wissen Sie das? Und alle anderen, die nach dem Verbleib Gaweins gesucht und geforscht haben, wissen es nicht?“

„Ironie können Sie sich sparen, guter Mann! Sie können mir glauben, oder auch nicht. Das ist mir doch egal.“

„Naja, das ist – ein bisschen wenig.“

Er hob die Schultern. „Ich habe ja hier vor Jahren einen schriftlichen Beleg gefunden.“

Jetzt wurde ich hellhörig. „Was haben Sie gefunden?“

„Den gesamten Text ihrer Erzählung *Kein einziges Wort*. Die kennen Sie doch, nehme ich an.“

„Als beschriebenes Papier?“

„Ja. Handschriftlich. Und eingeschweißt natürlich.“

„Aha! Also neueren Datums.“

„Natürlich. Glauben Sie, Papier hält in der Erde zweihundert Jahre lang – während der Mensch schon nach zwanzig Jahren vermodert?"

„Nein, das glaube ich nicht", brummte ich. „Hören Sie, Herr Klingelhöffer, es wäre mir lieb, wenn Sie schon so reizend sind, sich mit mir hier zu treffen, dass Sie mir ein paar Infos geben könnten – sozusagen auf freiwilliger Basis."

In mir war zunehmend Unwillen aufgestiegen über die arrogante Art dieses Mannes, der sich offenbar für Schliemann hielt, der gerade Troja ausgebuddelt hatte. Wie gesagt – ich hatte so meine Erfahrung mit Hobby-Experten.

„Sie kennen ja den berühmten Anfang der Erzählung", sprach er freiwillig. „*Nach einer unruhigen Nacht trat ich im Morgengrauen an mein kleines Fenster und sah, dass der Teich in meinem Garten sich in ein Gehirn verwandelte hatte …*"

„Soweit bekannt", unterbrach ich ihn. „Mehr kennt allerdings niemand."

„Doch, ich", korrigierte Klingelhöffer. Und unbeirrt fuhr er fort. „*…Geahnt hatte ich es schon immer. Denn so, wie ich mich jede Nacht im Bett wälzte, den Schlaf herbeisehnte und nicht zur Ruhe kam, trotz meiner Ruhelage immer in Bewegung blieb, so als schaukelte ich auf wispernden Wellen durch die Dunkelheit, musste dort draußen etwas im Gange sein. Hörte ich im Rauschen der Quellen nicht sogar Stimmen, die aus dem Wasser zu kommen schienen? Man hatte uns gewarnt. Geister waren hier gesehen worden, irrlichternde Wesen, die über dem Wasser schwebten, Gedanken* *ohne dazu gehörende Köpfe, Worte ohne Münder, aber mit einer Art Sprache, als riefe jemand aus der Ferne, kraftlos zwar, aber deutlich zu hören – etwas war da. Und raubte mir Schlaf und Zuversicht. Und ...* "

„Großartig! Herr Klingelhöffer, wenn Sie nichts dagegen haben, lesen Sie nicht weiter! Ich möchte diese Erzählung in aller Ruhe anhören – oder noch besser selbst studieren! Und sagen Sie mir doch bitte erstmal: wie genau sind Sie an den Text gekommen? Das wäre ja eine literarische Sensation!"

„Schauen Sie, Herr ..."

„Beiner. Johannes Beiner ..."

„Herr Beiner. Gehen wir doch in den Schatten der Eiche dort. Und setzen wir uns. Ich kann sowieso nicht lange stehen. Arthritis, verstehen Sie."

Wir setzten uns in den Schatten einer mächtigen Eiche auf eine Bank. Ich behielt die angebliche Grabstelle im Blick.

„Hier", sagte er, als wir saßen. „Zehn handschriftliche Seiten. Eingeschweißt, wie gesagt."

„Jemand war also in den vergangenen Jahren an dieser Grabstelle und hat, ja, wie soll ich sagen ..."

„Und hat diese Handschrift hier geborgen. Sie muss vorher von einer anderen Hülle geschützt worden sein, vielleicht ein Kasten, vielleicht Leder oder getränkter Stoff, irgendetwas Erprobtes, das Feuchtigkeit, Würmer und anderes Getier abhielt ..."

„Sowohl geborgen, als auch hineingelegt – oder wie soll ich das verstehen!"

„Er hat den Text gesichert und wieder ins Grab zurückgelegt. Was für eine großartige Geste – das müssen Sie wohl zugeben!"

„Aber das waren nicht Sie?"

„Natürlich nicht! Ich kam später ins Spiel. Ich hörte von dieser Stelle durch einen Bekannten, der sich in Heiligenstadt als Chronist einen Namen erworben hat."

„Wer ist dieser Mann?"

„Das spielt keine Rolle. Er ist inzwischen ohnehin verstorben."

„Und Sie haben jedenfalls das Typoskript oder Manuskript ..."

„... die Handschrift ..."

„... gesucht und gefunden."

„Es war ja naheliegend, dass es hier irgendwelche Spuren von unserer Dichterin gibt, sie ist ja immerhin hier geboren. Und sie genießt nach wie vor große Verehrung."

„Die biografischen Einzelheiten ihrer Vorgeschichte sind ja nicht unbekannt. Aber nur bis hin zu ihrem Aufenthalt in der Region Wolfsland-Schwalm. Dann verschwindet Rebekka."

„Das ist nicht ganz korrekt ausgedrückt. Sie findet hier ihr Grab."

„Nun gut. Hier war ihre Heimat, hier findet sie ihr Grab, das passt alles."

Er blickte mich misstrauisch an.

„Wo hätte sie sonst begraben sein können! Aber irgendwas weckt anscheinend ihre Zweifel."

„Die Forschung behauptet, man wisse nichts über ihr endgültiges Schicksal."

„Das ist ja nicht falsch. Aber letzten Endes, hat man sie hier begraben. Und diese Erzählung hier gleich mit."

„Sie war also keine Selbstmörderin ..."

„Nein, wieso denn?! Wer behauptet so was?!"

„Niemand. Ich rede nur so vor mich hin. Es wäre eine Hypothese gewesen. Selbstmörder bekommen ja kein Grab."

„Aber hier haben wir ja eins!"

„Offensichtlich ..."

„Sie kam am Ende ihrer Tage hierher zurück – in ihre Heimat. So wie es sich gehört. Und hier wurde sie begraben."

„Von wem?"

„Das weiß ich nicht."

„Jedenfalls ein Happy End. Wer eine Heimat hat, der findet auch ein Grab", wiederholte ich schlicht.

„Sie besaß beides – zum Glück für uns."

„Und niemand hat danach gesucht?"

„Es wurde gegraben", sagte er. „Immer wieder mal. Irgendjemand gab keine Ruhe."

„Ja – und mit welchem Ergebnis?"

„Keine Knochenspuren – nichts. Manche Tote verschwinden schneller in der Erde."

„Ja, und warum können Sie dann so sicher sein, dass sie hier begraben war?"

Er wedelte mit dem Papier. „Die Erzählung!"

„Ja, richtig. Das ist immerhin ein Indiz. Aber warum hat man das bei früheren Grabungen nicht gefunden?"

Er zuckte die Achseln.

Über uns schrie ein Krähenschwarm und setzte sich missmutig irgendwo in der Nähe nieder.

„Es gibt viele Geheimnisse um diese bemerkenswerte Frau."

Er wich aus. Das war klar.

„Sagen Sie – ohne Ihnen zu nahetreten zu wollen, Herr Klingelhöffer. Sind Sie der Einzige, der von diesem Manuskript weiß?"

„Frau Schleiter-König weiß es."

„Ach so, ja, Sie haben es ihr also gezeigt. Und sonst jemand – irgendwelche Experten?"

„Nein! Wieso auch?"

„Diese Autorin war in ihrer Zeit immerhin eine Berühmtheit! Die Fachwissenschaft fahndet nach ihr seit zweihundert Jahren!"

„Eben deshalb schweige ich. Das glaubt mir doch sowieso niemand! Ich bin ja gar nicht ausgewiesen, so was zu finden! Stellen Sie sich den Medienrummel und die Verleumdungen vor! Ich bin kein Schriftgelehrter! Im Gegenteil, ich könnte belangt werden, wenn ich hier privat etwas ausgrabe!"

Ich ließ mir die Handschrift geben und starrte darauf. Zehn eng beschriebene, geheimnisvolle Seiten. Oder vielleicht doch gar nicht so geheimnisvoll. Vielleicht war Klingelhöffer nur ein Betrüger, der genau wusste, wie viel Aufsehen er mit diesem angeblichen Fund erregen konnte. Bisher schien er sich nicht gerade in die Öffentlichkeit gedrängt zu haben. Er hatte gewartet, bis ich aufgetauchte. Ich war ratlos. Und so wirkte ich wohl auch, denn er sagte nach einem Seitenblick: „Sie glauben mir nicht, was?"

„Es ist alles ein bisschen dubios, das werden Sie doch nicht leugnen."

„Ich wollte Ihnen nur einen Hinweis geben. Ich muss das nicht machen. Ich dachte, Sie wüssten ebenfalls etwas, und wir könnten uns austauschen. Wenn es sich nicht so verhält, dann macht es nichts."

„Nun, ich will ihnen nicht zu nahetreten, aber das ist natürlich alles ein bisschen dünn. Obwohl, ich will nicht leugnen, da ist ja immerhin diese Originalerzählung, in der Handschrift von Gawein, die bisher noch niemand zu Gesicht bekommen hat. Die Handschrift müsste man natürlich noch graphologisch überprüfen. Ich rate Ihnen, mit der Polizei oder zumindest mit dem örtlichen Heimatmuseum in Kontakt zu treten."

„Mit diesen Luschen! Intrigante Ignoranten! Mit denen mache ich überhaupt nichts mehr! Die waren mir schon zu DDR-Zeiten suspekt!"

„Kann ich mir eine Kopie machen? Ich muss meinen Auftraggebern ja auch was vorweisen."

„Frau Schleiter-König weiß ja Bescheid."

„Also kann ich oder nicht?"

„Was denn?"

„Eine Kopie machen."

„Das gebe ich doch nicht aus der Hand!"

„Wir können hier sofort einen Laden suchen, der uns das macht."

„So was gibt es in Heiligenstadt nicht. Und jetzt, um acht Uhr abends schon gar nicht."

„Dann hat die Sache für mich im Moment keinen Nutzen!"

„Ich überlege mir was", lenkte Klingelhöffer ein. „Ich melde mich und schicke Ihnen vielleicht etwas zu. Ich muss das nicht machen, aber ich überlege es mir."

Er blickte mich nachdenklich und abschätzig an, so als taxiere er, ob sein Einsatz sich lohne. Dann verabschiedeten wir uns.

***

Frau Schleiter-König vertraute mir ein paar Einzelheiten über Klingelhöffer an. Er war ein durchaus respektabler Studienrat aus dem heutigen Bad Heiligenstadt, der vor der Wende einige Male mit dem Staatssicherheitsdienst Ärger bekommen hatte. Seitdem hatte er versucht, sich unabhängig von allen öffentlichen Ämtern und Aufgaben durchzuschlagen – und eine Zeitlang in der Landwirtschaft gearbeitet. Eine Art Läuterung vielleicht oder äußerste Resignation. Ich konnte nicht heraushören, ob sie ihm traute. Zumindest hatte sie Achtung vor ihm. Und da schien noch etwas zu sein: Klingelhöffer bekleidete dem Anschein nach gegenwärtig Ämter, über die sie nicht reden wollte. Und er schien Geld zu haben – oder beschaffen zu können. Unklar blieb, warum er sich überhaupt zu diesem Zeitpunkt in meine Suche einmischte. Ignorieren konnte ich ihn nicht. Immerhin besaß er das einzige mir bekannte komplette Exemplar der Erzählung *Kein einziges Wort*. Wie viel das auf dem freien Markt wert war, wollte ich gar nicht wissen. Vorausgesetzt es war echt, stellte es in jedem Fall eine literarische Offenbarung dar.

Klingelhöffer hatte mir erzählt, dass es zwei, drei kurze Verse von Gawein gab, die 1822 gedruckt im *Heiligenstädter Intelligenzblatt* und im *Bad Liebenstädter Beleuchter* erschienen waren. Rare Zeugnisse ihrer literarischen Existenz. Er besaß sie in Abschrift. Doch er hatte mich nicht eingeladen, die Texte bei ihm einzusehen.

Immerhin war das eine Spur. Ich war mir sicher, dass meine und Klingelhöffers Wege sich noch kreuzen würden. Denn eines wurde mir immer klarer: Die Suche nach dieser Autorin war mehr als ein Zeitvertreib. Sowohl ich – als auch dieser Herr Klingelhöffer – wussten, dass es dabei um etwas anderes ging. In seinem Fall vielleicht um Aufklärung eines Falles mit einer Art politischem Hintergrund. In meinem Falle ging es um eine verschlungene Suche nach Sinn.

Ich hatte mir mit der Rückfahrt Zeit gelassen – wo ich nun ein Auto besaß. Ich fuhr über Landstraßen, und durch Ortschaften, von denen aus ich weite Blicke über die Hügel und Täler hatte. Man konnte über ganz Thüringen blicken, so empfand ich zumindest, und hatte doch nur einen kleinen Ausschnitt vor Augen, in denen man sich verstecken konnte. Aus dieser Nähe und Ferne bestand das Leben. Und manchmal wusste ich nicht, wo ich mich gerade befand.

Als ich zu Hause eintraf, vernahm ich schon von

Weitem Musik. Die 6. Symphonie von Beethoven rankte ihre wunderbaren Melodien durch das Gästehaus der Stiftung. Und als ich in die Wohnung trat, traute ich meinen Augen nicht. Mitten in meinem Wohnzimmer saß mit geschlossenen Augen Hannah.

„Hallo, Johannes!", sagte sie, schlug die Augen auf und lächelte.

„Also ...", stotterte ich. „Was soll ..."

„Sag nichts! Freu dich einfach."

„Das tue ich. Aber wer hat dich rein gelassen ..."

„Niemand. Alles war offen. So bin ich eingetreten. Sag mal, willst du mich nicht einfach mal freundlich begrüßen?"

Ich gab ihr die Hand und küsste sie auf die Schläfe.

Sie wirkte völlig entspannt, nichts von Steuerunterlagen, Mahnungen und ähnlichen Todesurteilen.

„Mit dir habe ich nicht gerechnet", erklärte ich entschuldigend.

„Mit mir musst du immer rechnen, Johannes. Das solltest du eigentlich wissen!"

„Hast du schon gegessen?", wollte ich wissen.

„Das Leben besteht nicht nur aus Essen", lächelte Hannah.

„Nein, trinken gehört auch dazu ..." „

„Lass uns miteinander schlafen", schlug sie vor.

Hannah sah so jung und anziehend aus, wie gerade für mich erschaffen. Sie kam zu mir, schmiegte sich an mich und legte ihren Kopf an meine Brust. Eine unwiderstehliche Geste. Wir küssten uns. Und dann nahm alles Andere seinen Lauf

***

Sie quartierte sich wie selbstverständlich bei mir ein. Ich freute mich einerseits über ihre Gegenwart, andererseits – ach was!

Wir genossen es, zusammen zu sein.

Hannahs Stimmungswechsel war typisch. Man erwischte sie immer auf dem falschen Fuß.

„Was ist denn nun mit diesen Unterlagen?“, wollte ich wissen.

Sie schmollte. „Kannst du nicht mal Ruhe geben?“

„Du hattest mich angerufen – erinnerst du dich?“

„Ist alles geklärt, war nicht so wichtig.“

Hannah gab ein Fehlverhalten niemals zu. Sie erkannte ein solches nicht einmal. Eine Zeitlang hatte ich darin für das Zusammenleben einen Vorteil gesehen. Denn sie fand übergangslos wieder zu einem völlig normalen Umgang zurück. Es war bemerkenswert, dass sie überhaupt nicht nachtragend war. Manchmal argwöhnte ich, sie besaß keinen Gefühlshaushalt dafür. Während ich lange und abgrundtief beleidigt sein konnte – ich bin der Skorpiontyp –, verließ sie die Sphäre des Gekränktseins so unverletzt und munter wieder, dass ich stets hoffnungslos hinterher hinkte.

Jetzt komm zu dir! Hör schon auf! Du alter Miesepeter!

Das hörte ich oft von ihr. Und ich gewöhnte mir schließlich an, unsere Ausbrüche und Streits nicht mehr ernstzunehmen. Ich wollte sie weglächeln, wegwinken; das Leben war doch viel zu kurz für erbitterten Dauerstreit. Das führte allerdings dazu, dass ich die Warnzeichen für eine echte Krise übersah.

Irgendwann hatten wir uns als Fremde gegenübergestanden.

Jetzt war sie hier. Einfacher wurde es durch ihre Anwesenheit nicht. Ich konnte mich nicht um sie kümmern. Und das war möglicherweise von einem Moment zum anderen ein erneuter Grund für Streit. Sie erwartete ungeteilte Aufmerksamkeit. Mir ging so viel durch den Kopf. Ich musste es unbedingt sortieren. Solange Hannah hier war, ging das nicht.

Zu allem Überfluss erwartete mich unten in den Stiftungsräumen auch noch Bernhard von Stuck.

Der Student, der mich in Statur und Verhalten immer an einen jungen, aufstrebenden Politiker der konservativen Partei erinnerte – mir fiel auf, dass meine Referenzpersonen des Alltags zunehmend aus der Scheinwelt des Fernsehens kamen –, saß auf einem der Tische.

Er war wie immer nahezu kränklich blass; sein blondes Haar klebte an seinem großen Schädel. Eine Art Lächeln verzerrte seinen Mund.

„Herr Beiner", sagte er leise und mit präziser Betonung. „Haben Sie einen Moment?"

„Bernhard!", sagte ich. „Aber natürlich."

Er lächelte weiter, jetzt ironisch.

„Sie haben ja meinen Wunsch vernommen, dass Sie mich nach Maßgabe Ihrer Möglichkeiten an der Suche nach Rebekka von dem Gawein beteiligen. Ich kann nicht umhin festzustellen, dass Sie bisher darauf nicht reagiert haben."

Sein Ton begann, mich zu ärgern.

„Sehen wir es mal so, Bernhard", erwiderte ich. „Ich habe Ihren Wunsch tatsächlich vernommen. Aber ob ich darauf eingehe, bleibt doch wohl ganz allein mir überlassen."

„Es ist nicht nur mein Wunsch, Herr Beiner, auch das Gremium der Stiftung ist voll und ganz dafür."

„Wie bitte?"

„Die Geldgeber dieses Instituts und des Projektes, für das Sie hier arbeiten, haben ein starkes Interesse daran, dass ich in alle Recherchen einbezogen werde."

„Die Tourismusbranche, oder wer?"

„Nein, gewiss nicht. All die anderen Branchen – Sie wissen, welche."

„Das ist mir neu. Wenn es so wäre, hätte es mir Frau Schleiter-König mitgeteilt."

Er wendete den Blick von mir ab. Dann lächelte er wieder, diesmal ausdrücklicher.

„Ziehen Sie meine Worte ernsthaft in Zweifel? Dann fragen Sie bitte nach. Man wird es Ihnen an höchster Stelle bestätigen."

„An höchster Stelle? Wer ist das?"

„Das werden Sie noch sehen. Im Moment müssen wir unsere Aufgaben dort erfüllen, wo wir hingesetzt werden."

„Klingt dramatisch. So dringlich wird es wohl nicht sein."

„Sie glauben doch nicht tatsächlich, dass es bei dieser

Dichterin nur um schöne Worte geht, um hübsche Bilder und warme Farben. Unsere Rebekka hat ja nicht nur die Literaten beeinflusst, die Zirkel, die Institute! Auf den Synoden hat man über sie gesprochen, etliche Parteien reklamieren sie für sich. Sie hat in die politischen Verhältnisse dieses Landes eingegriffen."

„Jetzt sagen Sie mir nur noch, dass geheimnisvolle Gegenspieler in Rebekkas Zeit sie dafür aus dem Weg geräumt haben ..."

„Natürlich haben Sie das! Das ist doch offenkundig! Sie ist aus den von mir genannten Gründen beseitigt worden!"

„Wegen ihrer Gartenteich-Geschichte? Ist das eine Metapher für irgendwas Relevantes, für etwas mit Geheimstatus? Und ich habe es übersehen?"

Bernhard krümmte sich ein wenig und blickte zu Boden. Dann erläuterte er verächtlich: „Natürlich hat sie poetische Zeugnisse hinterlassen. Ich selbst habe mich ja davon inspirieren lassen – wenn Sie sich an meinen kleinen Text über Kraniche erinnern. Aber darüber hinaus, Herr Beiner ..."

Er richtete sich wieder auf, kam aber nicht dazu, weiterzusprechen. Hannah rief von oben herunter. Ich verstand sie gerade noch.

„Was ist denn, Johannes? Kommst du endlich mit den Sachen? Ich warte!"

„Ich komme gleich! Ich bin aufgehalten worden!"

„Sie haben Damenbesuch?", fragte Bernhard süffisant. „Wie reizend. Weiß das Institut davon?"

„Dem Institut ist das egal."

„Es könnte Ihren Lehreifer behindern."

Ich seufzte. „Das geht weder Sie noch sonst irgendjemanden etwas an! Ganz eindeutig! – Sie wollten mir noch etwas anderes anvertrauen!"

„Es muss Ihnen doch inzwischen klar sein, dass unsere Poetin über die paar poetischen Sätze hinaus noch etwas anderes auf dem Konto gehabt haben muss! Etwas – Systemsprengendes!"

In meinem Kopf brummte es.

„Dafür müsste es Beweise geben. Ich kann wohl davon ausgehen, dass Sie mir diese Beweise nicht liefern können. Oder etwa doch?"

Bernhards blasse Lippen kräuselten sich. „Sie weichen aus, Herr Beiner! Kommen wir auf mein Eingangsproblem zurück. Ich gebe nur an Sie weiter, was mir der Beirat der Stiftung auftrug. Ich sollte mit Ihnen hinsichtlich meiner Mitwirkung tätig werden. Vor allem Herr Klingelhöffer riet mir dazu."

Jetzt war ich völlig baff. „Was hat der damit zu tun!"

„Er ist einer der wichtigsten Geldgeber! Das wenigstens werden Sie doch wohl wissen! Er ist seit Jahrzehnten mit Rebekka beschäftigt. Und er steckt jeden Euro, den er kriegen kann – früher jede Ostmark – in das Projekt."

„Wie würden Sie dieses – Projekt nennen?"

„Aufklärung!"

Verdammt noch mal! Warum hatte mich Frau Schleiter-König nicht informiert über die wahre Rolle dieses Herrn Klingenhöffer! Sie hätte es mir bei unserem letzten Gespräch sagen können. Mir leuchtete ihr

Schweigen nicht ein. Worum ging es hier wirklich? Was übersah ich anscheinend dauernd?

Ich überlegte, ob ich Bernhard von meiner Begegnung mit Klingelhöffer und dessen Textfund berichten sollte, aber ich ließ es. Wenn er so eng mit Klingelhöffer war, wie er suggerierte, wusste er es vielleicht ohnehin. Es fehlte mir noch, jemanden wie ihn im Nacken zu haben. Für einen Schüler war Bernhard von Stuck jedenfalls überaus eifrig. Und überaus verstrickt in außerliterarische Problemstellungen. Man hätte sagen können: er war engagiert.

Noch hielt sich meine Unruhe in Grenzen. Ich sah nicht all die Dinge dahinter.

Und dann sagte er etwas, das mich richtiggehend verstummen ließ.

„Herr Beiner! Werden Sie tätig, und finden Sie Rebekka!“

Ich konnte bloß erwidern, dass ich mich bei ihm melden werde. Er dankte mir überschwänglich. Dann ging ich nach Draußen, um meinen ursprünglichen Plan zu verwirklichen. Ich wollte für diesen Abend nichts anderes mehr, als aus dem kleinen Lebensmittelladen am Dorfplatz ein Päckchen Fettucine und Reibekäse holen.

***

Nach dem gemeinsamen Nudelessen hatte ich Hannah gewissermaßen abgeschoben. Es ging nicht anders. Sie sah, wie beansprucht ich war. Und sie hatte beschlossen, deswegen keinen Streit zu riskieren. Offenbar liefen ihre Pläne in eine andere Richtung. Also blieb sie aufgekratzt und verschwand so schnell wieder, wie sie aufgetaucht war. Sie ließ keinen Zweifel daran, dass alles genau nach ihrem Gustus verlief. Ich durfte sie nicht einmal zum Bahnhof begleiten.

Der Pfarrer, der mich am folgenden Nachmittag unangemeldet aufsuchte, war nun wirklich kein angemessener Ersatz für Hannah. Bei aller Problematik einer Beziehung zwischen Tür und Angel hätte ich Hannah lieber bei mir behalten. Sie brachte, wenn es so gut lief wie im Moment, Wärme, Beständigkeit und Schönheit in mein Leben.

Der Pfarrer klingelte unten, rief herauf und trat fast gleichzeitig ein. Er musste hinauf gespurtet sein, war aber keineswegs außer Atem. Ich sah ihn mir aufmerksam an. Er schien sympathisch. Seine Hose rutschte, obgleich er füllig wirkte. Sein dunkles Haar war wirr, seine Miene frisch, seine forcierte Aussprache feucht. Seine recht jungenhafte Gestalt drückte ein sportliches Leben aus und ich war sicher, dass er dafür auch viel tat.

Er erzählte von seinem schweren Amt und seinen Pflichten in drei Gemeinden gleichzeitig, von seinen Wegen über Land sommers wie winters, lachte oft, sprach leutselig und bedachte mich dabei mit nachdenklichen Blicken, so als sortierte er mich ein in die Herde seiner Schafe. Weil er nicht davon abließ, mich beim Sprechen mit Worten und Blicken zu umgarnen, nahm ich an, ich gab seinem Werben zunehmend Erfolgsaussichten.

Aber was wollte er wirklich von mir? War ein solcher Antrittsbesuch auf dem Land bei jedem Neuankömmling üblich? Ich wollte nicht fragen.

Schließlich beugte er sich vor, sah mir tief in die Augen. „Ich werde Sie segnen, Herr Beiner. Ich erkenne, dass Sie es verdient haben, nicht allein gelassen zu werden. Sie haben in Ihrem bisherigen Leben offensichtlich zu häufig den falschen Weg gewählt. Und die falschen Leute kennengelernt." Er machte sogleich ernst, faltete die Hände. Ich ließ die meinen unter dem Küchentisch. „Herr! Schütze und behüte deinen Sohn Johannes! Begleite ihn auf seinen Wegen! Und achte auf ihn, damit er nicht in die Irre geht! – Amen!"

Er sah mich scharf an. Und ich glaubte kaum, was ich zu hören bekam. Denn ich sagte ebenfalls: „Amen!"

Ich räusperte mich. „Darf ich den eigentlichen Grund Ihres Besuches erfahren, Herr Pfarrer?"

Er lachte erstaunt. „Ich muss mich doch um meine Gemeinde kümmern! Im Moment gehören Sie dazu."

„Sie kommen nicht, um mit mir über Rebekka von dem Gawein zu sprechen, von der ich nun schon ein paar Mal gehört habe, sie habe die Synoden beeinflusst?"

Wieder blickte er mich scharf an.

„Geduld, Herr Beiner! Wir kommen im Leben manchmal besser zurecht, wenn wir die Dinge in die natürliche Richtung laufen lassen."

„Aber Sie wissen doch, weshalb ich hier bin."

„Im Beirat sprach man davon, ja. Sie sind ja bestellt worden. Qua akademischer Ausbildung auch noch als ausdrücklicher Fachmann für die entsprechenden Probleme. Was Ihre Frage angeht, tatsächlich interessiert mich, welche Ergebnisse Ihre Suche nach dieser unglücklichen, jungen Person bringt, die versucht hat, Dinge auszudrücken, die ihren Verstand und ihr Vermögen offenbar überstiegen! Ich muss zugeben, dass ihre Texte mich eine Zeitlang interessiert haben."

„Ihre Wirkung scheint groß gewesen zu sein. Im Gegensatz dazu steht, dass ich bisher kaum etwas Entsprechendes aus ihrer Feder zu Gesicht bekommen habe. Ein bisschen Poesie, aber nichts – Systemsprengendes, wie neulich jemand sagte. Die wesentlichen Texte, wenn es sie denn gibt, sind mir unbekannt. Es ist so, als würde jeder ihre Arbeiten unter dem Tisch verstecken, wenn ich zur Tür hereinkomme."

„So ist es sicher nicht. Aber wir alle hier im Altkreis sind eigentlich der Meinung, die Verehrung ihrer schriftlich niedergelegten Worte ist im politischen Sinne unangemessen. Mir kam das immer schon fehlgeleitet vor! Aber die Texte besaßen eben auch Klang, Wärme, Farbe – und Tiefe! Ich leugne das nicht. Vor allem jene sechs Gesänge, die ich kenne. Aber bei genauerem Hinsehen merken wir doch, dass diese Rebekka von dem Gawein – die Betonung des Namens liegt übrigens auf der ersten Silbe: G a wein – nicht hält, was sie verspricht."

Wieder traf mich sein nachdenklicher, lauernder Blick

„Desto auffälliger ist", sagte ich, „dass jeder zu dieser Dichterin eine ausdrückliche Meinung zu haben scheint. Niemand spricht über sie, aber wenn ihr Name fällt, sind plötzlich alle hellwach – und fachkundig. Ich bekomme den Eindruck, als achte man eifersüchtig darauf, dass – wie soll ich sagen – bei ihrer Bewertung und Einordnung nichts schief geht."

„Hm, wenn das Ihr Eindruck ist ... soviel Bedeutung besitzt Literatur allerdings nicht ..."

„Vielleicht zu unser aller Schaden, Herr Pfarrer!"

Er zog den Bund seiner Hose hoch.

„Ich möchte Sie nur warnen ..."

In seine Kunstpause hinein fragte ich ironisch: „Warnen? Was meinen Sie damit?"

„Manchmal tut man zuviel."

„Ich bin hierher bestellt worden! Ich werde bezahlt für meine Arbeit!"

„Das könnten andere anders sehen."

Ich musste lachen. „Sie meinen, für mich besteht eine Gefahr für Leib und Leben?"

„Gewiss nicht", erwiderte er. „Da stehen uns sicher ganz andere Prüfungen bevor. Aber dennoch: seien Sie vorsichtig, überlegen Sie genau, was Sie tun. Fuhrwerken Sie bloß nicht einfach überall herum. Und lassen Sie sich nicht ein mit Leuten, die sich als eine Art Gralswächter sehen."

„Wer soll das sein?"

„Alle die, die auf etwas setzen, das sie Aufklärung nennen. Aber sie übersehen, dass es Teufelswerk ist."

„Allmählich", sagte ich, „bekomme ich den Eindruck, es laste ein bisschen arg viel auf den unschuldigen Worten einer Poetin."

„Das haben Sie gut ausgedrückt. Nur sind Worte niemals unschuldig. Sie gewinnen ihr Eigenleben und können viel bewirken. Manchmal werden sie natürlich auch missverstanden oder falsch benutzt. In jedem Fall können sie wichtiger werden, als der Verfasser selbst. Ich lebe ja hier auf dem Land im Dorf und weiß, wovon ich rede! Ich selbst neige übrigens zu der These, unsere Poetin sei unauffällig und eigentlich auch unwichtig gewesen, erst durch ihre Worte wurde sie bedeutsam und auffällig. Und dann kam es zu dieser fatalen Rückkoppelung ... vielleicht sollten wir sie einfach vergessen. Aber ihre Worte und Sätze bleiben natürlich – leider. Und jeder zieht sie hervor, wenn er sie für seine Zwecke braucht."

Ich fühlte schon jetzt so etwas wie Selbstmitleid. War ich an irgendetwas schuldig? Machte ich mich über meinen Auftrag zum Täter oder Opfer einer dubiosen Kirchenzuchtordnung? Nein, ich war ein kleiner akademischer Lehrer, der vielversprechenden Nachwuchs in den Herbstferien auf dem Land in Literatur unterrichten sollte. Nebenbei, wenn es meine Dienstzeiten zuließen, sollte ich in den Unterlagen den Verbleib einer Verschollenen recherchieren. Das tat ich. Alles andere überforderte mich.

Ein paar Wochen später wäre ich froh gewesen, wenn dies tatsächlich meine Lage ausgedrückt hätte. – Und wenn sich an diesem Zustand nichts gravierend geändert hätte.

***

Ich vergaß den Besuch des Kirchenmannes schnell wieder – als Pfarrer der hiesigen Kirche hatte er soeben seine Pflicht erfüllt. Ich rief die Stiftungsvorsitzende an. Sie war unterwegs und erst am nächsten Tag wieder erreichbar.

Also nutzte ich die Zeit, in der alle meine dringlichen Fragen ruhen mussten, um mich auf den Unterricht zu konzentrieren.

Bernhard von Stuck fehlte an diesem Vormittag.

Helga und Joachim hatten Texte verfasst. Wir hörten sie uns gemeinsam an und besprachen sie. In beiden Versuchen zeigte sich ein beachtliches Talent, Dinge aus der Sicht von Autoren darzustellen, die sich vorgenommen hatten, *zwischen den Stühlen* zu sitzen. Das hatte ich als den idealen Standort des Schreibenden verkündet, und sie nahmen diesen Platz geschickt ein.

Mitten im Unterricht störten mich laute Geräusche. Ich blickte auf. Bernhard trat ein und schloss die Tür hinter sich. Er bemühte sich nicht, leise zu sein. Auf dem Weg zu seinem Tisch entglitt ihm auch noch seine Mappe, die er unter den Arm geklemmt hatte. Er zischte und hob umständlich alles auf. Entschuldigend blickte er dann in die Runde. Er ging zu seinem Platz und setzte sich, wobei er den Stuhl so nachdrücklich über den Fußboden zog, dass ein kreischendes Geräusch entstand. Wieder blickte er entschuldigend um sich.

Ich konnte fortfahren. Doch blickte ich wieder und wieder zu Bernhard hinüber, ob von dort Störungen zu erwarten waren. In seinem Auftritt hatte etwas betont Gelassenes und Gehässiges gelegen.

Ich hatte beschlossen, die Nachricht von der aufgetauchten Erzählung *Kein einziges Wort* nicht in den Unterricht zu geben. Wir sprachen stattdessen über ein Schreibmodell, das ich vor einiger Zeit entwickelt hatte. Es ermöglicht den Aufbau eines Stoffes mit einem Konstruktionsplan, der an die Arbeit von Architekten erinnert. Man teilt seinen Stoff in drei Akte ein. Dann setzt man drei entscheidende Wendepunkte für die Handlung; an das Ende des 1. Aktes, in die Stoffmitte als zentralen Wendepunkt und kurz vor Beginn des 3. Aktes. Die Wendepunkte müssen inhaltlich begründet sein, enthalten wesentliche Handlungsereignisse und laden den Stoff mit Spannung auf.

Als ich zu Bernhard blickte sah ich, dass er mich anstarrte. Dann meldete er sich.

„Herr Beiner", sagte er. „Ich glaube nicht, dass wir so weiterkommen."

„Teilen Sie uns Ihre Zweifel mit, Bernhard", nickte ich.

„Sie sehen in uns Kandidaten für Ihre Schreibmodelle. Das sind wir aber nicht. Wir wollen gar nicht literarisches Schreiben lernen. Wofür denn! Wir wollen an der gesellschaftlichen Brisanz von Literatur in schwierigen Zeiten teilhaben."

„Und das heißt?"

„Lassen Sie uns doch über Rebekka sprechen! Legen

Sie Ihre Gedanken und auch ihre Forschungsergebnisse auf den Tisch. Das ist doch ein viel spannenderes Thema! Daran können wir alle Anteil nehmen – und uns auch daran beteiligen. Lebendige Literaturgeschichte, sozusagen."

Ich versuchte, besonnen zu bleiben. Das war ein offenkundiger Angriff, geradezu der Versuch, meine Autorität grundsätzlich in Zweifel zu ziehen. Und Bernhard wusste, was er da betrieb. Die Frage war: warum tat er das?

Ich vollführte eine Geste in die Runde. Keineswegs wollte ich mich mit dem Schüler von Stuck in einen Streit begeben.

„Was sagt die Klasse dazu?"

„Ein interessanter Vorschlag", sagte Tanja. „Wir können ja darüber diskutieren. Aber mein Interesse wäre schon, Herr Beiner lehrt uns das literarische Schreiben."

„Mein Interesse ist das auch", schloss sich Helga an. „Das heißt aber nicht, dass mich diese unglückliche Poetin nicht interessiert."

„Wir könnten ja daraus einen Stoff entwickeln", schlug Traudi vor. „Wir bauen eine Geschichte um diese Figur, versuchen, sie biografisch zu fassen und verwenden dabei die Regeln, die Herr Beiner uns vermittelt hat."

„Dann hätten wir beides abgedeckt", ergänzte Klaus-Jürgen.

„Schön, schön", nickte ich. „Danke für Ihre Standpunkte dazu. Und Dank an Bernhard für seine kreative

Eingabe! Wir sehen, wie sehr uns gute Vorschläge weiterhelfen."

„Dann machen wir es so, wie Bernhard vorschlägt?", fragte Helga.

„Das sollte mich freuen", sagte Bernhard, nahm seine Brille ab und putzte sie. Er lächelte in die Runde. „Ich wollte aber nicht stören."

Ich schwieg.

In die Stille hinein, schlug Traudi vor, ob ich also für die kommenden Stunden etwas ausarbeiten könnte.

Ich stimmte zu, obwohl mir im Augenblick unklar war, wohin die Verknüpfung meiner beiden Aufgaben führen würde. Ich entließ die Klasse noch vor der Zeit. Bevor ich eine Meinung vortragen konnte, musste ich nachdenken. Irgendetwas an der ganzen Sache gefiel mir ganz und gar nicht. In jedem Falle musste ich ohnehin mit meiner Auftraggeberin Frau Schleiter-König reden. Im Moment fühlte ich mich überfahren.

Doch ich konnte mir Zeit lassen. Das Wochenende stand vor der Tür. Bis zum Montag würden wohl alle Aktivitäten ruhen.

Ich ging noch vor allen Schülern aus dem Raum, hinaus auf die Straße, hinein in den Ort. Über mir zogen die Kraniche vorüber und riefen mir zu: „Ja, schon gut! Es ist alles gut!"

Ich lief die schmalen, von Fachwerk und Gärten gesäumten Straßen hinunter und hatte das Gefühl, Bernhard von Stuck säße mir im Nacken und schlurfte hinter mir her.

Was natürlich absurd war ...

***

Kraniche, Kühe, Kirchenglocken – das Land erbebte an diesem frühen Sonntag in fröhlich-freudiger Aufgeregtheit.

Draußen lag ein schöner Sonnentag über dem Land, der alle Katastrophen eines glücklich hinter uns liegenden glühenden Sommers vergessen ließ.

Frau Schleiter-König hatte sich gemeldet und mich zum Mittagessen eingeladen. Sie empfing mich in ihrem Haus außerhalb des Ortes, das sie allein bewohnte. Es lag in einer kleinen Restansiedlung auf der Höhe. Ich quälte mich über eine ungewöhnlich langgestreckte Serpentinenstraße. Unter mir versank die schöne grüne Welt.

Sie empfing mich mit distanzierter Freundlichkeit, wie es bei Menschen vorkommt, die vorauseilende Angst vor Nähe haben und bat mich in die Wohnküche. Gleichzeitig entschuldigte sie sich dafür, diese Einladung verschoben zu haben. Sie deutete mit dem Messer in der linken Hand auf mich.

„Sicher brauchen Sie ein paar Antworten, Herr Beiner!"

„Tja, genug Fragen habe ich ja schon gestellt", lachte ich.

„Ich werde also versuchen, Ihnen die Wahrheit zu sagen", lächelte sie und blickte mich gleichzeitig streng an.

„Ich hoffe, es bleibt nicht bei einem Versuch", erwiderte ich betont lässig. „Mich interessiert im Moment tatsächlich nur die Wahrheit, das gebe ich zu."

„Ich halte nie hinter dem Berg mit der Wahrheit", behauptete sie. „Es gibt nur manchmal Situationen, in denen man sich absichern muss."

Ich blickte auf das Küchenmesser in ihrer Hand und dann hinaus in den Garten, auf dem die Sonne lag und die Blumenteppiche noch heller und bunter machte. Der Himmel war hier oben auf der Höhe nahezu beängstigend niedrig.

„Aber neben der Wahrheit gibt es heute bei mir auch einen Gemüseauflauf mit Käse – was sagen Sie dazu?"

„Lecker", entfuhr es mir inbrünstig.

„Ich sage übrigens auch dann die Wahrheit,", fuhr die Stiftungsleiterin fort, „wenn es den anderen nicht passt."

„Das bringt eine Menge Schwierigkeiten", kommentierte ich.

„Ja. Damit schafft man sich nicht immer Freunde!"

„Sie wissen, was mich interessiert. Beispielsweise, warum Sie mir die Position von Herrn Klingelhöffer nicht offengelegt haben."

„Da gab es nichts offenzulegen! Er wollte Ihnen das leere Grab in Heiligenstadt zeigen. Dieses ehemalige Grab gehört ja gewissermaßen zu Ihren Quellen."

„Halten Sie es für echt?"

„Da verlasse ich mich ganz und gar auf Klingelhöffer. Übrigens auch, was das Manuskript angeht, das er gefunden hat."

„Wobei überhaupt nicht klar ist, ob er es an dieser Stelle überhaupt gefunden haben *kann*!"

„Versuchen Sie, das zu klären, Lieber Herr Beiner!"

Ich sah ihr zu, wie sie das Messer senkte und das vor ihr auf einem dicken Holzbrett liegende Gemüse sorgfältig fein hackte. Dann die Kräuter aus ihrem Garten.

„Ich könnte Ihnen helfen, dann geht es schneller", bot ich an.

„Wunderbar, übernehmen Sie doch Knoblauch und Kräuter, auch die Zwiebeln, ich muss dabei immer weinen – ich kann mich gar nicht retten. Alles kommt in die große Schüssel. Es macht Ihnen doch nichts aus, wenn wir das Essen zusammen fertigstellen? Ich bin leider allzu spät dran."

„In dieser schönen Küche und bei diesem herrlichen Blick nach draußen ... "

Tatsächlich bot der Ausblick durch die Fußbodenfenster, über die gemütliche Terrasse, den überquellenden Garten, die hinteren Obsthecken hinunter ins Tal bis zum fernen Horizont Bilder wie aus einem Katalog. Darüber lag der wunderbare, nahezu sprechende Himmel.

Ich durfte also hacken.

Frau Schleiter-König sah mir im Stehen und Herumgehen zu, ließ mich gewähren, ohne mich anzuleiten. Sie vertraute mir offensichtlich. Es ging ja auch nur um Knoblauch und Zwiebeln.

Als ich fertig war, setzte sie sich zu mir und blickte mich aus ihren blauen Augen an. Ich hoffte, dass sie zum Thema käme. Ihr schönes Gesicht wirkte angespannt, fleckig an den breiten Backenknochen, aber ihre Augen strahlten. Ihre Stimme war lebhaft und ihre Gestalt jung.

„Ich kann immer darauf bauen, ein reines Gewissen zu haben“, sagte sie unvermittelt.

„Verlangt jemand von Ihnen, die Unwahrheit zu sagen?“

Sie wiegte ihren schlanken Leib, wie zu einer unhörbaren Musik.

„Man hat in meiner Stellung in der Stiftung oft die Unwahrheit von mir verlangt“, gestand sie. „Aber ich habe lieber auf eine Karriere verzichtet.“

Mir war soviel Offenheit peinlich. Es war nicht das, das ich hatte wissen wollen.

Ich wartete. Es kam nichts.

„Sie sind ein Mensch, der gerecht sein will, das verstehe ich“, versuchte ich es schließlich. „Aber in Ihrer Stellung ...“

Ihr Lachen war laut und bezaubernd. Es dauerte lange; dabei bog sie ihren Oberkörper zurück und stemmte die Arme in die Seite. Sie strich sich die blonden Haare mit den kleinen Fingern ihrer beiden Hände aus der Stirn. Dann beugte sie sich über den Tisch, steckte einen Finger in das Dressing und leckte ihn ab.

„Ich bin keine perfekte Köchin. Das kann man wirklich nicht sagen! Ich muss noch viel lernen. Mein früherer Mann sagte immer, ich sei die beste schlechte Köchin, die er kennt. Und dieser Garten macht soviel Angebote, das ist Wahnsinn!“

Ich sah hinaus. Gemüse und Obst überall. Und

dazu nickten Kosmeen, Sonnenschirme, Akeleien zustimmend mit den Köpfen.

Ich riss mich zusammen. Ich hatte beschlossen, mich in den Plauderton zu fügen. Auf direktem Weg erreichte ich im Moment bei dieser Frau nichts; das war mir klar. Sie wirkte von irgendetwas im Hintergrund abgelenkt. Etwas in ihrer Seele blockierte sie.

Vielleicht hing der Himmel zu tief.

„Hier auf dem Berg wächst das Gemüse sicher wie die Feuerwehr", machte ich weiter.

Erleichtert entgegnete sie: „Ja, das war mit ein Grund, weshalb ich aus dem Ort hier herauf gezogen bin. Hier unterliegt man keiner Kontrolle."

„Ein Traumhaus!"

Sie rang die Hände.

„Ich habe es mir von den paar Nachbarn, die es hier oben gibt, bauen lassen, das ist wahr! Aber alles nach meinen Vorgaben! Und ich habe es geschafft! – So und nun den Käse drüber und ab mit dem Auflauf in den Ofen!"

Es dämmerte mir, was mit dieser Frau los war. Und ich ließ mich auf das Spiel ein. Ich erhob mich von dem alten Tisch, der in der Mitte der Küche stand.

„Drinnen kochen, draußen essen", sagte ich. „Dazwischen nur ein paar Schritte auf die Terrasse, in den Garten. Weite Blicke ins Tal. Dann wieder zurück in die offene Küche. Ein Traum, den man nur auf dem Land verwirklichen kann."

„Haben die Frauen in Ihrem Leben nicht auch solche Träume?"

Ich brummte eine Zustimmung. Hannah hatte einst ähnliche Träume gehabt und es mir überlassen, sie zu verwirklichen.

Frau Schleiter-König, das war mir klar, hielt dem Druck, unter dem sie offensichtlich litt, nicht stand. Sie rannte davon, wann immer sich eine Gelegenheit dazu bot.

Jetzt wusch sie sich unter dem Wasserhahn die Hände, trocknete sie sorgfältig ab. „Hören Sie!", sagte sie. „Während der Auflauf fertig wird, decke ich dann mal. Draußen ist es noch warm genug."

Die untergehende Sonne beschien warm den Gartentisch. Ich nahm Platz. Sie brachte mir Säfte, verschwand zwischendurch immer mal wieder und kam schließlich kurze Zeit später mit dem Gericht. Sie stellte alles hin und setzte sich gegenüber.

Nun?, fragte ich sie stumm. *Was jetzt? Sind wir jetzt beide bereit für die Wahrheit?*

„Ich bringe gern alles zu Ende." Sie lachte fahrig, sah mich aufmerksam an und fuhr fort: „Aber im Moment kann ich es nicht. Ich bin guten Willens. Aber es gibt einfach zu viele Dinge, die im Moment quer laufen. Und ich weiß nicht, ob ich dabei mitspielen kann. Mehr kann ich im Augenblick nicht sagen. Bitte entschuldigen Sie!"

„Das wollten Sie mir sagen?"

„Eigentlich etwas anderes. Über Klingelhöffer, die Stiftung, Gawein und Co. Aber ich kriege es nicht zusammen."

„Kann ich Ihnen helfen?"

Sie sah erschrocken aus.

„Um Gottes willen!“, stieß sie hervor.

„Dann ein andermal.“

„Ja. Dann können wir doch los legen! Lassen Sie es sich schmecken! Und wenn es Ihnen nicht schmeckt, dann sagen Sie es laut und deutlich. Ja? Versprechen Sie das? Laut und deutlich.“

„Aber ja“, beruhigte ich sie und meinte etwas ganz anderes. „Ja, das ist schon in Ordnung. Es geht ja nicht um Leben und Tod.“

„So? Meinen Sie? Ich hoffe, dass Sie recht haben.“

Sie blickte zum Himmel, wo ein neuer Zug Kraniche aufgetaucht war.

„Sie erzählen vom Abschied“, meinte sie mit einem schwärmerischen Unterton. „Aber ich höre auch ein Versprechen heraus. Es heißt: Wir kommen wieder. Nichts ist vergeblich, wir kommen zurück.“

„Natürlich“, sagte ich. „Der Gesang der Freiheit. Einfach vorüber zu fliegen.“

Das Essen schmeckte wunderbar ...

***

So war es also. Aus den erwarteten Antworten wurden neue Fragen. Wer maß sich hier mit wem? Und um welche vor langer Zeit entstandenen Feindschaften ging es tatsächlich?

Am Abend saß ich in meiner Wohnung und bereitete mich auf die nächste Unterrichtswoche vor. Mein Handy schlug an und ich spürte, wie mein Herzschlag sich beschleunigte. Es war Sumaya.

Sie lud mich für den kommenden Abend zu sich nach Hause ein. Ihre Familie würde sich freuen.

Ich sagte natürlich zu. Mein Landleben nahm allmählich Fahrt auf.

Für den Unterricht am nächsten Morgen hatte ich mir viel vorgenommen. Ich hatte Bernhards Vorschlag aufgenommen und eine Reihe von Motiven für eine Erzählung zusammengestellt, die von der Gruppe weiterentwickelt werden konnten. Im Mittelpunkt stand Rebekka von dem Gawein. Eine Art autobiografische Erzählung, faktisch, wo es notwendig war und fiktiv, wo es wünschenswert erschien. Was immer auch meine Recherchen noch ergaben, ich hätte eine eigene Version von Rebekka in der Hand.

Die Stipendiaten arbeiteten engagiert. Sie waren offensichtlich begeistert davon, wie die Tourismusbranche ihre Porträts in landesweiten Kampagnen nutzen würde. Bernhard beteiligte sich beseelt und so konnte man von einem erfolgreichen Unterrichtstag sprechen.

Am Abend spazierte ich hinüber zum westlichen Ortsrand, wo die Familie Sumayas in einem der letzten mehrstöckigen Fachwerkhäuser mit zwei Giebeln und einem Anbau, inmitten eines kleinen Birkenhains wohnte. In der Luft lag noch immer die Wärme und der Duft eines herrlichen Herbstes.

Nach dem Empfang an der Haustür, die mit semitischen Schriftzeichen geschmückt war, wurde ich von Sumayas Schwester nach oben begleitet. Die Restfamilie war nicht zu sehen. Naila ließ mich mit Sumaya allein.

Sumaya stand am Fenster. Sie drehte sich zu mir um, winkte mich zu sich und wies hinaus. Zwischen ein paar Bungalows hindurch, sah ich eine umlaufende, niedrige Schlehenhecke, auf der Raben herum hüpften und die blauen Früchte pickten, dahinter die bunten Wälder. Sumaya wirkte angestrengt. Ich wollte sie nicht fragen, jeder hier hatte eben seine besonderen Probleme. Ich wartete, bis sie sprach.

„Sie wollen mich verheiraten“, sagte sie schließlich. „Verzeihen Sie mir, dass ich Sie damit empfange, aber die Sorge sitzt tief in mir.“

„Eine Zwangsheirat?“, fragte ich.

„Ja. Aber haben sie nicht recht? Warum führe ich mich so auf! Ich verstehe mich selbst nicht. Eine Hochzeit ist doch gut! Dann habe ich einen Mann an meiner Seite, der mich liebt und verehrt. Ali ist kein Schlechter! Er ist kein Schwärmer und kein Spinner, wie sie jetzt im Umkreis der Gemeinde entstehen, junge Männer, die alles Mögliche in die Luft sprengen wollen, sich selbst gleich mit! Selbstmord ist doch nicht mal einen Gedanken wert! Ali wird jedenfalls alles tun, um die junge Familie zu ernähren. Wir werden ein gemeinsames Haus kaufen und Kinder haben. Und eigene Töpfe und Teller.“

Nein, bitte nicht heiraten!, wollte ich rufen. Ich schwieg. Sie war ein Dutzend Jahre jünger als ich. Stattdessen sagte ich:

„Tue das, was du allein für richtig hältst, Sumaya!“

Sie lachte leise. Aber das Lachen blieb ihr im Hals stecken.

„Ich verehre ihn – aber lieben? Was ist das überhaupt, Liebe! Wissen Sie das, Herr Beiner?

„Es ist das Allergrößte!“

„Ich habe keine Ahnung! Ich weiß nur, dass in meinem Herzen ein kleiner, eifersüchtiger *Dschinn* sitzt, der mir das Leben schwer macht. Ich habe geglaubt, den eifersüchtigen Teufel in der Zeit, seit wir aus der Heimat weg und hierher gezogen sind, während der *Djahilija*, meiner pubertären Zeit der Unwissenheit, zurückgelassen zu haben. Eine zeitlang hatte er sich auch nicht mehr gemeldet. Aber er ist noch da. Und er plagt mich mit bösen Einflüsterungen.“

„Du kannst gar keine bösen Gedanken haben, Sumaya!“, warf ich ein.

„Ich will mich nicht fügen!“, meinte sie kläglich. „Aber das muss ich!“

„Du sprichst davon, das ist gut!“, lobte ich.

„Ich bin so unruhig, kann mich auf nichts konzentrieren“, sagte sie. „Darf ich, bevor wir hinunter zum Essen gehen, tun, was mir am besten hilft? Es ist unhöflich, aber wenn Sie mir einfach zuschauen wollen?“

Natürlich wollte ich ihr zusehen, was immer sie auch trieb. Von ihr ging ein Zauber aus, von dem sie offenbar selbst gar nichts wusste.

Sumaya nahm eine breite Rohrfeder aus ihrem geschmückten Federkasten – ein Geburtstagsgeschenk des Vaters, erklärte sie. Dann begann sie, ihre feinsten Zeilen zu schreiben, frisch wie Tau auf den farbigen Seiten.

Ich setzte mich hinter sie und schaute ihr über die

Schulter. Sie trug ein fließendes, dunkles Kleid. Ihr unbedecktes Haar duftete.

„Ich habe am liebsten die feierlichen Arabesken, die in sanften Farben zusammengehalten sind. Sehen Sie? Manchmal fülle ich die breiten Ränder der Seiten mit lebhaftem Rankenwerk, aus dem Vögel und Getier erwachsen. Dann entstehen Löwenköpfe, die seltsam lächeln, vergnügte Hasen, Vögel, die miteinander zu schwatzen scheinen, schlanke Füchslein, und hin und wieder blickt ein gefährlicher Drache auf die Szene."

„Wunderschön", sagte ich ehrlich.

„Aber heute Abend, beim Anblick des leeren Platzes da drüben mit den fallenden Blättern, und weil die Familie im Hintergrund da ist und schon die Vorbereitung des Hochzeitsfestes beratschlagt, heute Abend, wo Sie da sind, Johannes – darf ich Johannes sagen? – bin ich traurig. Und so verzichte ich beim Schreiben der Arabesken auf die schönen Bilder."

Ich sah weiter zu. Sie schrieb nur. Und sie sagte dabei: „Mein Herz trocknet aus und wird blass wie die Tinte auf den Blättern."

Sumayas Schwester Naila streckte den Kopf zur Tür herein, trat ein, schaute und ging wieder. Kurze Zeit später brachte sie zwei Gläser Orangensaft mit Minze, sagte, das Essen sei bald fertig und verschwand wieder.

Ich verharrte in einer seltsamen Stimmung. Einerseits spürte ich, wie fremd ich hier war. Andrerseits verband mich mit Sumaya eine geheimnisvolle Magie, die schon jetzt unaufhaltsam wirkte.

Ich rührte mich nicht, um den Zauber nicht zu zerstören.

Ich sah ihr zu, wie sie vor einen Spiegel trat. Ihr Gesicht war eine zart brennende, schlanke Kerze, deren Rauch die dunklen, verschlungenen Locken waren. Ich nahm das in ihrer Gegenwart intensiv wahr.

Eine sonderbare, einzigartige Kerze ist sie, dachte ich. Deren Rauch nicht nach oben steigt, sondern nach unten fällt, dorthin, wo ein zarter Hals wie honigfarbener Schaum beginnt.

Mehr war nicht zu sehen – bloß zu erahnen.

Ein solches Wesen ist kostbar, dachte ich.

Die Schatten wurden länger.

Sumaya wendete sich zu mir.

„Ich höre Ihre Gedanken, Johannes ... Wir sollten nun hinunter gehen. Ich will Ihnen vor dem Essen noch etwas zeigen."

Wir verließen ihr Zimmer. Leise ging sie mir voran die mit Teppichen belegte Treppe hinunter.

Aus dem Wohnzimmer drangen die Stimmen der Familie. Am lautesten sprach ihr Vater. Aber auch der Bruder mischte kräftig mit. Sumaya flüstert mir zu: „Seit er sich mit dem beschäftigt, was gerade in Kaschmir passiert, woher wir vor zehn Jahren flüchteten, weil die Fehden der Clans immer gewalttätiger wurden, wird Malik immer selbstbewusster." Sie lächelte mir verschwörerisch zu.

Weil noch immer Zeit bis zum Abendessen war, nahm mich Sumaya an die Hand und wir traten hinter das Haus. Ich deutete auf unsere Hände und fragte, ob wir das dürften. Sie lächelte nur. Wir blickten über die kleinen, aber prächtig verfärbten Gärten der alten Häuser.

Die junge Frau neben mir atmete tief die frische Luft ein, die kühl zu werden begann. Das liebe auch ich am meisten – duftende Abendluft im Herbst nach einem warmen Tag.

„Als kleines Kind", erzählte sie mir und ließ dabei meine Hand los, „im heißen Lahore und später in Kaschmir kamen mir die Abende überhaupt als die einzige Tageszeit vor, in der es sich zu leben lohnte. Dann sprach ich bewundernd und ehrfürchtig mit den Wiedehopfen, die im Garten vor dem Haus herum spazierten. Kennen Sie Wiedehopfe, Johannes? Nein? Die Vögel besaßen eine Krone und beachteten weder mich noch die anderen Kinder, die im Sand herumtollten, Katzen am Schwanz zogen, Hunde mit Steinen bewarfen. Wenn ich selbst doch auch so selbstbewusst und stolz sein könnte, hatte ich damals gedacht! Aber hier in Deutschland gibt es nur Tauben, die gurren und turteln – immerhin. Denn Tauben ziehen auf den Bildern, die ich aus meiner pakistanischen Kindheit besitze, immer den Wagen der Venus, ihrer Liebesgöttin. Und es gibt winzige, freche Sperlinge, die alles aufpickten, was ich ihnen hinwarf."

Ein unschuldiges Dorfkind, wie sie selbst sagte. Ich dachte, Sumaya sei auf eine wunderbare Weise naiv – und unschuldig an allem. Und ich fühlte mich immer stärker zu ihr hingezogen.

Die junge Frau seufzte tief. Etwas in ihr schien mir

noch so jung, verwirrt und unruhig, dass sie selbst nicht wusste, wohin es mit ihr ging.

Konnte ich es ihr zeigen?

Aber nein, dachte ich erschreckt. Nein! Ich komme überhaupt nicht infrage. Dann schon eher Ali, der für sie bereitsteht, auch wenn sie glaubt, ihn nicht zu wollen.

Sumaya überblickte noch einmal den kleinen Garten mit seinem vielfarbigen Staudenbeet und den Rabatten von duftenden Kräutern. Die Minze duftete besonders stark.

„Das wollte ich Ihnen zeigen, mein ganz kleines Paradies."

Sumaya bedeckte ihr kastanienbraunes Haar mit einem durchsichtigen grünen Schleier, den sie über die Schultern gelegt hatte, zog im Hauseingang die geschnürten Schuhe aus Leder aus, und wir gingen ins Haus zurück.

Sie war einen Moment unschlüssig, die Familie tagte weiter, das Abendessen ließ noch immer auf sich warten.

Sumaya zog mich mit sich. In Fachwerkhäusern ist es im Sommer und im warmen Herbst kühl. Wir betraten die Bibliothek des Vaters.

Ich begann über den besonderen Reichtum zu staunen.

Von der Decke herab hingen in einer feinen Lederhülle Pergamente, Sammlungen von beschrifteten und bunt bemalten Blättern. Das waren die zusammengefassten Offenbarungen des Propheten, das Wort Gottes, wie mir Sumaya erklärte. Der Vater hatte das alles aufgeschrieben. Die Blätter werden höher gehängt oder gelegt als jedes andere Papier, denn sie spenden Segen.

Sie erklärte mir alles in ruhigem Ernst. Sie glaubte, was der Vater ihr gesagt hatte, dass es im Himmel für die Gläubigen ihrer eigenen sunnitischen Religion, wie auch für die Christen und die Juden ein *Kitab*, ein vollständiges Buch der Schriften gibt und dass sie, die Tochter Sumaya, es auf der Erde Blatt für Blatt nachschreiben solle, bis es mit dem himmlischen Buch übereinstimme. Erst dann könne der Vater in Ruhe sterben.

Was für ein schöner Glaube! Was für ein Auftrag!

Sumaya musste diese Erwartungen erfüllen, bevor sie auch nur einen Augenblick lang an sich selbst denken konnte. Ich begriff, in welcher Lage sie sich befand. Wie anders ging es in unseren Familien zu!

Jetzt bewegten sich die beschriebenen, gelblichen Blätter an den Schnüren leicht im Windhauch, der von draußen kam. Wir hatten die Gartentür offengelassen. Die Brise wurde stärker. Bald würde es vielleicht erneut ein Gewitter geben. Und es schien mir, als flüsterten die Blätter.

Sumaya berührte sie beim Vorbeigehen mit den Fingerspitzen. Und ich begriff, dass sie Stolz darüber empfand, dass sie das alles, was da hing, abschreiben würde. Alles das, was der Vater wollte. Denn es waren die Sätze ihres Glaubensgebers, Suren, Sagen, seine Erlebnisse und poetischen Empfindungen, Handlungsanweisungen für die Muslime in seiner Zeit. Und in jeder Zeit.

Die junge Frau nahm vor meinen Augen einen länglichen Ebenholzkasten aus einem Regal, öffnete das vergoldete Schloss, löste die Seidenumhüllung und nahm einen ledernen Blättereinband heraus.

Es war totenstill.

Während Sumaya zu lauschen schien und stumm zu mir sprach, flossen auch meine Gedanken an diesem Abend durch den Zauber des Augenblickes leichter. Die Zeit verging langsamer; ich vermisste nichts. Währenddessen rieselte leise und unaufhörlich – so schien mir – feiner Sand von den Steinen und Hölzern der Wände herab und sammelte sich auf dem Boden zu rätselvollen Ornamenten. Ich sah das nicht wirklich, aber ich ahnte es. Sie schloss die Augen. Und ich tat es ihr nach. Und in diesem Moment reichte der Zeigefinger Gottes – jedes Gottes – doch herab und berührte uns beide an der Stirn. In diesem Moment fühlte ich mich ganz bei mir. Und sie? Sie lächelte glücklich. Und ich nahm an, dass sich das erwachsen gewordene Mädchen, deren Körper sichtbar schon zur Frau gereift war, mit allem was da ist, auf eine sinnliche Weise verbunden fühlte. Sie fühlte vielleicht, dass der Platz, den sie einnahm, nur von ihr besetzt und ausgefüllt werden konnte. Und nur ihr zukünftiger Mann konnte sie dafür entlohnen, dass sie auf alles andere verzichtete – auf das Draußen, das pulsierende Leben in den großen Städten, auf den Tanz und alle anderen weltlichen Vergnügungen, und auf das Rufen der spielenden

Kinder in der Welt, wo andere Quellen rauschten, als die der engen deutschen Region, in der sie jetzt lebte.

Es klopfte.

Die Schwester trat ein.

„Kommt jetzt“, sagte sie. „Der Familienrat hat getagt – und das Abendessen ist zubereitet. Beides zu seiner Zeit. Sie haben dir etwas mitzuteilen, Schwester; was dich vielleicht nicht erfreuen wird.“

Als wir unten eintraten, blickten uns sieben Augenpaare entgegen.

1839
Die höllischen Wölfe sind wieder da!

In der letzten Zeit hatten die Berichte zugenommen, es breite sich der Unglauben über dem Land aus. *Herr im Himmel*, dachte er, *das darf nicht sein. Wir dürfen doch nichts gegen den Himmel verbrechen! Das öffnet Tür und Tor für alle Schändlichkeiten!*

In diesem Jahr der dreihundertsten Wiederkehr hatte der Himmel oft geweint. Es regnete sommers wie winters, so als sei die göttliche Regel der Jahreszeiten außer Kraft gesetzt. Als wenn dies nicht schon genug entsetzte, fielen nun auch noch die Ernten aus. Und tote Vögel stürzten vom Himmel, Krähen, Raben, die großen Elstern – und fremde Vögel, die hier noch niemand gesehen hatte. Es musste etwas dagegen geschehen.

War es nicht so, dachte Bartholomeus Grentzebach,

dass die Altvorderen alles darangesetzt hatten, das Gute in der Welt zu verfestigen? Und – hatten sie nicht genug Kraft gehabt? Hatte ihr Glaube nicht nachhaltig genug gewirkt? Oder waren sie, ohne es zu wissen, schuldig geworden?

Es schien an der Zeit, die Dinge wieder ins Lot zu bringen. Denn Landauf, Landab zeigten sich die, die alles ins Unreine zogen. Darunter litten die Gemeinden, wohin er auch schaute.

Bartholomeus Grentzebach, gleichnamiger Nachfahre in der Blutlinie des ehemaligen Pfarrers zu Treysa, ging in die Schlosskirche, verbeugte sich und deutete einen Kniefall an. *Wo haben wir versagt?*, dachte er. *Wo sind wir den Gemeinden nicht gerecht geworden?*

Die bevorstehende Feier im Rittersaal des Schlosses stand vor seinen Augen. Er wollte alles tun, um die alten Ideen wieder in ihr Recht zu setzen. Das war ja ein Auftrag! Beeidigt vor allen, die damals anwesend waren. Und beeidigt vor Gott dem Herrn, der alles wohlgefällig verfolgte.

Es war die große Kundgebung der Reformation für die Gemeindeerziehung durch Seelsorge gewesen. Seelsorge! Das war heute nötiger denn je. Die Altvorderen hatten das gewusst! Damals hatte man im Kurfürstentum Hessen um Gnade und Friede vor Gott gerungen. Und man hatte eine Antwort erhalten.

Alle, die sich damals versammelten, wussten um ihre Verantwortung über die Herde Christi, unseres gemeinsamen Herrn, zu wachen und mit höchster Treue darauf zu sehen, dass allem Einfall der höllischen Wölfe unverzüglich gewehrt wurde. Wenn nicht sie, wer dann? Sie hatten alle Feuer angezündet und tagelang gebetet. Sie waren es ja, die der Herr dazu gesetzt und verordnet hatte, die Gemeinden vor allem Unrecht und Verderben ewigen Lebens durch die gesunde Lehre, durch getreue Ermahnung und heilsame Zucht zu bewahren, damit sie im christlichen Leben immer fertiger und stärker wurden. Das konnte die Gemeinde Landauf, Landab von ihnen erwarten. Und dazu kamen sie zusammen und würden es nun tun.

Gefahren gab es genug, die abgewehrt werden mussten. Dreihundert Jahre zuvor, auf den Tag, hatte man das ganz klar gesehen und entschlossen gehandelt.

Sie waren damals zusammengekommen, weil nun keine persönliche Eitelkeit zählte, sondern nur das Wohlergehen des treusorgenden Herrn. Die hoch gelehrten, edlen, ehrenfesten, achtbaren und weisen Räte von fürstlichen Gnaden und die Gesandten der Städte trafen zusammen. Alle Hirten waren eingeweiht, dass der Satan nicht allein durch allerlei Rotten und Sekten, sondern auch durch fleischliche Üppigkeit und gottverlassenes Wesen der Gemeinde Christi geschadet hatte. Als sie aber die ganze Lage begriffen, auch die Mängel und Fehler ihrer eigenen Kirche und Gemeinde, beschlossen sie eine neue Ordnung.

Dafür brauchte man vor allem die gelehrten, verständigen, bescheidenen, eifrigen und frommen Prediger, die mit Treue und Ernst vorangehen und Ermahnungen sowie Strafen aussprechen konnten. Sie sollten ja ein Vorbild für jeden sein. Und das wurden sie, weil sie nicht nur forderten und einklagten, sondern auch durch freundliches und getreues Bitten und Flehen bewegen wollten. Sie waren durchweg gut! Die Vermahnung der Nachlässigen oder Abtrünnigen sollte mit Sanftmut und Lindigkeit geschehen, und so das strenge Gericht Christi durch freundliches Berichtigen und Unterweisen in Gottes Wort unterstützen. Man wollte die Sünder nicht gleich bestrafen, sondern Hilfe in Nöten anbieten, Ursachen für Fehlverhalten suchen und sein herzliches Mitleid zeigen. Dies nicht nur gegen Anverwandte und Mitbürger, sondern auch gegen Hinzukommende und Fremde wie Juden und Heiden. Um jede Seele, die sich dem Christentum aus Irrtümern heraus noch nicht völlig ergeben hatte, sollte selbstlos und liebevoll gerungen werden.

Dazu gehörte natürlich, dass christlicher und besserlicher Abscheu denjenigen entgegengebracht werden mussten, die in der Verachtung der Sakramente lebten. *Erinnert sie nicht nur*, so mahnten die Hirten, *an die milde Gnade des Herrn, sondern auch an sein allerstrengstes Gericht! Erinnert sie öffentlich daran! Bei allen Gelegenheiten der Predigt! Unterlasst dabei jedoch kein Angebot des Dienstes, der Hilfe oder der angebotenen Gemeinschaft! Wir sind für alle diese da und mitverantwortlich!*

Sein eigener Herr Vorfahre über etliche Generationen, Bartholomeus Grentzebach zu Treysa und die anwesenden Superintendenten zu Alsfeld, Homberg und Marburg, Professoren zu Marburg, Magister zu Fulda und Pfarrer zu Kassel, Nidda, Melsungen, Gießen und Allendorf, hatten das Beste gewollt und gegeben. Es waren die Verständigsten, Bescheidensten und Eifrigsten im Herrn, bestvertraut und wohlangesehen. Sie hatten ihre Kraft nicht geschont. Und so war eine Zuchtordnung zustande gekommen, die für jeden ein ganzes Leben lang galt. Da gab es kein Schlupfloch. Auch die Hirten selbst unterlagen diesem Gesetz, denn sie waren nur Diener, niemals Herren. Selbst die Obrigkeit war verpflichtet worden, Amt und Dienst der Besten, wie es beispielsweise die Ältesten der Gemeinde sind, zu respektieren und ihnen zu gehorchen. Sie sollten auch alle Beratungen führen, die gegen die Kirche zu verhandeln wären. Die alte Ordnung des Heiligen Geistes, wie wir sie in den apostolischen Schriften haben, musste wieder aufgerichtet werden. Welch eine Stützung in heilloser Zeit!

Bartholomeus Grentzebach wusste, dass es damals niemanden gegeben hatte, der es nicht so sah!

Leicht hatten es sich die Herren im Jahr 1539 nicht gemacht. Manchen in den Gemeinden hatte es erbost, dass ihr alltägliches Fehlverhalten nicht nur zeitig und auf rechte Weise, sondern auch unnachgiebig und immer, gleich an Lehre oder Leben bestraft wurde. Aber wie anders hätte es gehen können!

Wer Regeln aufstellt, muss auch ihre Einhaltung verfolgen. Und es ist nur schön, darauf zu sehen, dass Christus dem Herrn die, die durch ihn erschaffen, und ihm auch in der heiligen Taufe übergeben und eingeleibt sind, durch sie zugeführt und aufgezogen werden.

Nur so können sie billig zum Tisch des Herrn zugelassen werden. Das muss nachvollzogen werden können. Da gibt es keine zwei Meinungen.

So wurden die acht Stücke der Belehrung, die dem unwiderruflichen Ausschluss aus der Gemeinschaft vorausgingen, auch einstimmig angenommen.

Das waren: Falsche Lehren gegen die göttliche Schrift. Mutwillige Gotteslästerung durch frevlerisches Fluchen und freche Texte. Seinesgleichen zu Schande und Sünde antreiben. Ungehorsam. Feindschaft gegen seinen Nächsten aussähen. Ehrloses und ungerechtes Verhalten, Verleumdung und Nachrede halten, Schachern und Wuchern, Gewalt und Tod verhängen. Öffentliche Unzucht in Worten und Werken treiben. Völlerei in viehischer Unmäßigkeit.

Wer hätte auf solche, die trotz der Belehrung keine Umkehr betrieben, nicht verzichten wollen! Dazu kamen die Leugner des Himmelsreichs Christi. Sie mussten ausgeschlossen werden, damit nicht solcher Sauerteig, den ganzen Teig des christlichen Volkes verderbe. Der Superintendent hatte zum rechten Zeitpunkt, um niemanden ungerecht zu behandeln, sein Urteil zu fällen. Und der Bann sollte nicht vor der ganzen Gemeinde ausgesprochen werden; dann erschiene die Verfehlung als zu großes und offenbares Laster. In der Gemeinde würde sich der Bann gegen *Diesen* und *Jenen* schon genug herumsprechen.

Aber das Verbannen sollte dennoch mit großer Tapferkeit und ganz ernstlicher Erinnerung an die Gewalt, die der Herr der Kirche gegeben hat, geschehen. Und wenn es geschieht, dass jemand den Bann missachtet, dann darf er zu keinem ehrlichen Amt oder Tun zugelassen werden. Und wenn er darüber stirbt, so soll die Kirche seinem Begräbnis ihren besonderen Dienst, seine Leiche zur Erde zu bestatten, verweigern.

Die Herren damals, auf den Tag vor dreihundert Jahren, hatten auch an die Kinder gedacht. Sie sollten befragt werden. Und nachdem sie geantwortet und sich damit öffentlich Christus und seiner Kirche ergeben haben, sollten die Pfarrer den Kindern die Hände auflegen und zu christlicher Gemeinschaft konfirmieren, damit sie die christliche Zucht und Strafe durch die Seelsorger allezeit gutwillig aufnehmen und ihnen gehorsam Folge leisten.

Diese Bindung von der Taufe bis zum Abendmahl, dachte Bartholomeus, womit die Kinder zur christlichen Gemeinde zählen und nicht mehr am Tod des Herrn schuldig sind, muss nun, anno 1839, erneuert werden. Damit die höllischen Wölfe uns nicht überfallen.

Und in diesem Bemühen sehen wir überhaupt keine Last, sondern verrichten dies mit Dankbarkeit und mit keinerlei Beschwernis oder menschlicher Bürde. Es schafft uns nur Lust und Liebe und gar keinen Unwillen oder Verdruss.

Bartholomeus neigte den unbedeckten Kopf, verließ die schöne Kirche am großen Platz, und bereitete sich in seiner Seele mit aller Kraft darauf vor, das Fest zur dreihundertjährigen Feier der Kirchenzucht würdevoll zu begehen.

Und er bat um Hilfe bei der verantwortungsvollen Aufgabe, den Kirchenbann, wie er jetzt wieder notwendig wurde, auszusprechen. Gegen jene, die ihn verdient hatten.

Heiligkeit, Gerechtigkeit und Gottseligkeit. Amen!

3. KAPITEL

Ich hatte das ungute Gefühl, immer wenn ich etwas fand, wurde es mir sofort wieder aus der Hand genommen.

Es war so, als sei da jemand, der im Hintergrund daran wirkte, dass meine Glaubenssätze, die ich im Unterricht verkündete, in der Realität umgesetzt wurden. Wenn es diesen Unbekannten wirklich gab, hatte er nicht verstanden, dass ich im Alltag in Ruhe gelassen werden wollte. Dafür konnte es in allen Texten und Erzählungen, die nach und nach durch meine Schüler entstanden, drunter und drüber gehen.

Vor allem die Figuren, die mein Kurs erfand und gestaltete, sollten wahre Monster sein. Dazu neigt ja die literarische Phantasie. Aber in der Realität wollte ich keine Monster.

Und doch trat bald das genaue Gegenteil ein.

Kam dies etwa durch die höllischen Wölfe unserer Phantasie zustande? In manchen schlaflosen Nächten argwöhnte ich das.

Mittlerweile hatten wir in der Schreibgruppe ein Muster erstellt, in dem die unglückliche Poetin nach und nach sichtbarer wurde. In allen denkbaren Farben schilderten die sechs Lernenden unsere Verschollene und bemühten sich, die bisher bekannten Textfetzen in das Bild einzuarbeiten. So entstand allmählich eine faszinierende literarische Person. Man konnte sich natürlich fragen, ob sie noch mit der realen Rebekka von dem Gawein übereinstimmte. Vielleicht kam es darauf gar nicht an. Vielleicht war wichtiger, dass diese Figur aus dem Dunkel herausgeholt wurde, Umriss und Leben bekam. Und dass sie unsere Phantasie immer stärker beflügelte.

Ich hatte längst beschlossen, dieses Unterrichtsziel zu verfolgen. Was ging mich der Kulturtourismus und seine Bemühungen um verwertbare Slogans und Ereignisse an! Außerdem würde es der Branche zugute kommen, wenn wir ein fiktives, literarisches Idol aus dem Hut zaubern würden, mit der die Region sich schmücken konnte!

Meine Klasse strengte sich also mächtig an!

Für Tanja war klar, dass Rebekka in einer verbotenen erotischen Obsession untergegangen war; geächtet von allen moralischen Autoritäten ihrer Zeit. Klaus-Jürgen vermutete, sie sei einer Intrige zum Opfer gefallen – aber weshalb? Joachim spekulierte darüber, in welche verbrecherischen Hände sie einst gefallen sein könnte. Dass Rebekka als schreibende Frau unter großen Selbstzweifeln gelitten hatte, sich selbst zunehmend als unfähig ansah und deshalb eines Tages in äußerster Radikalität aufgegeben hatte, das war für Helga klar. – „Sie trocknete gewissermaßen aus, resignierte. Weil ihr literarisches Talent am Anfang mit Zuspruch, Liebe und Erfolg zusammenhing, schrieb sie später nichts mehr." – „Das sehe ich ähnlich", meinte Traudi. „Man redete ihr ein, sie sei unfähig zu schreiben. Und irgendwann glaubte sie es selbst. Dann wurde sie vielleicht krank. Daran starb sie vielleicht. Sie hatte vielleicht das Gefühl, je mehr sie schriebe, desto schwächer und kränker und wertloser werde sie." – „Ein bisschen viel vielleicht", warf Joachim ein. Er dachte eher darüber nach, ob Rebekka der Trost gefehlt hatte, den sie von der Religion vergeblich erhofft hatte. Hatte die Kirche ihr vorgeworfen, etwas gegen den Himmel verbrochen zu haben? Dann hätte sie wohl dem größten Feind in ihrer Zeit gegenübergestanden. Bernhard griff Joachim sofort dafür an. Er hatte selbst keinen Standpunkt entwickelt, es schien ihm aber erwiesen, dass Rebekka nicht im Dissens mit der Kirche ihrer Zeit gelebt hatte. – „Warum nicht?", fragte nun auch Traudi. „Vielleicht hat die Kirche sie dafür verurteilt, dass sie nicht unter ihrem Dach Schutz gesucht hatte?"

„Die Kirche verurteilt keinen einzigen Lebendigen", behauptete Bernhard.

„Doch das tut sie, bis heute", erwiderte Traudi. „Das soll sie aber nicht. Sie soll nicht verdammen, sondern befreien, Die Kirche soll fröhlich machen und Liebe verbreiten unter den Menschen, ist das nicht Gottes Grundidee?"

„Du behauptest also", meinte Bernhard, „du könntest aus heutiger Sicht auf die Zeit um Rebekka blicken und Urteile fällen?"

„Ja, Jetztzeit!", rief Klaus-Jürgen. „Wir verstehen die Vergangenheit nur, wenn wir den Engel der Geschichte kennengelernt haben, der mit dem ausgestreckten Finger auf das Erscheinen der Gegenwart in der Vergangenheit deutet!"

Ich sah, wie die Sache in Schwung kam. So hatte ich es mir gewünscht. Meine Schüler trieben auf ihre Weise die Suche nach der wahren Rebekka voran. Irgendwann würde ich eine heiße Spur haben, um ihr Geheimnis zu lüften!

Rosskopf wies mich darauf hin, wie durch unsere Ausrichtung immer mehr ins Hintertreffen geriet, dass wir eigentlich Texte für die touristische Vermarktung der Region Wolfsland-Schwalm schreiben sollten. Er sagte neckisch, ich solle doch an die leckeren Würste denken!

An allem war allein ich schuld. Wie sollte ich das Frau Schleiter-König erklären? Ich war mir darüber im Klaren, dass sogar meine Anstellung auf dem Spiel stand!

Dann hätte ich meine Zelte auf dem Land abbrechen und zurückfahren müssen. Wollte ich das? Zurück? Wohin zurück denn genau?

Wo war meine Heimat?

Ich fühlte mich zunehmend nur noch mit bestimmten Menschen und in der Literatur zuhause.

Während in den literarischen Erzählungen meiner fleißigen Schüler viel Stoff bewegt wurde, tat sich in meinem Alltag wenig. Ich machte ausgiebige Spaziergänge durch die Landschaft, die allmählich immer bizarrer wurde. Ich kam an endlosen Hecken vorbei, deren Hagebutten- und Schlehenbüsche von grauen und gelben Flechten überzogen waren, die ihnen ein verwunschen-uraltes Aussehen gaben, so als wollten sie von einem versunkenen Märchenland erzählen, das hier früher einmal existiert hatte. Eines Tages entdeckte ich ein völlig einsames, nur von Vögeln belebtes Tal, in dem kein fremder Laut zu hören war. Eine beinahe Furcht einflößende Ruhe lag über den weiten Flächen, die von einer erstaunlichen hoch aufragenden Hügelkette gesäumt wurden. Auch wenn völlige Stille Angst einflößen kann, weil man sein eigenes Ausgeliefertsein begreift – in solchen Herbstlandschaften beruhigte ich mich zusehends. *Man muss es aushalten,* dachte ich, *das Land macht uns zu guter Letzt friedlich. Wie schön, dass es nur Literatur ist, in der wir uns abreagieren wollen.*

Ruhe! Frieden! Das gab mir die Kraft, die ich benötigte.

Damit war es allerdings vorbei, als eines Tages das Schicksal in Gestalt eines mir unbekannten Mannes an meiner Haustür klingelte.

„Sie sollten sich das mal ansehen!", rief er zu mir hinauf, nachdem ich den Türöffner gedrückt hatte.

Als ich unten ankam, erstarrte ich.

Dicht über uns flog mit infernalischem Lärm ein Kampfhubschrauber des nahen Truppenübungsplatzes Braunborn vorüber. Die Herbstmanöver hatten begonnen. Ich duckte mich. Und ich duckte mich ein zweites Mal, als ich sah, dass vor meiner Haustür ein unförmiges dunkles Bündel lag. Der Fremde wies darauf. Ich trat näher heran. Ich wollte nicht wahrhaben, was ich sah. Ein toter Kranich. Riesengroß, wie er sich da ausbreitete. Zerrupftes Federkleid, verbogene Läufe, ein aufgerissener Schnabel mit dem erstarrten allerletzten Schrei. Die Augen herausgerissen.

„Ungewöhnlich!", sagte der Fremde. „So etwas habe ich noch nie gesehen. Normalerweise sterben sie auf ihren Rastplätzen. Sie stürzen nicht ab – niemals! Und die menschlichen Ansiedlungen scheuen sie, wie wir das Höllenfeuer!"

„Verdammt", sagte ich. „Und wer sind Sie?"

„Kehrer, Horst, vom NABU. Ich kümmere mich hier um die Vögel. Wir haben ja um uns herum zum Glück viele Feuchtwiesen."

„Ja, und Sie sind diesem Vogel hinterhergeflogen und hierher, bis zu mir vor die Haustür?"

Er sah mich an, als ob ich beschränkt wäre, und so redete ich wohl auch. Ich stand noch immer unter Schock. Kraniche fliegen heran und rufen uns zu, dass sie eine Geschichte erzählen wollen. Sie fliegen weiter, aber ihr Versprechen lautet: Wir kommen zurück! Nichts ist vergeblich! Wartet auf uns, dann erzählen wir alles zuende! Und nun lag dieser traurige Riesenvogel hier für alle Zeiten verstummt vor meiner Tür.

Etwas Abartiges. Gemeines. Unerträgliches.

Kehrer sagte: „Ich kümmere mich um das Tier. Es muss ja abtransportiert werden, vermute mal, nicht auf die Abfalldeponie in Schwalmstadt, sondern ab ins Labor. Das entscheiden die Veterinärmediziner. Kraniche sind ja überhaupt keine Problemvögel. Irgendwas ist mit diesem Vogel passiert, hoffentlich kein –"

„Kein was?"

Er sah unglücklich aus.

„Hmm – kein neuer Virus, den wir noch nicht kennen ..."

„Mannomann!", kommentierte ich, einigermaßen hilflos. „Was für ein Anblick!"

„Wer ist denn hier der Verantwortliche?", wollte Kehrer wissen und deutete auf das Institut.

Ich erklärte ihm, das Haus gehöre der Stiftung in Homberg an der Efze.

„Ich denke", fügte ich hinzu, „die Leiterin des Institutes müssen wir nicht informieren. Aber Sie müssten Rosskopf von der Bio-Initiative anrufen. Der weiß alles über die einheimische Fauna und Flora und wird wissen, was zu tun ist."

„Kenne ich", sagte der Mann vom NABU und zückte sein Handy. Mit einem Seitenblick fügte er hinzu: „Ich rufe alle an. Sogar den wütenden Jörg. Das hier ist ja möglicherweise ein Tatort."

Mach's nicht dramatisch, Kollege, dachte ich bei mir. Aber hatte er nicht recht?

Kurze Zeit später waren Rosskopf, die Freiwillige Feuerwehr, die Polizei aus der Kreisstadt, ein Förster und sogar der Ortsvorsteher zu Fuß mitsamt einer Beisitzerin da.

Ich deutete auf den abgestürzten Kranich und sagte

in die Runde: „Wovon erzählen sie? Wie lautet ihre Botschaft? Das müssen wir unbedingt herausfinden! Immer wieder aufs Neue!“

Sie blickten mich jetzt alle an wie einen Irren. Und Kehrers Blick schweifte hinüber zu den Polizisten.

***

Ich hätte gerne alle die Menschen, die mir nahe waren, um mich versammelt. Jetzt, wo sich etwas Fremdes ankündigte, das beunruhigend war. Oder empfand nur ich das so? Wenn ich nüchtern Zwischenbilanz zog, war ja überhaupt nichts geschehen, was mich von meinen Zielsetzungen abbringen konnte. Es waren nicht viele, die mir nahestanden, aber sie hätten mir raten, mich wärmen und schützen können. Braucht das manchmal nicht jeder? Ich konnte das ungute Gefühl nicht erklären, das mich befallen hatte. Vielleicht übertrieb ich. Vielleicht sollte ich die Zeichen nicht deuten wollen und mich auf meine Suche nach Rebekka und den Unterricht konzentrieren.

Ich träumte schwer. Lebende Kraniche erzählen vom schönen Leben – aber ein abgestürzter, toter Kranich erzählt vom Desaster, das auf uns zukommt. Dann kollabiert das System, das wir Natur nennen. Zugegeben, ich war es gewohnt, in Symbolen und Metaphern zu denken.

Ich nahm mich zusammen. Ich vermutete, die Stiftung erwartete bald einen sachlichen Zwischenbericht meiner Arbeitsbemühungen.

Klingelhöffer schickte mir mit der Post die Abschrift eines Textes mit dem Titel *Gedicht in sechs Gesängen*, angeblich von Gawein. Der Pfarrer hatte neulich darauf angespielt. Woher Klingelhöffer es besaß, verriet er mir nicht. Vielleicht dachte er, ich glaube sowieso nicht an die Echtheit. Die sechs Gesänge waren literarisch uninteressant; sie schienen mir nur eine recht ungeschickte Fingerübung im Stil der Erbauungsliteratur zu sein. Aber Klingelhöffer schickte mir vor allem eine vollständige Kopie der Erzählung *Kein einziges Wort*. Ich war begierig und las sie mehrmals. Immer wieder. Und mit jeder Lektüre legte ich Wort für Wort frei, was im Untergrund dieser Erzählung brodelte. Darin leuchtete ein Höllenfeuer aus Zumutungen und Schrecken, aus Missverständnissen und Sprachlosigkeit. Die Liebesbeziehung zwischen Menschen wurde hier zu Grabe getragen. Die Autorin hatte nicht gespart mit Stimmungen des Ausgeliefertseins zwischen Liebenden, mit dem Verlust von Sicherheiten in der Liebe, bis hin zu äußerster Resignation. Dieser starke Text hatte der Kirche sicher nicht gepasst, er schien absolut aus ihrer Zeit gefallen, wie ein Hilferuf aus einer dunklen Zeit.

War unsere Zeit heller? Eher nahm die Poetin unsere Gegenwart um zweihundert Jahre vorweg. Unsere Zeit, mit aller Schuld und Unwürdigkeit, mit ihren Selbstzweifeln und lustlos konsumierter Promiskuität, den verächtlichen Gesten gegenüber den Anderen und der Erwartung des Untergangs.

Als ich an diesem Nachmittag in dem kleinen Parkstück hinter dem Institut saß, um noch einmal Gaweins Erzählung zu lesen, der Wind die bunten Blätter aller Bäume, der Robinien, Eschen, Ulmen, Eichen und Apfelbäume mit kraftloser Gebärde zu Boden fallen ließ, und in diesem Bild trotzdem etwas Schönes und Wahrhaftiges lag, da dachte ich: *Übertreib nicht mit der Literatur! Das Leben ist wichtiger!*

Und doch war ich überzeugt davon, dass darin kein Gegensatz liegen sollte. Das Leben war Literatur; es war Erzählung. Und wir lauschten ihr gebannt.

Ich traf Sumaya, in diesem Herbst meine absolute Lichtgestalt. Und sie erklärte mir, dass sie nun Ali fest versprochen war. Der Imam in der Kreisstadt hatte es inzwischen besiegelt.

Ich hatte es mir nach dem abendlichen Zusammentreffen in ihrem Haus schon gedacht, als ihr Familienclan sein unverrückbares Urteil verhängte. Nach dem Essen war es verkündet worden, vorher hatte man mich – den *verehrten fremden Gast* – verabschiedet. Sumaya wirkte unglücklich. Ich hütete mich, sie beraten zu wollen. Es hätte gegen mich ausgelegt werden können.

Ich genoss nur ihren Anblick. Sie kam und ging in meinem Leben spazieren. Und ich sehnte mich nach ihrer Anwesenheit.

Sie fragte mich, ob ich gebunden sei. Und ich erzählte ihr von Hannah. Von unserer einstigen großen Liebe. Wir waren immer beieinander gewesen, verschmolzen zu einer Seele und einem Körper und hatten nicht im Traum daran gedacht, uns jemals zu trennen. Ich erzählte Sumaya auch von den Missverständnissen und Zweifeln, die uns gegenwärtig beherrschten. Wie es soweit hatte kommen können, wusste ich selbst nicht. Niemand konnte es erklären. Vielleicht musste man gar nicht nach Gründen suchen. Möglicherweise lag es in unserer menschlichen Natur, dass wir nicht miteinander zurechtkommen konnten.

Sumaya sah mich nur aus ihren dunklen Augen an und schwieg. Dann machte sie ein paar Schritte auf mich zu und ich bewunderte sie. Dann ging sie.

Hannah meldete sich nicht. Ich vermied es, sie anzurufen.

Und der Tag kam, an dem sich alles veränderte.

***

Die Ernte war abgeschlossen. Auch der übermenschlich hohe Mais lag nun in den Scheunen. Die Blätter fielen unaufhörlich von den Bäumen, und hierdurch lösten sich die festen Konturen in der Natur auf und verwandelten diese in etwas Zauberisches. Tanja hatte neulich im Unterricht in einem schönen Text davon erzählt. Für sie war es so, als hätte jemand beschlossen, dies alles nicht ernst zu nehmen und wieder zurückzunehmen. Tanja hatte es in ihrer Sprache verstanden, die reale Natur auszustatten mit der nötigen Fremdheit und menschlichen Ferne, die ich selbst wahrnahm.

Allmählich begann schon das Ausbringen der Wintersaat und von Pflanzen, die als Dünger in den noch weichen Boden untergepflügt werden konnten. Ich ertappte mich bereits bei Gedanken über die Zyklen von Aussaat und Ernten, über das harte und das fröhliche Leben der Bauern. Unbewusst näherte ich mich den Ritualen und den Geselligkeiten des Landlebens. Und eines Abends rief mich der Pfarrer an und fragte mich, ob ich eine Laienpredigt halten wollte.

Ich hatte seit meiner Jugend Kirchen nur zu dem Zweck betreten, ihre Kunst zu bestaunen. Rückblickend glaube ich, dass ich beim Nachdenken über den Tod meines besten Freundes ein Ungläubiger geworden war. Er war noch so jung gewesen! Unschuldig! Und doch hatte ihn der Nierenkrebs aufgefressen.

Es gab keinen Gott!

Und dennoch schmeichelte mir das Angebot. Ich beschloss nach einigem Zögern, es anzunehmen. Es war vermutlich schiere Eitelkeit.

Vielleicht wollte ich auch noch einmal über mein zorniges Leugnen eines himmlischen Vaters nachdenken. War es nicht eine Tatsache, dass alle diese Herrlichkeiten um mich herum wirklich und wahrhaftig da waren? Und wer hatte sie geschaffen?

Bis es zu meinem Auftritt in der kleinen Wallfahrtskirche auf dem höchsten Berg der Region kam, und ich mich darauf vorbereiten konnte, stärkte ich mich bei einem Besuch des Museums der ehemaligen Literatenkolonie.

Das Anwesen lag nicht weit vom Institut entfernt. Eine große Hofeinfahrt, ein altes Haus mit Erker und Giebeldach aus rotem Klinker und ein moderner

Anbau. Seit mehr als hundert Jahren wurde hier Geld investiert in das Bewahren einer Tradition, die wohl einzigartig war. Jahrzehnte lang waren Literaten aus den Städten hierher in die niederste Provinz gekommen, um über das Landleben zu schreiben. Jetzt hatte das Institut um Frau Schleiter-König diese Idee neu belebt. Und mich bestellt, der seiner Aufgabe bisher nicht gerecht wurde.

Jedenfalls empfand ich das so. Ich kannte diese regelmäßigen Anfälle von Selbstzweifeln mit dem Gefühl der eigenen Unwürdigkeit. Es vermittelte mir jedes Mal eine Kraftlosigkeit, als könne ich auf nichts in mir zurückgreifen. Ich musste mich dann immer selbst durchschütteln.

Die Ausstellung im Museum war modern aufbereitet. Man konnte in Sitzgruppen verweilen und alles aus dem Fundus lesen, sowohl als Buch, wie auch auf den zahlreichen Monitoren. Im Zentrum der Ausstellung befand sich ein Wohnraum, das *Stübchen* genannt, in dem Schriftsteller der letzten einhundert Jahre Türen und Wände beschriftet hatten. Viele, auch namenlose Dichterexistenzen hatten hier ihre Schrift bekommen. Ein Raum für die Literatur!

Die Literaten waren überwiegend aus dem Osten gekommen, auch aus dem Eichsfeld, aus den Bergbaustädten Thüringens und dem Industriegürtel Sachsens mit seiner selbstgefälligen Metropole Dresden. Sie hatten das unverbrauchte Land gesucht, das ihren Blick weitete, ihre Standpunkte schärfte und nebenbei ihre Atemwege reinigte.

Die Erzählungen schwärmten von der Idylle, von kleinen Mädchen mit roten Kappen und weißen Kleidchen, von stolzen Bäuerinnen mit festem Blick, von zupackenden Männern, die sich in weiten Mänteln auf den Feldern bewegten, den Boden beherrschten und hin und wieder zum niedrigen Himmel mit den Vogelschwärmen aufblickten. Die Texte pulsierten von warmen Farben, schönen Bildern, bunten Miniaturen. Sie beschrieben jedoch fast ausschließlich das Äußerliche. Vom Zustand der Seelen war in den Gesichtern der Beschriebenen, in ihrer Haltung und in ihren Aussagen wenig zu spüren. Alle Figuren schienen in den Gewissheiten ihres festen Glaubens zu ruhen. Der Glaube ersetzte ihnen die Wahrnehmung – so schien es mir. Eine Novelle gefiel mir besonders gut. Darin erzählte Friedrich Hebbel – der zusammen mit Harry Heine im gleichen Campe Verlag veröffentlicht hatte, in dem Rebekka ihren Episodenroman *Die unglückliche Poetin* heraus brachte – von einem Mann, dem es gleichgültig war, wie es dem Individuum in der Welt ergeht.

Meine stille Hoffnung, ich fände unter den Büchern auch eine kleine Spur von Rebekka von dem Gawein, wurde leider nicht erfüllt. Es war bezeichnend, dass ihr einziges veröffentlichtes Buch, der Episodenroman *Die unglückliche Poetin*, nicht hier lag, sondern im Hochsicherheitstrakt des Zuchthauses von Ziegenhain.

Aber ich verstand jetzt meine Auftraggeber besser. Es würde natürlich dieses Museum und die ganze Region aufwerten, wenn im Mittelpunkt zukünftiger

Kampagnen Leben und Werk der Rebekka von dem Gawein stehen konnte. Eine Vorzeige-Poetin in der Region Wolfsland-Schwalm.

In allen Erzählungen, die ich in der Literaturkolonie fand – außer einer – jubelte die Liebe zum Land. Die städtischen Autoren hatten hier ihre Sehnsuchtsorte gefunden, und sie waren jahrelang immer wieder gekommen. Sie waren zu sich gekommen, und deshalb waren erzählerische Wunder geschehen; die Magie der Worte strahlte aus jedem Text.

Die einzige Ausnahme von der liebevollen Beschwörung der ländlichen Heimat war eine Erzählung, in der ein mir – und wohl auch der Nachwelt – unbekannter Meister seines Fachs mit Autorennamen Herschel Bergius, von den Folgen der Kirchenzucht unter den bäuerlichen Familien erzählte. Da war die Rede von Schuld und Unwürdigkeit, von freiwilliger Unterordnung unter die Urteile der Kanzeln. Von blutenden Herzen und Seelen. Und von der Bereitschaft einiger Menschen, noch vor der Zeit kopfüber in das verdiente Höllenfeuer abzustürzen. Und das trotz der Tatsache, dass sie von morgens bis nachts in härtester Arbeit auf den Feldern ihr Leben vergeudeten. Der Autor schilderte alles so drastisch, und ohne ausdrückliche Bewertung und Parteinahme, als wolle er die innewohnende Ungerechtigkeit ganz für sich sprechen lassen.

Dieses Ziel musste er unbedingt erreicht haben. Denn auf dem Frontispiz des schmalen Buches prangte der Zensur-Stempel. Die damalige Obrigkeit hatte ihn verboten. Es hätte mich nicht gewundert, von der Verhängung des Kirchenbanns über diesen Autor gelesen zu haben; ich fand aber kein entsprechendes Verdikt.

Ich musste mich schütteln vor soviel Jammertal.

Aber wie es manchmal so geht, fand ich hier auch das Thema für meine Laienpredigt in der Kirche.

Am folgenden Sonntag war es soweit.

Die Glocke läutete. Ich stand neben dem Pfarrer und sah, wie ein langer, schleichender Zug von Gläubigen die schmale Treppe zwischen den leuchtenden Hagebuttenbüschen emporkam. Hagebutten, diese spät vollendeten Rosen! Die Luft war lau; die Landschaft zu unseren Füßen schwamm im leichten Dunst und im Duft der Früchte. Alles rundete sich zu einem harmonischen Bild.

Die Kirche auf dem Berg war trotz der protestantischen Traditionen in Wolfsland-Schwalm immer eine Wallfahrtskapelle geblieben. Sie stand seit mehr als eintausend Jahren hier oben, dem Himmel näher als jedes andere Bauwerk. Drumherum hielten sich alte, von Wind und Wetter zerfressene Grabsteine und schwarze Eisenkreuze mit Inschriften. Das Innere der Kirche war schlicht, harte Bankreihen machten den Gläubigen klar, dass sie nichts Besseres verdient hatten. Auf der umlaufenden Empore war es eher noch ungemütlicher.

Die Wände waren in einem matten Weiß getüncht. An ein paar Stellen konnte man jedoch, wie durch eine Öffnung in die Vergangenheit, die alten Fresken bewundern. Da sah man etwas vom Jüngsten Gerichtstag, und durch die äußerst eindringliche Darstellung reifte wohl bei jedem Betrachter der Wunsch, an diesem Tag der Abrechnung lieber abwesend zu sein. Oder dem Drama durch ein noch christlicheres Leben zu entkommen. Das hatte ja wohl jeder in der Hand. Die Farben leuchteten erstaunlich frisch, vor allem das Ocker und Zinnoberrot der Flammen, die alles verzehrten – Dinge, Menschen und Vieh. Und trotz des eindringlichen Dramas unglaublich schön!

Als die Kapelle voll besetzt war, betrat der Pfarrer die seitliche Kanzel und begann mit dem Gottesdienst. Er sprach seine Worte und sang dann zur Handorgel, und die Gemeinde stimmte ein. Ich sang nicht und bemühte mich, mein Schweigen so zu tarnen, dass ich auf meine Notizen starrte. Ich musste mich konzentrieren. Dann verklang die Musik. Der Pfarrer beschloss den ersten Teil seines Gottesdienstes im Dialekt, von dem ich kein Wort verstand – und ich war dran.

Ich erklomm die Kanzel und bemühte mich, meine Verlegenheit nicht zu zeigen. Ich bemühte mich auch um einen versöhnlichen Ton. Für die Ansprache nahm ich den Text jenes Herschel Bergius zur Grundlage, den ich im Museum entdeckt hatte. In seiner ganzen Doppeldeutigkeit hatte er auf mich sowohl anklagend als auch sehr versöhnlich gewirkt. Seine Glaubensfestigkeit war eindeutig, sein Streben nach der Gnade Gottes stand im Mittelpunkt. Dennoch rumorte in den Sätzen eine Art Subtext, der beunruhigend wirkte. Der

Pfarrer schien die Erzählung gut zu kennen, und obwohl sie den Titel *Gegen die Zucht auf dem Lande* trug, nickte er von Zeit zu Zeit. Auch aus der Gemeinde kam hin und wieder ein Gemurmel.

Es war üblich, dass in dieser tausendjährigen Kapelle Laienprediger auftraten. Einfache Menschen vom Land, unverbildet, Männer wie Frauen. Insofern störte sich niemand daran, dass ich nun zu ihnen sprach. Obwohl ich natürlich ein Fremder war und die Region sich diesen gegenüber nicht immer aufgeschlossen gezeigt hatte.

Wenn ich aufblickte und meinen Blick schweifen ließ, sah ich die Menschen mit ihrer ernsten Tracht, einige die Mützen und von wunderschönen Bändern gesäumten Schuten im Schoß, mit blassen Gesichtern zu mir aufblicken. Ein feierlicher Anblick, ein Ausdruck von Harmonie, Vertrauen und stiller Schönheit. Genauso auffällig und liebevoll hatte Bergius das in seiner Zeit geschildert und war daran wohl gesund geworden – bis er zu seiner gut getarnten Abrechnung kam. Und der Pfarrer lächelte. Hörte er nicht zu? Ich legte meine Schüchternheit ab, fühlte mich aufgehoben, und sprach weiter über das Dasein, in dem die Jagd nach Reichtum und Erfolg vorherrschte; über die Sehnsucht von uns Menschen, zur Ruhe zu kommen. „Ruhe in Gott", sagte ich, „ist befreiend, ebenso wie die Ruhe, die wir in den Erzählungen finden. Denn ist nicht Gott die schönste Erzählung, die wir Menschen haben?"

Naja, jetzt wurde der Pfarrer doch unruhig, aber ich

besänftigte ihn mit einem ernsten Blick, der Vertrauen bewirken sollte und mit dem abschließenden Satz: „Wir haben den Himmel, und solange er über uns ist, und unser Leiden im Gottesdienst aufnimmt, wird alles gut werden."

Hinterher standen wir am Kirchenausgang. Die Menschen gingen an uns vorbei, grüßten und verabschiedeten sich. Einige dankten mir. Der Pfarrer lobte meine Worte, nur das mit dem Herrn, der angeblich eine schöne Erzählung sei, fand er überdenkenswert. Das hieß, i c h sollte es überdenken.

„Wollen Sie einen Gegensatz zwischen Gottesglauben und Literatur aufbauen?", fragte er streng und lächelte.

„Nein", entgegnete ich. „Nicht ich, aber haben andere das nicht in Jahrhunderten getan?"

„An wen denken Sie denn?"

„Wie wäre es mit den Verfassern der Kirchenzuchtordnung?"

„Da sind Sie nicht richtig eingeweiht. Lesen Sie doch diesen milden und großherzigen Text, der von Fürsorge getragen ist und den Dienst an allen Menschen erneuert! Und das in einer Zeit, in der die höllischen Wölfe wieder da waren! Und überhaupt – ich höre doch, dass auch Sie in Ihrem Unterricht Gebote und Glaubenssätze aufstellen, also sollten wir doch nichts auseinander sezieren, was eigentlich zusammenpasst."

„Nein, gewiss nicht", erwiderte ich. „Es geht doch immer nur um die Angst allüberall – im Glauben ebenso wie in der Literatur. Deshalb lesen doch alle

Leute Krimis, und alle anderen verbreiten Furcht und Schrecken in ihren Glaubensregeln."

„Angst?", zweifelte er. „Nein, ich bin Seelsorger, weil ich frohen Glauben und Sicherheiten verkünden will. Wir brauchen doch alle hauptsächlich: Zuversicht!"

Ich blickte über das Tal. Sonnenlicht lag darüber und jetzt fingen die Glocken an zu läuten, verkündeten das Ende des Gottesdienstes und den Beginn des restlichen, gesegneten Sonntages.

***

Rosskopf kam eines Nachmittags nach dem Unterricht vorbei. Er wollte mich sprechen, und wir gingen hinter das Haus in den Hof mit den alten Bäumen und setzten uns auf die niedrige Mauer. In der Ferne rief das rote Höhenvieh auf den ausgedehnten Weiden, die dem Biobauern und seiner tüchtigen Frau gehörten.

„Kommen Sie zurecht?", fragte er.

Ich überlegte. „Eigentlich schon."

„Aber?"

„Nein! Der Unterricht läuft gut. Nur mit der Suche nach Gawein komme ich nicht recht weiter."

„Lassen Sie sich Zeit. Wichtiger ist doch, dass unsere Eleven ab dem nächsten Frühjahr in die touristischen Projekte einsteigen können. Wir denken gerade über eine Kampagne in der Art einer Safari nach. In Wolfsland-Schwalm haben wir es ja mit großen Tieren zu tun. Mit einer Art virtuellem Groß-Tierpark. Um das allen klar darzustellen und es wirkungsvoll vorzubereiten, brauchen wir sehr gute Slogans! Wir rechnen fest mit Ihren Schülern!"

„Große Tiere?", fragte ich skeptisch nach.

„Herbei gesehnte Abenteuer-Tiere", nickte er. „Auf der Basis von Rotkäppchen und dem großen, bösen Wolf und all der sprechenden Kreaturen aus den Märchen und Sagen unserer Brüder Grimm."

„Rotkäppchen im Giraffen-Land?", lachte ich.

„Sehen Sie nicht selbst lieber einen anständigen Wolf, als einen Lurch?"

„Ja, aber .... „

„Keine Angst! Wir machen das glaubwürdig! In ein paar Monaten starten wir. – Deshalb sind wir aber mit Ihren Texten auch ein bisschen in Eile!"

„Bis dahin sind unsere Eleven sicher so weit und können Ihre Kampagne befeuern", wagte ich mich vor.

Er blickte mich neugierig an. „Klingt nicht überragend – aber ich vertraue Ihnen vollkommen!"

„Ich brauche doch Ihre Würste, Herr Rosskopf!", sagte ich.

Und er legte den Kopf in den Nacken und lachte so lange, bis sein schadhaftes Gebiss sichtbar wurde. In diesem Stadium des Lachens war sein großer Mund fast quadratisch.

„Übrigens – Sie kennen doch mittlerweile unseren Jörg, den wir im Ort nur den wütenden Jörg nennen."

„Der immer Dampf ausstößt?"

„Ähh ..."

„Sumaya nannte ihn neulich so."

„Ach so! – Na gut, jedenfalls dieser aufrechte Kämpfer, der alles Unrecht unerträglich findet und sich darin immer wie ein Kampfhund verbeißt, der lässt Sie fragen, ob Sie daran interessiert wären, sich in einem benachbarten Forst an Bäume anzuketten."

„Was?!"

„Eine Autobahn soll da durch gehen, der Wald muss weichen. Das will der wütende Jörg verhindern. Er hat schon einhundert junge Kämpfer auf seiner Seite."

Ich musste lachen. „Sagen Sie ihm, theoretisch jederzeit, denn jeder Baum ist mir lieb, aber praktisch nicht. Ich kann meinen Unterricht nicht gescheit abhalten, wenn ich angekettet bin."

„Und überhaupt", meinte Rosskopf. „Sie sollten mal darüber nachgrübeln, ob Sie sich bei uns nicht stärker engagieren wollen. Es gibt so viel zu tun."

„Meine Zukunft ist unklar", erwiderte ich. „Ich weiß nicht, was wird und kann mich deshalb nicht festlegen. Das wäre für alle Seiten unergiebig."

„Haben Sie nie darüber nachgedacht, selbst ein Künstler zu werden?"

„Ein Schriftsteller, meinen Sie?"

„Ja, oder sonst was. Das Museum der Literaturkolonie sucht im nächsten Jahr einen Leiter."

„Nein. Es reicht mir, wenn ich unterrichten kann. Und mein eigentliches Leben wartet in der Stadt auf mich."

„Wenn Sie sich da mal nicht täuschen ..."

„Wie bitte?"

„Ich hörte, Sie haben eine gute Predigt abgeliefert."

„Einmalig", sagte ich. „Ich meine, das war eine einmalige Angelegenheit. Sie wollen doch wohl nicht darauf hinaus, ich solle neben einem Aktivisten, einem Tierpfleger, einem Museumsdiener auch noch ein Mann der Kirche werden?“

„Aber Sie haben Qualitäten, die ein guter Kirchenmann immer haben sollte.“

„Nein“, beharrte ich. „Keine Chance. Ich weiß, dass ich gut zuhören kann. Aber einen Beruf habe ich ja bereits. Ich bin Lehrer.“

„Nicht der schlechteste Beruf“, sagte Rosskopf.

„Gute Lehrer sind das Wichtigste“, behauptete ich. „Leider haben wir nicht genug davon.“

„Na“, sagte er, „für's Erste reicht es ja auch, wenn Sie Ihren Vertrag erfüllen. Das ist ja wohl schwer genug.“

Ich gab ihm recht.

***

Es kam, wie es kommen musste. Meine unterschwelligen Ängste, die bei genauem Hinsehen völlig haltlos waren, nahmen Gestalt an. Erst träumte ich jede Nacht von einem Gesicht, das sich über mich beugte, dann sah ich dieses Gesicht in meinem Gartenteich zuhause in Offenbach herauf schimmern. Jedesmal erwachte ich schweißnass und ahnte, dass etwas Ungutes bevorstand. Ich kannte mich – und meine Träume.

Dieses Etwas zeigte sich an einem gewöhnlichen Dienstagnachmittag.

Ich war in Gedanken natürlich wieder einmal mit Rebekka beschäftigt. Ich fragte mich einmal mehr, wer sie tatsächlich gewesen war und versuchte, mir ihr Gesicht vorzustellen. Wie hatte sie ausgesehen? Wie groß war sie gewesen? Die Farbe ihrer Augen? Ihre Hände? Wie hatte ihre Stimme geklungen? Es gab kein Bild von ihr, außer zwei fragwürdigen Kritzeleien auf einer Abschrift, die bei einem Ausflug in die Natur entstanden sein mussten. Kein Zeitgenosse hatte sie beschrieben. Jedenfalls wusste ich von keinem.

In meiner Klasse hatten sie versucht, ein Bild aus Worten zu entwickeln. Seitdem spürte ich Rebekkas Atemhauch, das ging soweit, dass ich mich manchmal auf offener Straße umdrehte. Die Schüler fragten mich immer ungeduldiger über die Poetin aus, sie vermuteten offenbar, ich hielte Informationen zurück. „Ein bisschen Futter müssen Sie uns schon geben, Herr Beiner!“ Ich wusste nichts zu antworten. Offenkundig hatten Rebekkas Zeitgenossen nicht geglaubt, sie könne eine Art Nachruhm bekommen, also hatte man nichts aufgehoben. Oder besser gesagt: Nichts aufheben wollen. Meine Anfrage an das Literaturarchiv in Marbach war unergiebig verlaufen. Denn auch in den dort lagernden Archiven des Campe Verlages fand man nur dürftige Hinweise auf ihren 1839 veröffentlichten Episodenroman. Es war seltsam, aber es existierte so wenig über diese Autorin, dass man zweifeln konnte, ob sie überhaupt gelebt hatte. War soviel Material über sie vernichtet worden? Jedenfalls krankte daran jede seriöse Recherche. Auch ihr selbst war es damals nicht im Traum eingefallen, ein Porträt, wenigstens eine biografische Notiz von sich anzufertigen, um es wie eine Signatur unter ihre Erzählungen zu setzen. Es sei denn, ich nahm die dürftigen Hinweise in *Kein einziges Wort* biografisch. Durfte ich das? Generationen von Literaturdeutern waren schon mit dieser Interpretationsmethode gescheitert – die Ich-Erzählerin war nicht identisch mit der Autorin; eher schon steckte diese in allen wichtigen Figuren des Romans. *Die Ich-Erzählerin saß zwischen allen Stühlen*! Der Rest war Fiktion!

Ich ließ also meine Klasse ratlos zurück. So begannen sie mit ihrer eigenen Deutung.

Da erreichte mich ein großformatiger Brief ohne Absender. Abgestempelt war er in Marburg. Ich öffnete den Umschlag. Darin lag die Kopie eines Krankenberichtes. Die Handschrift ließ keinen Verfassernamen erkennen. Offensichtlich war das Dokument aber echt, denn es trug allerlei Stempel.

Normalerweise hasse ich es, aus der Anonymität heraus belästigt zu werden. In unserem Internet-Zeitalter wurde das auf eine ungute Weise üblich. Zeigt euer Gesicht, nennt Namen und Anschrift! Das wollte ich rufen. Und öffnete den Brief, der ja immerhin ein Beleg aus dem analogen Zeitalter war.

Ich musste die Berichte zweimal lesen. Anfänglich verstand ich nichts. Dann schälte sich eine Krankengeschichte heraus.

Es wurde kein Name genannt. War es eine Niederschrift über Rebekka von dem Gawein?

Endlich entstand ein Bild vor meinen Augen.

Um es mit Tanjas Worten zu sagen: Man hatte ihr eingeredet, unfähig zu sein, nicht schreiben zu können. Und irgendwann hatte sie es geglaubt. Dann war sie krank geworden, gestorben

War es so?

Sie war jedenfalls nicht gesund gewesen, das wurde mit diesem Bericht klarer. Wenn er echt war!

Die Dokumente aus dem Staatsarchiv Marburg, waren eigentlich in einer Klinik in Heiligenstadt entstanden. Auf einer Kopfleiste des fleckigen Dokumentes prangte ein Wappen, auf dem Löwen, Sterne und so weiter zu sehen waren.

Ich las die Passagen, die ich entziffern konnte. Der Krankenbericht fing offensichtlich mittendrin an; der Anfang war unleserlich oder auch nicht vorhanden.

„Das Fieber war über alles Erträgliche hinaufgestiegen. Deshalb konnten wir ihrem Wunsch zu schreiben, auch nicht entsprechen. Ihre Hand zitterte, und sie sank auf ihr Lager zurück ..."

Es kam eine unleserliche, von Flecken verunstaltete Passage. Dann ging es handschriftlich weiter.

„... Adieu, meine Welt." Das waren ihre Worte. Sie sprach sie röchelnd, hatte viel Schleim im Hals, warf aus. Sie aß und trank unwillig und deshalb mäßig, war meistens tagsüber apathisch bis teilnahmsschwach, schaute um sich, als sähe sie ihre Umgebung nicht richtig. Sprechen konnte sie nur manchmal. Sie drückte sich oft durch Gebärden aus, was ihre Umgebung anrührte. Deshalb waren wir sehr zögerlich mit unseren Maßnahmen. Wir ließen zweimal am Tag zur Ader, aber das änderte nichts. Immerhin äußerte die Kranke nun ein paar Ansichten. Der Kopf sei ihr schwer. Dies sagte sie auch in den Zuständen, wenn sie eingeschlafen war. Die Arzneien, die wir verabreichten, schlugen an. Dann gab es wieder Rückfälle. Starke Hitzewallungen schwächten sie. Dann begann das Zittern ihrer Hände. Und sie behauptete, Gestalten in den Ecken des Krankenzimmers zu sehen. Sie sprach mit ihnen, einen nannte sie *liebster Herschel,* dann wieder *liebster Zwicker,* dann verstummte sie. Einmal erzählte sie eine längere, zusammenhängende Geschichte und sagte, sie sei dann ausgeliefert worden. Fragen danach durfte man nicht stellen. Sie ging darauf nicht ein. Am nächsten Tag diagnostizierten wir ein Typhus-Fieber. Ihr Puls vibrierte und das Herz schlug immer schneller. Wir erhöhten die Arzneien. Dann sprach sie plötzlich viel und ohne Zusammenhang. Wir ließen einen Protokollanten an ihrem Krankenbett. Er saß Tag und Nacht dort und notierte eine ganze Erzählung. Und dann, nach einigen Stunden unruhigen Schlafes, Folgendes:

Obwohl ich mich benachteiligt und missverstanden fühle, will ich nicht aufgeben. Ehrlich gesagt, zieht es mich auch an. Es ruft mich zu sich. Wie überwältigend es ist. Es ist stärker als Wissen, sogar stärker als Liebe.

Die Ärzte verstanden davon nichts. Und dann hatte sie noch einen Satz geäußert:

Ich sehe in den Gängen und Windungen der beiden

Gehirnhälften die Jagd der Impulse, mit denen unser Leben seine Schrift bekommt.

Rätselhaft! Mit solchen Worten kann niemand in unserem Collegium etwas anfangen. Aber wir Ärzte mussten es auch nicht verstehen, wir hatten nur das Krankenbild zu zeichnen. Und nach einer weiteren Woche war sie entgegen jeder Diagnose plötzlich wieder gesund. Denn, wer krank wird, den züchtigt nur der Herr .... Ein Herr Zwicker kam und holte sie ab. Und dann ... "

Wieder war das Weitere unleserlich. Später kam noch eine belanglose Passage dazu, die entzifferbar war, aber das war alles.

Ich rief Klingelhöffer an. Nein, die Sendung kam nicht von ihm. Er wisse von nichts. Aber es gab viele, die im Staatsarchiv über solchen Dokumenten arbeiteten. „Aber meine Anschrift?", wandte ich ein. „Wer kennt sie?"

„Wie gesagt", erwiderte er, „ich habe damit nichts zu tun. – Ich glaubte ihm nicht. Er hatte doch angekündigt, mir *noch etwas schicken zu wollen.*

Und wie es mir ansonsten gehe, in dieser recht schönen Herbstzeit?

Tja. Wenn dieser Krankenbericht von Gawein sprach, dann hatte sie also die Krankheit überlebt und war mit einem Herrn Zwicker verschwunden. Der große Unbekannte! Und gab es jenen *liebsten Herschel* tatsächlich? Handelte es sich vielleicht sogar um jenen Herschel Bergius, von dem ich im Museum eine Erzählung gefunden hatte? Oder war er eine Ausgeburt ihres Fiebers? Ich beschloss, so bald wie möglich ins Staatsarchiv nach Marburg zu fahren. Das hatte ich sowieso geplant und jetzt war es unumgänglich.

***

Die Arbeit vor Ort mit ihren organisatorischen Pflichten nahm mich in den kommenden Tagen derart gefangen, dass ich mich um nichts anderes kümmern konnte. Es gelang mir nur, auf meiner Liste einen Punkt nach dem anderen abzuarbeiten. Das hatte den Vorteil, dass ich nicht mehr an die Geschichte dachte, die sich mir in den letzten Tagen im Traum aufgedrängt hatten. Ich aß und trank viel und arbeitete.

Das Institut veranstaltete eine Beiratssitzung, auf der ich Zwischenergebnisse zu präsentieren hatte. Ich fuhr in die Kreisstadt. In einem Außenbezirk hatte sich die Verwaltung neu eingerichtet. Noch standen überall Verpackungskisten herum, aber die Räume waren so weitläufig, dass es nicht störte. Die Kuratorin Schleiter-König leitete die Sitzung, assistiert von zwei Sachbearbeiterinnen und einem freundlichen Schnösel, dessen Unterarme von Freundschaftsbändern geschmückt waren. Ich gab einen knappen Rechenschaftsbericht, in dem ich allerdings die heiklen Fragen ausklammerte. Der Unterricht mache Fortschritte, die Suche nach Gawein ging voran. Bald würde ich konkrete Ergebnisse präsentieren können. Man notierte meine Aussagen. Danach bekam ich grünes Licht, weiter zu machen. Und das Auszahlen der nächsten Honorarrate wurde in Aussicht gestellt.

Ich fragte mich einmal mehr, warum Frau Schleiter-König, ihr Vorname war übrigens Renate, so sichtbar unter Druck stand. Dieser Eindruck hatte sich seit unserer Begegnung in ihrem Haus verstärkt. Aber sie gefiel mir dennoch. Sie besaß etwas Mädchenhaftes, obwohl sie in den besten Jahren war. Sie pflegte sich auffällig, war schlank und leicht gebräunt, sie bewegte sich geschmeidig und durch Kleidung, die ihren Körper anziehend aber nicht aufdringlich betonte, wirkte sie jünger als sie war. Sie hatte eine Art, ihr Gegenüber lange anzuschauen, die sie sehr für einen einnahm.

Als ich die Stiftung wieder verließ, nagten an mir wieder die Zweifel. Was hatte ich überhaupt bis jetzt erreicht? Das Einzige, das ich vorweisen konnte, war das Bemühen meiner Schüler und Schülerinnen, ein fiktives Lebensbild von Rebekka zu erstellen. Aber es war eben eine Fiktion, wenn auch auf der Basis der wenigen Tatsachen, die wir kannten. Ich musste in der historischen Recherche unbedingt weiterkommen!

Und was das anging, hatte ich den wachsenden Eindruck, alles was ich herausfand, war längst bekannt. Und es solle nur dazu dienen, dass man dachte: *Über diese Autorin können wir nichts neues mehr erfahren*. Und deshalb brauchte man nicht mehr über sie nachdenken.

Das gefiel mir nicht.

***

Sumaya in all ihrer Frische kam mir recht, um mich von trüben Gedanken zu befreien. Mein Gott, wie anziehend sie war! Und wie sehr ich mir jede Träumerei verbot!

Sie kam und wollte zuhören. Unsere Klasse nahm sie freundlich auf. Sie setzte sich in eine Ecke und sagte kein einziges Wort. Ich gebe zu, dass ich an diesem Tag nicht aufmerksam war. Aber nie hätte ich es über mich gebracht, sie zum Gehen zu bewegen. Ich blickte oft zu ihr hinüber und jedes Mal sah sie mich an. Aber ich sagte mir: Nein! Fang das nicht an! Das ist ganz und gar unmöglich!

Und ganz tief in mir fragte mich eine Stimme: *Und warum nicht?*

Auf soviel Unvernunft hatte ich keine Antwort.

Ich weiß nicht, wie Bernhard von meinen Gefühlen Wind bekam. Jedenfalls lehnte er sich auf seine unnachahmliche Weise zurück, ließ seine Blicke hin und her wandern und kräuselte spöttisch die Lippen.

Die Übrigen hatten davon nichts mitgekriegt.

Der Unterricht ging noch eine Zeitlang weiter. Meine klugen Studenten und Studentinnen brachten bedenkenswerte Vorschläge ein. Und sie ließen sich alle anregen, an ihren Rebekka-Porträts zu feilen.

Nur von der Safari in Wolfsland-Schwalm hielten sie gar nichts.

Wie sollte ich das Rosskopf beibringen!

Bernhard machte kurz vor Schluss der Stunde den

Vorschlag, wir sollten die Suche nach der realen Poetin Gawein aufgeben. Er sagte „Wir“. Er fügte hinzu: „Jeder schreibt doch so schön! Jeder schafft ein Porträt der unglücklichen Poetin! Es sollte an die Stelle der realen Figur treten! Wäre das nicht ein Triumph von Fiktion, Kreativität und Phantasie über die sogenannte Realität, mit ihren grauen, notdürftigen Fakten?“

„Und das sagen ausgerechnet Sie, Bernhard? Ich habe Sie unterschätzt.“

Er sah mich todernst an. „Urteilen Sie niemals vorschnell, Herr Beiner.“

Das musste ich also schlucken – von einem Schüler!

Später, als wir den Klassenraum verließen, begegneten Sumaya und ich uns in der schmalen Öffnung der Tür. Alle anderen hatten die Klasse verlassen. Wir hätten uns ausweichen können; ein halber Schritt zurück hätte genügt. Aber das taten wir nicht. Wir standen uns in der Türfüllung für einen langen Moment gegenüber. Wir berührten uns, scheinbar unbeabsichtigt. Ich sah, wie sie atmete, ihr Busen hob und senkte sich. Ein wenig zu heftig, um es nicht zu deuten. Sie sah mich an. Ich konnte einfach nichts sagen. Ihre Augen fragten: *Und? Was willst du nun tun? Was sagst du dazu?*

Ich schwieg. Und nach einem stillen Moment fiel ihr Blick in sich zusammen. „Ich werde Ali bald ehelichen, das ist entschieden.“

Weg war sie.

Ich sackte förmlich zusammen. Ihre Energie stützte

mich nicht mehr. Ich fuhr wie ein Wilder mit beiden Händen durch meine Haare und zerzauste sie, als stünde ich in einem Sturm. Mein Gott im Himmel!

***

Trotz Bernhard war es eine Klasse, an die ich gern dachte. Und, mein Gott, wer war schon dieser Bernhard von Stuck! Auch er versuchte nur, zurecht zu kommen. Und sich eine Meinung zu bilden. Er war kein Genie. Und schon gar kein Monster.

Übersah ich was?

Meine Studentinnen und Studenten jedenfalls hatten eine wahre Endeckerfreude entwickelt. Sie waren begeistert von der Vorstellung, eine reale Figur in eine fiktive zu verwandeln. Bernhard trieb sie auf seine klammheimliche Weise immer wieder dazu an. Die Klasse organisierte sich dabei zunehmend selbst, und auch ich erwärmte mich immer mehr für das fiktive Porträt Gaweins.

Ich bemühte mich gleichzeitig, meinen Auftrag nicht aus den Augen zu verlieren. Es ging nicht darum, eine biografische Erzählung über eine verschollene Poetin zu schreiben, sondern diese in der Wirklichkeit zu finden. Zumindest ihr Grab.

Und das war das Problem.

Es gab kein Grab. Entweder weil sie tatsächlich heimatlos gewesen war, oder weil – ich suchte nach Worten, ich hatte die Formulierung erst vor Kurzem gehört: Weil man sie verbannt hatte. Ja, die Kirche hatte sie vielleicht ausgestoßen. Der Kirchenbann war ausgesprochen worden. Und sie hatte dadurch ein Anrecht auf ein Grab verloren.

Das wäre – Mitte des 19. Jahrhunderts – ein Leichtes gewesen.

Aber das ging nur gegen Personen, die sich als Teil einer christlichen Gemeinschaft gesehen hatten.

Ich rief unseren Pfarrer an. Und er bestätigte mir das. Fügte aber gleichzeitig hinzu: Heutzutage könne so etwas nicht passieren. Die Kirche habe aus ihren Fehlern gelernt. Heutzutage ginge es um Mündigkeit des Einzelnen in der Gemeinde, nicht um Zucht oder Bann oder Belehrung.

Ich rief Klingelhöffer an. Und er sagte folgendes:

„Mein bester Herr Beiner! Ich hatte gehofft, Sie überzeugen zu können. Das ist offensichtlich nicht der Fall. Aber zumindest die Erzählung, die ich Ihnen gab, überzeugt Sie doch – oder etwa nicht! Es ist doch in Ihrem Sinne, wenn wir diese als eine Art literarisches Grab der Poetin begreifen. Nicht? Nehmen Sie es als ihr Grab! Wenn Sie schon die Beweise um die leibliche Grablege in Heiligenstadt ablehnen und unbedingt weitersuchen wollen! Was mich natürlich ein wenig betrübt! Das können Sie sich denken! Sie leugnen damit ja zumindest meine fachliche Autorität."

Ich entschuldigte mich und legte auf.

Auch dieser Mann war kein Monster. Auch er war nur ein kleiner Überlebenskünstler, der einen Grund dafür vorbringen wollte, gesehen und anerkannt zu werden.

Wir strampeln alle, dachte ich. *Noch keiner hat festen Boden erreicht.*

***

Ein Mensch, der im wörtlichen Sinne ein rettendes Ufer erreicht hatte, besuchte mich ein paar Tage später. Es war Sumaya. Sie stand am Sonntag unten im Hausflur und rief zu mir hoch:

„Wie schön, dass Sie zuhause sind! Ich bin einfach vorbei gekommen in der Hoffnung, Sie anzutreffen! Die Sonne scheint so schön! Wollen Sie mich auf einen kleinen Ausflug begleiten?"

Ich war überrascht. Tatsächlich hatte ich mir nach dem Frühstück überlegt, wie ich den langen Tag herumkriegen konnte. Mein Besuch im Staatsarchiv Marburg vom Vortag hatte zwar ein paar Dokumente erbracht, die ich durchsehen wollte. Aber, ich ahnte schon, das würde keinen Durchbruch bringen, das konnte also warten.

„Ja!", rief ich begeistert. „Natürlich! Warte! Eine tolle Idee! Ich komme sofort! Nicht weggehen!"

Sumaya sah umwerfend wie immer aus. Aber ich verbot mir, sie ausgiebig zu betrachten. Wir beschlossen, eine kleine Autofahrt zu machen. In der ersten halben Stunde sprachen wir kaum. Ich blickte hin und wieder zu ihr hinüber, sie lächelte zurück. Sie trug ein Kleid! Und keinen Umhang darüber! Und ihr braunes Haar wehte offen im Wind durch die geöffneten Seitenfenster!

„Es ist meine liebste Jahreszeit“, sagte sie. „Der Herbst, meine ich, wenn er so ist wie jetzt. Mit allem, was dazu gehört.“

Ich nickte.

„Erzähl mir von dir, Sumaya“, bat ich.

Und sie sprach. Ich musste nur zuhören und erfreute mich an ihrer dunklen, melodischen Stimme. Zwischendurch blickte ich manchmal durch die Seitenfenster hinaus. Die Natur wurde übermächtig, sie schien alles beherrschen zu wollen. Ein Schauspiel!

„Und dann kam ich in die Zeit, wo die Sehnsüchte beginnen.“

Die Luft blieb warm, aber in manchen Senken, die vorbei glitten, lag schon ein Hauch von Nebel oder Rauch. Die Landschaft bestand in dieser Region aus Wellen von Anhöhen und kleinen Tälern, aus Obstwiesen, auf denen einsame Pferde weideten. Eine Welt, die sich plötzlich weitete und Blicke über Hügelketten zuließ. In der Ferne verblassten die Berge, vor denen die Städte lagen.

Sumaya erzählte weiter, schaute sich auch das Draußen aufmerksam an und dann wieder zu mir. Und sie erzählte in einem ruhigen Strom.

Sie erzählte von ihrer Mutter Chadidscha, von den Geschwistern Naila und Malik – die ich ja bereits kennengelernt hatte. Und von ihrem Vater Zayd, der sie in ihrem Leben an die Hand nimmt und sie in ihrer Gemeinschaft festigt.

„Bei jeder Gelegenheit schreit er: Meine Tochter Sumaya! Das hübscheste Mädchen des Orients – und jetzt von ganz Nordhessen!“

„Da hat er recht“, bemerkte ich.

„Es kommt nicht darauf an“, erwiderte Sumaya und lachte. „Wichtiger ist die muslimische Gemeinde. Die ehrwürdigen Sippenführer der Hashemiten in unserer Gemeinde sind uns gewogen. Der Imam unterstützt unsere Familie. Das ist wichtig. Denn sie entscheiden.“

„Sie entscheiden was?“, wollte ich wissen.

„Alles“, sagte Sumaya. „Neulich auch – als sie bei uns waren. Wir aßen, ich war unruhig. Ich wusste, sie hatten etwas entschieden, was über mein Leben bestimmte. Etwas lag in der Luft. Und als sie gegangen waren, dann verkündeten sie es. Nach dem Essen wuschen sich alle die Hände in Schalen mit Rosenwasser und dann ergriff Vater das Wort. Wenn Allah es gut mit mir meine, würde ich in sechs Wochen verheiratet werden.“

„Schon in sechs Wochen!“

„Mein Vater verkündete, mein Bräutigam Ali würde nach der Hochzeit bei uns einziehen – bis wir ein eigenes Heim hätten. Die übrigen Männer in der Runde murmelten zustimmend. Die Frauen haben nichts zu sagen. Der Vater fuhr fort ...“

„Wir hier in unseren westlichen Gesellschaften handhaben das anders“, sagte ich. Ich musste plötzlich vom Gas runter; vor uns kreuzte eine Schafsherde.

„Ja, natürlich. In euren Familien gibt es auch niemand, der Abschriften des Korans tätigen muss. Es ist der Initiationsritus – mit keinem Geld der Welt aufzuwiegen.“

„Es ist eine wunderbare Idee!“, warf ich ein und konnte wieder weiterfahren.

„Meinen Sie das ernst, Johannes?“, wollte Sumaya wissen. „Johannes – ein Jüngername, nicht wahr?“

„Das weißt nur du, Sumaya, das wüsste hier bei uns keiner.“

„Aber ich werde Jahre für diese Abschriften benötigen“, sagte Sumaya übergangslos. „Solange ist mein Leben festgelegt.“

„Du klingst nicht traurig darüber.“

„Mein Leben gehört mir nicht allein, es gehört auch meinen Eltern – und vor allem gehört es Allah!“

Ich klang in meinen eigenen Ohren unwillig, als ich sagte: „Ein solcher Entschluss! Und du darfst herunterkommen, mitessen und dir die Beschlüsse anhören? Nein, das geht nicht!“

„Sie wissen es nicht besser Johannes“, lächelte Sumaya. „Natürlich geht das. Ich tue alles freiwillig, ich tue es gern, ich tue es ... Ich verlange nur mein Recht als junge Frau! Ich bin Muslima! Ich muss aber kein Kopftuch tragen! Zu schweigen von einem Tschador! Also bin ich frei – auch in meinen Entscheidungen! Aber eben nur bis zu einer gewissen Grenze.“

Ich sagte: „Unsere Gemeinschaft ist ja hoffnungslos verweltlicht. Jeder kümmert sich nur noch um sein eigenes Fortkommen. Ich schließe mich durchaus mit ein, denn ich habe den Glauben verloren. Ich verstehe aber schon, dass es ein gutes Gefühl vermittelt, für andere da zu sein.“

„Und Pflichten zu haben, die man selbstverständlich und gern ausübt!“

„Und was ist mit Ali?“, wollte ich wissen.

„Ali ist ein guter Mann. Er ist kein strenger Muslim, er ist Geschäftsmann, als Makler will er mit allen auskommen. Ob ihm die Pläne des Vaters passen, wird man sehen.“

„Du wirst dich also in allem fügen?“, fragte ich. Eigentlich hätte ich fragen wollen: Könntest du mich lieben, Sumaya?

„Ich werde alles tun, damit wir glücklich werden“, beharrte sie.

Sie blickte wieder aus dem Seitenfenster. Ich tat es ohne bewusste Absicht auch. Wir schwiegen eine Weile, irgendwann merkte ich, dass wir in der Vorstadt von Kassel angekommen waren. Wir hielten auf einem Parkplatz vor dem Schloss Wilhelmshöhe und spazierten durch den Park. Noch immer sprachen wir wenig. Ich wollte so gern die Distanz zu dieser jungen Frau überwinden. Aber ich wusste nicht, wie ich es anstellen sollte. Vielleicht war es auch überhaupt nicht möglich.

Wieder wollte sie, dass ich ihr von Hannah erzählte. Während ich es tat, verglich sie meine Geschichte wohl mit ihrer eigenen Zukunft und entschied, was darin möglich werden sollte und was nicht. Sie fragte hin und wieder etwas – es war unwirklich. Welche Fremdheit lag zwischen uns! Aber wir waren zusammen.

Sie nahm mir ein Versprechen ab. Mit zurück gelegtem Kopf blickte sie mich an. „Versprechen Sie mir, dass Sie mich nicht vergessen."

Meine Blicke wanderten über ihr Gesicht, dass mir nun schon vertraut war. Ich spürte einen Anflug von Panik.

„Das will ich nicht hören, Sumaya! Wir lernen uns doch gerade erst kennen! Es ist noch so viel möglich!"

Sie blickte mich skeptisch an. „Wirklich?"

„Wir haben es doch in der Hand!"

Sie blieb die Antwort schuldig. Wir gingen weiter. Ein Hügel musste überquert werden, auf dem flammend roter, herbstlicher Ahorn stand. Der Hügel wirkte wie ein Wall, und wir davor, geschützt gegen alles. Dornenhecken standen zu beiden Seiten des Weges. Dann standen wir oben und die Blicke weiteten sich. Kahle Äste eines Buchenwaldes versperrten bald zur Linken den Blick. Die Bäume verharrten im Würgegriff eines parasitären Bewuchses. Als mein Blick an den verkrüppelten Ästen empor wanderte, sah ich, dass sich der Himmel erneut mit dunklen Wolken schloss. Vielleicht würde es regnen. Aber wir gingen dennoch weiter.

Irgendwann berührte sie meine Hand, unabsichtlich, dann beim Gehen, stolperte sie über eine Wurzel und hielt sich an mir fest. Sie errötete. Ich wollte sie nicht mehr loslassen. Und ich spürte, dass sie es auch nicht wollte. Aber dann sprang sie davon wie ein junges Wild, und sie lachte schließlich. Aber ich glaubte, es war kein glückliches Lachen. Ich rannte hinterher. Wir holten uns ein. Und standen voreinander, ohne Abstand, und ohne weiter zu wissen. Dann küsste sie mich auf die Wange. Und wir gingen zurück.

Nein, es hatte keinen Sinn.

Überhaupt keinen.

4. KAPITEL

Man hatte mir auf der Beiratssitzung mit seinen Lenkungsausschüssen zu verstehen gegeben, dass mein Vertrag nicht für ewig galt. Es war also an der Zeit, die offenen Fragen zu klären.

Auf der Suche nach Rebekka von dem Gawein beschlich mich die nächste Ahnung. Sollte ich überhaupt Aufklärung leisten? Oder erwartete man nicht im Gegenteil von mir, dass ich die Spuren verwischte! Vielleicht sollte ich durch meine Recherche ein für allemal den Eindruck hervorrufen, dass es nichts zu entdecken gab. Wenn Experten wie ich keine Lebensspuren von der unglücklichen Poetin fanden, über das hinaus, was man ohnehin kannte, dann gab es eben nichts. Dann war sie eben einfach irgendwo verloschen – lebendig nur noch in ein paar Texten. Dann konnte man diesen Fall endgültig abschließen.

Genau daran hatten möglicherweise einige Leute ein Interesse. Und ich hatte bis hierhin als nützlicher Idiot mitgespielt. Aber steckte dahinter eine Verschwörung? Ich weigerte mich, es so zu sehen. Wohl eher trug jeder mit seinem gewöhnlichen Verhalten dazu bei, das Bild dieser Person in der Geschichte zu vernebeln. Hypothesen, die sich widersprachen, Interpretationen von einem ganz persönlichen Standpunkt aus, politisch gefärbte alternative Fakten. Bis hin zu dem Punkt, wo man die Rezeption genervt aufgab. Man wollte nichts mehr davon hören. Dann war der Fall erledigt. Ruhe in Frieden, Rebekka!

Noch am gleichen Tag bekam ich etwas, das mich zu der Überzeugung brachte, noch alles in der Hand zu haben!

An diesem Tag, an dem die Monster sich zeigten, wurde mir klar, dass alle bisherigen Dinge unwichtig waren.

Die Biologen und Virologen des nahen Kreisveterinäramtes hatten zwei Dinge herausgefunden.

Der verendete Kranich war tatsächlich mit einem Kampfhubschrauber kollidiert, und hatte schwere Wunden davongetragen.

Und, was viel schwerer wog, sie konnten sich nicht darauf einigen, ob sie in seinem Gen-Material Spuren eines Virus gefunden hatten – oder nicht. Man hatte es mit einer völlig unbekannten Lage zu tun.

Das wusste Rosskopf inzwischen, der kraft seiner Autorität an den Info-Quellen saß.

Ich hörte in der Stimme Rosskopfs, der mir davon am Telefon berichtete, den Unterton von Panik heraus. „Ich kenne diese Ausreden! Sie wissen nichts? Das ich nicht lache! Sie wissen alles! Und wenn sich mein Verdacht bestätigt, wenn es also schlimm kommt, können wir hier alles vergessen, was wir bisher aufgebaut haben. Das ändert alles! Mein Gott, Johannes! Verstehen Sie! Wenn es einen neuen, bisher unbekannten Virus gäbe! Es wäre eine Katastrophe für unsere Region! Vor allem für die Biobauern! Wir könnten einpacken!"

„Lassen Sie uns erstmal einen Kaffee trinken, mein Lieber!", sagte ich. „Ich komme zu Ihnen rüber!"

„Wir hatten schon die Schweinepest, die Vogelgrippe, den Rinderwahn BSE – alles tödliche Seuchen! Ein neuartiges Virus überleben wir in Wolfsland-Schwalm nicht!"

„Soll ich Kuchenstückchen mitbringen?"

„Was? – Hören Sie nicht?!"

„Ich höre gut. Aber das sind ja alles Spekulationen! Das Leben muss ja irgendwie weitergehn, Kollege Rosskopf!"

„Ja", sagte er kleinlaut. „Das muss es."

Ich traf ihn verwirrt an. Seine Frau Vera war es nicht minder.

„Der Vogel ist an seinen Wunden gestorben, die ihm die Rotorblätter zufügten. Aber das es überhaupt zu einer solchen Kollision kam, könnte man der Schwäche des Vogels zuschreiben – durch einen Virus, eine Krankheit", sagte Vera. „Reduzierte Wahrnehmung, das Tier ist nur noch mit den eigenen Funktionen beschäftigt – zack! Der Vogel konnte diesem Mordinstrument nicht ausweichen – was er im Normalfall jederzeit kann. Im Normalfall kreuzt er überhaupt nicht solchen Flugmonstern."

„Flugmonster ...", echote ich einfallslos. Was sollte ich dazu auch sagen.

„Im Kreisveterinäramt“, sagte Rosskopf, „gibt man uns dazu aber keine Auskünfte. Die Infos gehen an die Gesundheitsämter oder gleich ans Bundesministerium für Landwirtschaft. Es ist Geheimsache, verstehen Sie?“

„Wir kennen doch Braunleder im Landwirtschaftsministerium“, warf sie ein. „Vielleicht sollten wir versuchen, von ihm etwas zu erfahren.“

Vera kochte Kaffee. Wir aßen die süßen Stückchen.

„Hmm!“, sagte ich und leckte mir die Finger. „Die Landfrauen hier, also die können backen!“

„Sie scheinen die Sache mit dem Kranich nicht ernstzunehmen, Johannes!“, fauchte Rosskopf. „Es ist aber verdammt ernst!“

„Ich habe soviel am Hals“, verteidigte ich mich. „Da muss es mir gestattet sein, den Kuchen zu genießen. Alles andere rennt nicht davon.“

„Lassen Sie uns überlegen“, sagte Rosskopf. „Was machen wir nun?“

„Wir?“, sagte ich. „Also ich kann da gar nichts machen. Meine Aufgaben sind ganz andere. Ich bin natürlich erschüttert, das ist klar. Ein abgestürzter Kranich passt überhaupt nicht in mein Weltbild.“

„Das meine ich doch! – Da wird doch alles andere überflüssig! Diese Poetin, die Schreibklasse, selbst die Autobahn durch den Wald. Alles Makulatur, wenn so was passiert! Das sind gruselige Aussichten! Das ändert alles!“

„Es sind ja bisher nur Hypothesen“, warf seine Frau ein.

„Ja, aber auf der Basis von Wahrscheinlichkeiten, Vera, das weißt du selbst! Wir können unsere Augen nicht vor einem bisher unbekannten Virus verschließen! Was würde das für unsere Tiere bedeuten! Es würde doch wieder Sperrzonen geben! Das ist vielleicht hochinfektiös!"

„Weiß ich doch!"

Er wandte sich an mich. „Wissen Sie, Johannes. Wir haben über Jahre hier gekämpft. Wir haben seltene Rassen angesiedelt, Wasserbüffel, Fuchsschafe, schwarze Schweine – und das alles gegen Widerstände. Gegen den Bauernverband, gegen die Bevölkerung, gegen die Tiere selbst, die hier am Anfang nicht leben wollten. Jetzt sind wir in der Phase, wo sich alles konsolidiert, auch finanziell. So was wie ein Virus tötet uns alle!"

„Ich glaube, es gibt diesen Virus nicht, Rosskopf!"

„Wir müssen es abwarten", sagte seine Frau.

„Nein!", rief Rosskopf. „Nicht abwarten! Ich fahre noch heute ins Kreisveterinäramt, die haben ja ihr Labor auf der Station! Ich muss das sofort wissen! Und der Bauernverband muss dazu Stellung beziehen!"

„Ich könnte Braunleder anrufen, ob Sperrgebiete geplant sind", sagte Vera.

„Braunleder! Braunleder! – Na gut, jeden, der erreichbar ist! Ich gebe mich nicht eher zufrieden, bis ich vernünftige Antworten habe!"

„Reichen Sie mir mal den Zucker rüber, Vera?"

Ich rührte in meiner Tasse.

Rosskopf wütete: „Was meinen Sie, mit wie vielen

Schwierigkeiten wegen der Ordnungsbehörden wir ohnehin schon zu kämpfen haben. Wir leben ja hier in einem regionalen Dreieck mit kreisweiten Zuständigkeiten, jede Region hat eine eigene Behördenzuständigkeit. Wenn meine Tiere auf den Wiesen herumspazieren, überschreiten sie oft Bereichsgrenzen, das müssen wir jedes Mal in das benachbarte Kreisgebiet melden, damit im Virusfall auch die richtigen Betriebe aktenkundig werden. Wir schreiben jetzt schon eine Meldung nach der andern, wenn jetzt auch ein neuer Virus ..."

„Die Behörden müssen eben den Überblick behalten", warf ich ein.

„Das ganze Land ist doch sowieso schon versaut!", rief Rosskopf. „Völlig überdüngt, bis runter ins Grundwasser verseucht mit Nitraten und allem möglichen anderen Gift! Da ist ein neuer Virus nur zwangsläufig! Und dann werden wir von zwei Seiten in die Zange genommen!"

„Mach langsam!", schaltete sich Rosskopfs Frau ein. „Schön langsam! Ob das eine mit dem anderen zu tun hat, ist noch nicht erwiesen."

Rosskopf schürzte angeekelt die Lippen. „Ökologie, das weißt du genau, Vera, ist ein Kreislauf! Natürlich hat ein verseuchter Kranich mit dem verseuchten Grundwasser zu tun!"

„Weiß ich im Prinzip, Dirk, weiß ich."

„Begleiten Sie mich zur Station?", fragte Rosskopf mich.

„Warum nicht? Es ist Samstag und ich habe dienstfrei."

„Vielleicht treffen wir da Ihre unglückliche Poetin. Und die Schreibklasse recherchiert womöglich vor Ort. Und Frau Schleiter – ach was, hören Sie bloß nicht auf mich!"

„Hören Sie bloß nicht auf ihn!", echote Vera grinsend.

„Dann los!", sagte Rosskopf und sprang in die Höhe.

***

„Was ist eigentlich mit dem Schloss? Halten sich die Bewohner aus den Angelegenheiten des Ortes raus?"

Rosskopf fuhr den Pick-up. „Das sind nette Leute, durchaus respektabel. Sie, also die Baronin, ist auch interessiert an Ökologie. Aber mit Hilfe, wenn es ernst wird, ist von dort nicht zu rechnen. Wir müssen allein zurechtkommen."

„Der Adel besitzt doch Wald in Hülle und Fülle! Und Grundbesitz hat er bis in die heutige Zeit auch. Die müssten doch interessiert daran sein, dass ihr Reichtum nicht kaputt geht."

„Die sind noch immer im Schockzustand wegen dem Borkenkäfer! Die Dürre, die Hitze, der Käfer – ein fataler Kreislauf. Aus der Misere rappeln sich die Grundherren hier gerade erst auf."

„Machen wir mal eine Landpartie!", schlug ich vor. „Dann können Sie mir den Zustand des Landes erläutern."

„Können wir gern machen. Aber jetzt fahren wir erstmal ins Klinikzentrum."

Rosskopf entfaltete großen Tatendrang. Er stürmte in die Empfangshalle des Klinikums und verlangte, mit dem Laborleiter des Kreisveterinäramtes zu sprechen, das in einem flachen Anbau residierte. Während wir warteten, wippte Rosskopf die ganze Zeit über mit dem linken Fuß. Und schwieg. Und ich schwieg auch. Ich hielt von solchem Aktionismus wenig. Waren das hier wirklich die richtigen Anlaufstellen?

Aber Rosskopf wusste es sicher besser.

In der Empfangshalle herrschte reges Treiben. Mit Galgenhumor dachte ich: *Das Land ist leer, den Grund sieht man hier – hier treffen sie sich. Alle sind krank, oder fühlen sich krank.* Dann kam ein Weißkittel auf uns zu und begrüßte uns fahrig. Er trug einen Mundschutz. Er schüttelte schon von weitem den Kopf.

„Der Laborleiter, ich kenne ihn, der ist ein elender Schwätzer", flüsterte Rosskopf mir zu.

Der Biomediziner gab uns die Hand und – weil er offenbar direkt aus dem Labor kam – nestelte er an seinem Atemschutz herum und klappte ihn schließlich herunter.

„Keine Auskünfte Herr Rosskopf, tut mir leid", sagte er kurz und knapp.

„Irgendwelche Prognosen?", hakte Rosskopf nach.

„Noch haben wir keine belastbaren Ergebnisse. Dienstagmittag machen wir eine Pressekonferenz. Sie müssen sich schon bis dahin gedulden!"

„Gibt es einen Vogelvirus – oder nicht!", sagte Rosskopf.

„Wie gesagt! Warten wir es ab. Wenn Sie wollen, lade ich Sie zur Presseerklärung ein – Sie sind zwar kein Medienvertreter, aber in der Region der wichtigste Biobauer."

„Was sagen die Förster, die Jäger – der Bauernverband, das Bundesministerium!"

„Kein Kommentar!"

„Es könnte sein, dass wir uns an diesen Tag noch lange erinnern werden", unkte Rosskopf.

„Es gibt momentan schon noch ein paar andere Hotspots als diesen, glauben Sie mir! Spätestens im nächsten Jahr werden Sie sich an meine Worte erinnern."

„Das ist mir zu kryptisch! Sie haben natürlich einen fokussierten Arbeitsablauf! Aber für uns in der Landwirtschaft kann dieser Tag –"

„Sie hören von mir", schnitt ihm der Biologe das Wort ab.

„Sie haben ja meine Adresse!", zischte Rosskopf.

„Und wie!", gluckste der Laborleiter, drehte ab und durchquerte die Halle in Richtung einer Station mit Milchglasfenstern in einer elektrisch gesicherten Eingangstür. Diese schwang auf, als er seine ID-Karte vor ein Lesegerät hielt.

„Den Weg hätten wir uns sparen können", bemerkte ich.

„Sehe ich nicht so, zwischen den Zeilen bestätigt er, dass wir einen Virus haben. Außerdem bin ich jetzt zur Pressekonferenz eingeladen und da werde ich die passenden Fragen stellen!"

„Tun Sie das!", sagte ich, leicht amüsiert.

„Manchmal ist es gut, einfach irgendwas zu tun“, murmelte Rosskopf. „Auch wenn man weiß, es nützt nichts. Das Problem haben Sie als Intellektueller, der ständig im virtuellen Raum lebt, natürlich nicht.“

„Ich lebe nicht ständig im virtuellen Raum“, meinte ich. „Ich weiß sehr wohl, dass ich in den Supermarkt muss, wenn ich fürs Frühstück einkaufen will.“

„Dann ist gut“, sagte Rosskopf. „Dann machen wir jetzt unsere kleine Landpartie!“.

„Ach, schöne grüne Welt!“, seufzte ich.

Als wir im Auto saßen, entspannte sich Rosskopf sichtbar.

Es war, als würde sich dieser herrliche Herbst nicht verabschieden wollen. Die leichten Nebelschleier, die an den Morgen aus dem sumpfigen Wiesenland emporstiegen, hielten sich nicht. Schon mittags lag die Sonne wieder über Feldern, Wiesen, Äckern und Wäldern. Die kleinen Ortschaften der Umgebung dehnten sich wohlig in ihrer Silhouette, die Hecken blühten, die letzten Blumenfelder befeuerten die Farbpalette. Und nur die bunte Verfärbung der Laubbäume und der Fall der Blätter mahnten, dass die kalte Jahreszeit schon bereitstand.

„Es ist schön“, sagte ich, während Rosskopf das Auto über eine Landstraße steuerte, „dass die Tage so gleichmäßig verlaufen. Ich war das bisher nicht gewohnt. Aber hier lerne ich gerade, das Gewohnte und Wiederkehrende zu schätzen. Es ist die Zeit, die auf dem Land gilt.“

Rosskopf grübelte. In seiner Lage war er natürlich

weiterhin mit dem Virus beschäftigt. Ich bedachte ihn mit einem geduldigen Seitenblick.

„Haben Sie immer auf dem Land gelebt?"

„Nein", erwiderte er. „Ich komme ja aus dem Ruhrgebiet. Da gibt es kein Land – jedenfalls nicht wirklich. Dort gibt es nur Fläche. – Und Sie?"

Ich erzählte ihm von meiner Vorgeschichte. Er blickte mich anerkennend an, so als sei es mein Verdienst, in einer Weltstadt wie Berlin aufgewachsen zu sein.

„Ich finde", sagte ich, „es geht gar nicht mehr um den Gegensatz von Stadt und Land. Das gleicht sich an. Ich sehe die Abgründe im Alltag, hier wie dort. Man lebt auch auf dem Land in einer Welt, die seltsamer ist, als wir es uns überhaupt vorstellen können."

„Sie leben nicht gern hier?"

„Ich lebe nicht hier", lachte ich. „Sie leben hier!"

„Ich lebe an der Seite meiner Tiere", sagte Rosskopf. „Und ich will die besten Bedingungen für sie – das ist alles."

„Wie konnte es dazu kommen", fragte ich, „dass die Landwirtschaft derart entgleiste?"

„Entgleiste?"

„Nun, zugegeben, das ist vielleicht ein falscher Begriff. Aber ist die Landwirtschaft heutzutage nicht ein Hochgeschwindigkeitszug, der immer mehr Fahrt aufnimmt?"

„Kein schlechtes Bild", gab Rosskopf zu. „Aber das besprechen Sie lieber mit dem wütenden Jörg. Ich selbst bin da gar nicht so radikal. Ich will nur zurechtkommen."

„Aber Sie wollen doch auch das Beste für die Region?“

„Na klar! Aber im Einvernehmen mit allen anderen. Mir geht dieser ewige Kampf auf die Speiche.“

„Kampf ist überall“, stellte ich fest. „Warum sollte es auf dem Land anders sein?“

„Lassen wir das“, bestimmte er. Und versank wieder ins Grübeln.

Wir fuhren noch ein Stück über die Landstraße, vorbei an Birken, rechts und links. Zu beiden Seiten dahinter Hügel mit satten Wiesen. Auf einigen standen schon das Winterkorn und die gelben Futterpflanzen. Die Vogelscharen nahmen zu. Nach dem Abflug der sonnenhungrigen Kraniche rüsteten sich die anderen Vögel für die große Reise.

Sicher hatte ich mir erhofft, von Rosskopf ein paar Auskünfte mehr zu bekommen. Aber er hatte keine Lust. Er war dazu einfach nicht in der Lage.

***

Die Landschaft der Region Wolfsland-Schwalm war einfach zu schön. Ob man es wollte oder nicht – man vernahm ihre Erzählungen. So fuhren wir gemächlich unter einem weiten Himmel bis in den Sonnenuntergang, den wir am Rand eines Dorfes genossen, das in äußerster Höhe lag. Hier bekamen wir eine Extraportion Sonnenlicht und Fernweh ab.

Rosskopf war mir sympathisch geworden. Aber wie auch bei seiner Kollegin Schleiter-König hielt ihn etwas Seltsames gefangen. Ich gewann den Eindruck von einer Art Schuld, die er nicht loswerden konnte. Er schien sich dafür verantwortlich zu halten, sie auszugleichen. Ich fand mich einmal mehr bestätigt in meinem Standpunkt, dass auch Funktionsträger und Autoritäten keine Paradegäule der Geschichte sind, sondern kleine Menschwesen. Nicht mehr und nicht weniger. Oder war es eine Art Virus, der diese Sprachlosigkeit verursachte? Nun gut, man konnte auch sagen, jeder trug sein Päckchen.

Als die Sonne weg war – beziehungsweise, wir hatten uns auf unserer Erdkugel weggedreht, die Sonne war noch da – beendeten wir unseren kleinen Ausflug. Das Land war ein ernstzunehmender Kosmos, wenn auch nicht so intakt, wie man dort glaubte. Wir fuhren nach Hause, Rosskopf gab mir die Hand, und ich stiefelte in mein Dachgeschoss hinauf. Dort blickte ich noch in meine Unterlagen.

Rebekka von dem Gawein und ihr Geheimnis hatten sich nicht vom Fleck gerührt ...

Rebekka ohne Grab, dachte ich, so könnte man sie nennen. Warum hat sie kein Grab gefunden, keine Ruhe. Ich war mir sicher, dass meine Schüler am Montagmorgen ein paar Erklärungen parat hatten. War die Poetin mit einem Kirchenbann belegt worden? Warum gab mir die Kirche darauf keine Antworten! Vielleicht hatte ich noch nicht energisch genug nachgefragt ...

Die Kirche, dachte ich, bemüht sich nicht, uns Menschen auf Erden eine Heimat zu geben. Warum eigentlich nicht ...

Ich beschloss, am nächsten Tag nach Marburg zu fahren. Es war ja Sonntag, und ich hatte mich im Internet davon überzeugt, dass die Pforten des Staatsarchivs geöffnet hatten.

Mein Handy schlug an. Ich meldete mich. Renate Schleiter-König war dran. Ich war gespannt.

„Wegen neulich", begann sie. „Als Sie bei mir waren. Also, Sie haben ja gemerkt, ich war ein bisschen gehemmt."

Ich wollte *Was meinen Sie mit ein bisschen?* fragen und ich sagte stattdessen: „Was meinen Sie mit gehemmt?"

„Ja", sagte sie. „Ich möchte dazu etwas erklären."

„Wie schön", erwiderte ich.

„Ich war in meinem bisherigen Berufsleben immer Repressionen ausgesetzt – wegen zu großer Offenheit. Ich sagte was – und am nächsten Tag lag ein Gesprächsprotokoll vor und ich musste mich verteidigen. Verstehen Sie? Ich habe gelernt, zu schweigen. Reicht es nicht, einen schönen Gemüsetopf zu kochen? Herrgott! Können wir Menschlein nicht mit einfachen Dingen zufrieden sein?"

Es war mir ein bisschen peinlich, das gebe ich zu. Immerhin war sie meine Auftraggeberin. Sollte ich mich wirklich mit ihren persönlichen Dingen beschäftigen?

„Was sagt Klingelhöffer!", fragte ich.

„Wie bitte?" – Pause – „Also, ja, wir haben da schon ein paar Differenzen ..."

„Renate", sagte ich, „darf ich Renate sagen? – Ich schätze Ihr Vertrauen sehr – aber lieber wäre mir, offen gestanden, Sie würden mich ein bisschen mehr teilnehmen lassen an den Leuten, mit denen Sie zusammen Entscheidungen treffen."

„Was oder wen meinen Sie denn! Ich verstehe gar nicht ..."

„Klingelhöffer schickt mir andauernd irgendwas ins Haus! Ich weiß, er hat Geld und Einfluss. Was will er wirklich? Gehört er zu den Leuten, die an Rebekkas Einordnung und Bewertung Interesse haben und daran drehen? Ist er einer der Gralswächter der Aufklärung, die übersehen, dass es sich dabei um Teufelswerk handelt?"

Schweigen. In der Leitung war nur das Rauschen von tausenden Kilometern Entfernung. Waren es wirklich wir, die sprachen?

„Ich sehe schon", sagte sie, „ich bin Ihnen ein paar tiefer gehende Antworten schuldig."

„Ja", sagte ich fest. „Ganz gewiss."

„Wir sollten uns treffen", sagte sie. „Aber ich muss das abstimmen."

***

Sie luden mir ihre Verstorbenen auf. Buch für Buch. Sie stellten alles auf meinen Tisch, ich duckte mich hinter den Berg aus beschriebenen Seiten, ich fühlte mich klein werden. Leben auf Leben von Toten zog an mir vorüber. Alle hatten sie gelebt, als gäbe es kein Ende, aber sie existierten nur noch in verstaubten Büchern. Wie auch Rebekka von dem Gawein.

Das Staatsarchiv befand sich im Schloss. Und das befand sich auf Marburgs höchstem Hügel. Man kam mit dem Auto bis fast ganz nach oben. Dann durchquerte man endlose Gänge und landete im Lesesaal, dessen Wände reihum von dicht gefüllten Bücherregalen bestanden waren. Ich bestellte, was ich für sinnvoll hielt, relativ wahllos. Ich fühlte den sehnlichen Wunsch, dieser Poetin endlich näher zu kommen, die eines Tages einfach aufgehört hatte, zu existieren.

Und am Abend war ich tatsächlich ein kleines Stück weiter eingedrungen in ein fremdes Leben, soweit Hinweise hier und da es ermöglichten. Zeitgenossen berichteten über Rebekka, man verurteilte sie in manchen Reden, man lobte sie in Kritiken und Briefen, man bewunderte sie und lehnte sie ab.

Es war mühsam, sich das zusammen zu kramen. Aber schließlich fand ich eine Stelle, die mir einen höchst überraschenden Einblick gewährte – dort, wo ich niemals etwas erwartet hatte.

In den Hannoverschen Annalen einer *Politischen Schusterinnung an der Leine* tauchte – neben Herschel Bergius – ein Dichterjurist auf, der über sie schrieb. Und der, in meinen Augen, plötzlich den Vorhang wegzog und ich konnte auf sie blicken, auf meine rätselhafte Verschollene, die gerade hierdurch immer bedeutsamer wurde, deren Geheimnis größer zu werden drohte, als mein eigenes Leben es war.

Der Mann, der über sie schrieb, hatte im Jahr 1814 an den deutschen Befreiungskriegen teilgenommen. Nach einer Verwundung hatte er in Göttingen weiterstudiert und im dortigen Umfeld Rebekka kennengelernt. Aber sie durfte als Frau ihrer Zeit nicht studieren. Er hieß Carl August Zwicker und stammte aus einer äußerst begüterten Familie. Ebenso wie sie. Wenn auch die bürgerlichen Klassenschranken gegen eine Verbindung sprachen, das war der legitime Hintergrund für ihr Kennenlernen in einer Zeit strenger Konventionen. *Ah, liebster Zwicker*, dachte ich. Ich atmete regelrecht auf, denn das war bis hierhin die einzige Stelle, die über das Privatleben der Poetin Auskunft gab. Rebekka und Carl August waren in die *Poetische Schusterinnung* eingetreten. Sie war es, die ihn zum Schreiben brachte. Aus der Innung war die Zeitschrift *Wünschelruthe* entstanden, in der Rebekka ein Dutzend Gedichte und Zwicker zwei veröffentlichten. Im ersten Halbjahr 1818 erschien von Rebekka die Erzählung *Kein einziges Wort*, dann wurde die Zeitschrift verboten. – Da war er wieder, dieser legendäre Text, dieser Hinweis auf ihre wahre poetische Existenz, und damit verbunden ein Hinweis auf etwas aus ihrem Privatleben.

Ich las begierig weiter.

Zwicker veröffentlichte eine Monographie über das Gottesurteil, Rebekka das *Gedicht in sechs Gesängen*. Die beiden waren anscheinend befreundet geblieben. Wahrscheinlich war da mehr. Es gab Hinweise auf Liebesbriefe. Zwicker machte Karriere im Kabinettsministerium des Königreiches Hannover. Rebekka tauchte in die Region Wolfsland-Schwalm ab. Hier bezogen sich immer wieder Schreiber auf sie. Im Jahr

1823 berichtete Heinrich Heine von einem Besuch an der Landsburg, bei dem er sowohl Carl August als auch Rebekka traf. Aber die beiden führten je keinen gemeinsamen Hausstand, sie mussten mal hier mal dort gelebt haben. An dieser Stelle fragte ich mich, warum die unglückliche Poetin ausdrücklich von unserer Region reklamiert wurde. Dabei spielte natürlich die Familie Mannell in Allendorf an der Landsburg eine wesentliche Rolle.

Ich las weiter.

Zwicker wurde als titularischer Amtmann ins Amt Leer im hohen Norden versetzt. Anscheinend war dies der Moment, in dem sich auch Rebekka für oder gegen ein Leben an der Seite dieses Mannes entscheiden musste. In den Annalen war zu lesen, dass Zwicker zu diesem Zeitpunkt verheiratet gewesen war. Waren die beiden inzwischen heimlich getraut worden? Dies müsste ja im Altkreis Ziegenhain aktenkundig geworden sein. Oder hatten sie es tatsächlich gewagt, in wilder Ehe zu leben?

Von Rebekka war dann nichts mehr zu hören bis zu dem Tag, an dem beide ein letztes Mal gemeinsam auftraten. Davon gab es Augenzeugen. Das war im Jahr 1826 in Leer. Sie verabschiedeten sich in Zwickers Amt. Der Oberamtmann Baumgarten schrieb darüber in einem Brief an seinen Vorgesetzten. Danach verschwanden sowohl Zwicker als auch Rebekka von der Bildfläche.

Ihr Verbleib bis zum Tod blieb ungeklärt. Die Behörden setzten Himmel und Hölle in Bewegung. Ein

Großaufgebot an berittener Polizei und Freiwillige aus dem *Corps Hannovera Göttingen* beteiligten sich an der Suche. Sämtliche Nachforschungen nach dem Paar verliefen im Sand.

Ich musste tief durchatmen und lehnte mich erschöpft in meinem Lesestuhl zurück. Erschöpft vor soviel verdichtetem, aber auch vergeblichem Leben. Ich musste mich erst selbst wieder dazu in Beziehung setzen ...

Rätselhaft blieb vieles. Nicht zuletzt natürlich die Frage, warum Rebekkas Hauptwerk *Die unglückliche Poetin*, erst 1839 bei Campe erschienen war – also dreizehn Jahre nach ihrem Verschwinden. Die einzige Erklärung, die mir einfiel, hatte mit der Jahresfeier zum Jubiläum der Kirchenzucht zu tun. Das Datum war klar, aber welchen inhaltlichen Zusammenhang hatte es gegeben ...

War es in diesem Jahr, als sich die Einsetzung der Kirchenzuchtordnung zum dreihundertsten Mal jährte, zum Kirchenbann für Rebekka gekommen – und der Campe Verlag hatte mit der Publikation ihres Hauptwerkes dagegen protestieren wollen? Das war eine Möglichkeit. Denn in jener Zeit ging es um die Verteidigung republikanischer Rechte gegen Bedrohungen von allen Seiten.

Ich konnte nur spekulieren. Immerhin hatte ich jetzt ein kleines, weiteres Fenster aufgestoßen und konnte meine Schüler mit ein paar Infos mehr füttern. Sie würden es begierig aufnehmen, das war mir klar.

Als ich am Abend in meine Wohnung kam, stand auf

dem Tisch im Wohnzimmer eine tönerne Vase mit einem großen Strauß Herbstblumen. Ein wunderbar arrangierter Strauß mit noch immer strahlendem rotem Phlox, weißen Astern und Dahlien, Sonnenblumenköpfen, Fetthenne, Fuchsien, Kerzenknöterich, geschmückt mit leuchtender Kapuzinerkresse.

Ich saß eine Weile davor, schaute auf die Blumen, rätselte darüber, wer sie mir hingestellt hatte – und war einfach nur glücklich.

***

„Das ist ja wunderbar!“, rief Tanja Oehlschläger. „Ich wusste doch, sie hatte ein erotisches Geheimnis! Es konnte doch gar nicht anders sein! Sie ist an einer verbotenen erotischen Obsession untergegangen – verboten in ihrer Zeit, wohlgemerkt!“

„Zusammen mit diesem Herrn Zwicker! Was wissen wir übrigens noch über diesen mysteriösen Herrn?“

Ich blickte Helga an. „Nur das, was ich Ihnen allen erzählt habe. Er ist ein ebenso unbekannter Verschollener, wie unsere Poetin. Die Spuren der Beiden verlieren sich am Nordseestrand.“

„Gescheitert an der Liebe!“, seufzte Tanja.

„Quatsch!“, rief der sonst so stille Joachim. „Sie ist einer Intrige zum Opfer gefallen, wahrscheinlich von kirchlicher Seite – das habe ich schon immer gesagt!“

„Was heißt schon immer!“, wollte Bernhard süffisant wissen. „Schon seit 1839?“

„Jetztzeit!“, sagte Klaus-Jürgen. „Wenn wir unseren

heutigen Standpunkt kennen, verstehen wir auch, was in jeder beliebigen Vergangenheit los war. Es wiederholt sich."

„An den Fakten hat sich schon einiges verändert", sagte Joachim. „Beispielsweise dürfen Frauen heute studieren. Aber wenig an den inneren Einstellungen der Menschen."

„Genau", sagte Helga. „Zwicker und dieser Herschel Bergius studieren also in Göttingen, und Rebekka guckt zu. Abends treffen sich die Drei und sie hat ein Gulasch gekocht."

„Oder westfälischen Sauerbraten mit getrockneten Trauben!", ergänzte Joachim.

„Ich sehe Rebekka ein bisschen poetischer", murmelte Traudi. „Irgendwann war sie nur noch lebendig in ihren Texten. Als Person erlebte sie alles nur noch gleichgültig. Es war ihr nicht mehr wichtig, ob sie es tatsächlich erlebte oder nicht. Und so sahen es auch ihre Zeitgenossen. Nach und nach verschwand sie."

„Das sind alles ehrenwerte und irgendwie auch wahrhaftige Standpunkte", meinte ich, nachdem ich von meiner Lektüre in Marburg berichtet hatte. „Aber ich glaube, wir müssen noch weiterbohren. Auf meinen nächsten Recherche-Trip nehme ich Sie alle mit, dann kommen wir unserer Verschollenen gemeinsam ganz nahe!"

„Nehmen Sie auf jeden Fall mich mit, Herr Beiner!", warf Bernhard spöttisch ein.

„Das wäre zu überlegen!", erwiderte ich, ebenso spöttisch.

„Das ist ja alles Geplänkel“, kommentierte Traudi. „So kommen wir unserer Dichterin auf keinen Fall näher.“

„Was schlagen Sie vor?“, wollte ich wissen.

„I c h schlage etwas vor“, schnitt Bernhard uns das Wort ab. „Ich schlage vor, dass wir die Suche nach dem faktischen Verbleib dieser Frau endgültig in Fiktion verwandeln.“

„Tun wir das nicht gerade?“, fragte ich. „Das haben Sie ja bereits gefordert, Bernhard. Und Sie bleiben mit solchem Nachdruck dabei? Ausgerechnet Sie? Das überrascht mich!“

„Obacht, Herr Beiner“, schmunzelte Bernhard und spitzte die Lippen wie zum Kuss. „Auch das hatten wir doch schon mal. Nicht schon wieder diese Vorurteile.“

„Was schlägst du also vor!“, wollte Helga wissen.

„Wir sehen doch“, erklärte Bernhard, „dass diese Poetin für die Verwertung in unserer Region hier nichts taugt. Herr Beiner hat ja davon berichtet, wo sie sich überall herumgetrieben hat. Das fand ich bezeichnend.“

„Und weiter?“, forderte Helga.

„Ich habe einen kleinen Text geschrieben“, fuhr Bernhard fort. „Ich finde es zunehmend reizvoll, wenn wir an die Stelle der Fakten, die sowieso nebulös bleiben, die literarische Fiktion setzen! So bekommen wir ein hochaktuelles Porträt. Die so genannte Realität vergessen wir mal.“

„Ich kann mich nur wiederholen, Bernhard“, bemerkte ich. „Das finde ich aus Ihrem Mund überraschend – und aufregend!"

„Lies doch vor", meinte Joachim.

„Soll ich?"

Alle bejahten.

Bernhard setzte sich in Positur und begann zu lesen.

„Sie ist gerade mal 32 Jahre alt, als sie beschließt, einfach zu verschwinden. Man hat ihr gesagt, sie sei hochbegabt, sie hat auch ein paar schöne Geschichten geschrieben, die das belegten. Und ein paar Sätze von ihr fanden Eingang in irgendwelchen Predigten der Protestanten. Aber als sie in dieser Nacht erwacht, und auf ihren Gartenteich hinunterblickt, zweifelt sie an allem. An der Wirklichkeit, an ihrer Zeit, an den Männern, die sich ihr genähert haben. Sie sagt sich, sie will nicht mehr. Sie sagt sich, keiner wird sie wirklich vermissen. Also ist jetzt, mitten in der Nacht, bei einem unwirklich strahlenden Vollmond, der wie eine Fackel Lichtstrahlen ins Gebüsch wirft, der richtige Zeitpunkt, um bei den Zeitgenossen in der richtigen Erinnerung zu bleiben. Als Rätsel!"

Bernhard schaute auf. Die anderen nickten und lächelten. Ich tat es ihnen gleich. Und er las weiter.

„Sie zieht sich an und verlässt das Haus. Im letzten Moment kehrt sie noch einmal zurück, denn sie hat ihr Neues Testament mit der eingelegten, Handschrift vergessen. Dann geht sie in den Wald, in Richtung des geheimnisvollen Sees, in dem sich im vergangenen Sommer gleich drei ihrer Freundinnen ertränkt haben. Allesamt hochgestellte junge Frauen, deren Lebenssehnsüchte unerfüllt geblieben sind. Die verzweifelten, hochbegabten Damen sind in der Männerwelt ihrer Zeit gescheitert. Man hat ihnen vorgeworfen, sie würden die Grenzen des Natürlichen überschreiten – weil sie schreiben wollten. Und nicht nur Liebesbriefe schreiben, oder ins Poesiealbum. Nein, sie wollten Dramen schreiben, und hochfliegende Romane im epischen Stil. Reine Männersache! Es gab genug davon, die das konnten. Für junge, überspannte Frauen war das Teufelswerk, fehlgeleitete Aufklärung, die zu Neurosen führte. Und jetzt begreift auch Rebekka, dass ein solcher Weg in ihrer Zeit scheitern muss. Und sie hat das Seeufer erreicht. Sie entledigt sich ihres Umhanges, legt ihr Buch mit der Erzählung darauf, und dann ..."

Bernhard lehnte sich zurück und blinzelte in die Runde.

„Ja, was!", rief Helga. „Offenes Ende, oder was!"

„Habt ihr Vorschläge, wie die Geschichte zu Ende gehen könnte?", fragte Bernhard. „Her damit!"

„So schnell kommen wir nicht auf eine Lösung", meinte Traudi.

„Aber ich", sagte Bernhard, und beugte sich ruckartig vor. „Die Geschichte geht so weiter ..."

Ich war amüsiert. Und zugleich verärgert über die Selbstinszenierung Bernhards.

„Man sucht nach der Verschollenen. Im See finden Taucher keine Leiche und auch sonst kein Indiz. Für ein Verbrechen oder einen Selbstmord also kein Anzeichen. Eine beispiellose Suchaktion beginnt, an der

Hunderte Menschen beteiligt werden. Die Region rund um den Neuensteiner See bei Allendorf ist aus dem Häuschen. Bluthunde und Fährtensucher werden eingesetzt, Belohnungen ausgelobt. Man rätselt nicht über mögliche Gründe ihres Verschwindens; zu pikant ist es in jener Zeit, über eine junge Frau nachzudenken, die den Platz der Männer für sich beansprucht. Eine bekannte Hellseherin prognostiziert Rebekkas Auftauchen zu gegebener Zeit. Und tatsächlich. Es mehren sich die Zeichen. Jeder will irgendwas gesehen haben. Eine Anzeige in einer Tageszeitung unterstützt die Suche mit einer vagen Beschreibung der Verschwundenen. *Haarfarbe rot, natürliche Zähne, graue Augen, Haut hell, gut gebaut. Trägt einen grauen Rock mit Seidenstrümpfen, grünen Pullover, dunkelgraue Weste, kleinen Hut aus Velours. Möglicherweise hat sie eine Handtasche mit einer handschriftlichen Erzählung von sich darin.* Doch alles Suchen bleibt vergeblich."

„Spannende Geschichte", lobte Joachim. „Damit können wir unsere reale Poetin vergessen. Mit dieser Version können die Touristikmanager werben. Wenn sie es geschickt anstellen, haben wir hier den neuen literarischen Superstar der Region!"

„Die Fiktion verdrängt die Fakten", nörgelte Klaus-Jürgen.

„Was aber bleibet, stiften die Dichter!", schob Traudi nach.

„Nicht wahr?!", nickte Bernhard befriedigt.

„Aber wie geht's weiter?", wollte Helga wissen.

„Der Fall wird ausgeschlachtet“, fuhr Bernhard fort, über die Anerkennung sichtlich geschmeichelt. Und ich dachte: *Er brennt für die Literatur*. „Die Öffentlichkeit spekuliert über das Privatleben der jungen Verschwundenen. Jemand bringt ins Spiel, dass sie eigensinnige Erzählungen und Gedichte geschrieben hat. Ein anderer berichtet von einem heimlichen Geliebten, mit dem sich Rebekka regelmäßig am See traf. Sie sollen angeblich getrunken und sich geliebt haben. Ein anderer vermutet eher Teufelsbeschwörungen bei Vollmond, Prophezeiungen und Todesdrohungen gegen Personen. Das ganze Programm wird ausgegraben, um der Verschwundenen auf die Spur zu kommen. Und solange sie verschwunden bleibt, blüht die Phantasie der Zeitgenossen.“

„Und ihre Leiche?“, wollte Tanja wissen.

„Tauchte nie auf“, antwortete Bernhard. „Jedenfalls nicht in meiner fiktiven Version.“

„Auch nicht in der Realität“, fügte ich hinzu.

„Sie ruhe in Frieden!“, lachte Klaus-Jürgen.

„Nix Zwicker, nix Nordseestrand?“, jammerte Traudi.

„Nein, nur noch der Triumph der Phantasie! Wir schaffen uns eine eigene, neue Welt aus nichts als Worten ...“

„Und damit begraben wir dann die reale Rebekka?“, fragte Tanja.

„Das schlage ich vor, ja“, nickte Bernhard mit bleichem Gesicht. Er wich meinem Blick aus.

Bernhard war offenbar am Ziel. Hatte er wirklich nie

mehr gewollt, als wahrgenommen zu werden? Vielleicht war ich zu streng gewesen.

„Mehr gibt es über sie nicht zu sagen?“, bohrte Klaus-Jürgen. „Dein Text soll der Grabspruch sein?“

„Ja“, erwiderte Bernhard.

„Man könnte die Story aber auch folgendermaßen weiterführen“, sagte Joachim nachdenklich. „Rebekka taucht nach ein paar Wochen tatsächlich wieder auf – tanzend, rauchend und trinkend in einem Seebad in der Nähe von St. Peter. Sie wird vom Posaunisten einer Hotelband erkannt – mit einer Dauerwelle unter einem kessen, grünen Hütchen. Sie ist in Begleitung eines fremden Herrn, nimmt im Kurbad Anwendungen, spielt abends in den Spielhallen. Ein ortsansässiger Privatdetektiv wird dezent auf sie angesetzt. Und jetzt kommt die dicke Überraschung ...“

„Sie erinnert sich an nichts!“

„Die Verdächtige ist gar nicht Rebekka!“

„Doch! Sie ist die Richtige! Und sie sagt: Na und? Ich habe das Recht, zu verschwinden!“

„Nein, sie ist zwar die Richtige, aber sie hat alles vergessen. Sie leidet unter einer Amnesie. Denn sie weiß weder, wer sie ist, noch wo sie sich befindet. Der Vorwurf der betrügerischen Selbstentführung prallt von ihr ebenso ab, wie der Verdacht einer mysteriösen Charade aus Eifersucht. Kompletter Black-out! *Dissoziative Amnesie*, versteht ihr!“

„Alles *d’accord*! Was ist denn *hipper* – für die Vermarktung?“

„Ich würde sie zu einer Autorin machen, die letzten Endes zu einem ihrer Bücher geworden ist!“

„Das wäre dann der absolute Sieg der Fiktion über die Fakten!“

„Auf jeden Fall müssen wir sie zu einem Opfer machen! Das kommt am besten rüber!“

„Natürlich! Immerhin nennen wir sie doch die *unglückliche Poetin*! Da passt es nicht, aus ihr ein vergnügungsgeiles Tanzmädchen zu machen!“

Jetzt schwiegen alle.

Bernhard blickte triumphierend um sich wie ein Regisseur. Mein Gott, er ist tatsächlich nur ein ganz, ganz kleines Monster, dachte ich.

„Das alles muss ich erstmal meinen Auftraggebern verklickern”, sagte ich. „Die Kuratorin wird höchst irritiert sein ...“

„Das lassen Sie mich mal regeln“, warf Bernhard ein. „Ich rede mit ihr.“

„Sie?!“

„Hauptsache ist doch“, bemerkte er lächelnd, „dass Sie den Rest Ihres Honorars bekommen.“

„Das muss ich schon selbst klären, Bernhard! Was wirklich passiert, wenn wir die reale Rebekka einfach fallen lassen, das steht in den Sternen.“

***

Ich rief umgehend Frau Schleiter-König an. Ich wollte keine Zeit verlieren. Und ich wollte nicht, dass Bernhard von Stuck meine Angelegenheiten regelte. Wie kam er überhaupt dazu, sich da einzumischen? Die Frage war natürlich, welche Position dieser Selbstdarsteller in der ganzen Angelegenheit eigentlich einnahm!

Ich wollte der Institutsleiterin genau diese Frage stellen. Denn ich merkte, wie in mir die alten Vorurteile gegen Bernhard wieder aufkamen. Doch dann stellte ich ihr, einer plötzlichen Eingebung folgend, eine ganz andere Frage.

„Haben Sie mir die Blumen hingestellt?"

Sie lachte irritiert. „Blumen hingestellt? Das – hätte ich vielleicht machen sollen, ja, schon bei Ihrer Ankunft! Tut mir leid, dass ich nicht daran gedacht habe!"

„Also nein?"

„Wie gesagt – leider nicht."

Es kann nur Sumaya gewesen sein, dachte ich. Bernhard wohl kaum. Sumaya ...

Dann holte ich meine Frage wegen Bernhard nach. Die Kuratorin überlegte. Währenddessen berichtete ich ihr von meiner Recherche in Marburg und der Diskussion in der Klasse. Sie war – das war durch die Leitung zu vernehmen – unsicher.

„Und was passiert nun?", fragte sie.

Ich atmete tief durch. „Die Fakten trösten nicht, die Fiktion allein tut es."

„Na, hören Sie, Herr Beiner – wollen Sie Ihre Aufgaben einfach quittieren? Ich befürchte, Ihre Vorliebe für die literarische Fiktion lässt Sie mittlerweile die einfache Realität nicht mehr erkennen! Das wirkt – verzeihen Sie mir – ein wenig überspannt."

„Antworten, Frau Schleiter-König! Ich brauche ein paar Antworten!“

„Die erste Antwort ist: Wir brauchen eine reale Rebekka!“

„Ich gebe folgendes zu bedenken“, sagte ich. „Aus dem, was ich bisher weiß, kann ich nicht entnehmen, dass Rebekka für unsere Region Wolfsland-Schwalm kulturtouristisch nutzbar gemacht werden kann. Das ist viel zu kompliziert, viel zu sehr einerseits-andrerseits. Schon geographisch! Genauso gut könnten Göttingen oder die Nordseeküste Anspruch auf sie erheben. Und dann kommt auch noch die Stadt Leer daher! Ihr reales Leben tritt weit hinter der Bedeutung ihrer Texte zurück. Nur diese bleiben wichtig. Und deshalb: Nur eine fiktive Rebekka hat das Zeug, alle zu inspirieren! – Kennen Sie alle verfügbaren Texte von ihr?“

„Natürlich!“

„Außerdem finde ich inzwischen auch, das freie Wort darf nicht regional vermarktet werden. Es wäre eine Vergewaltigung, wenn wir die poetischen Welten dieser Frau mit regionalen Zäunen umgeben. Rebekka gehört uns allen!“

„Ich bin nicht befugt, Ihnen zuzustimmen!“

„Könnten Sie das abklären?“

„Ich will es versuchen.“

„Und was ist nun mit Bernhard von Stuck?“

„Auch das erkläre ich Ihnen dann!“

***

Rebekka ohne Grab. Kirchenbann oder Selbstmord. Ein Mensch verschwindet nicht einfach. Nicht mal einfach unter die Erde.

Renate Schleiter-König hatte versprochen, sich noch am gleichen Abend zurück zu melden. Ich wartete also.

Währenddessen schossen mir mehrere Hypothesen durch den Kopf.

Und plötzlich kam mir ein Gedanke. Herschel Bergius!

Wer war eigentlich dieser Literat Herschel Bergius gewesen! Er hatte mich bisher nicht interessiert. Aber alles deutete darauf hin, dass er eine wichtige Rolle gespielt haben musste.

Er hatte, zusammen mit Zwicker in Göttingen studiert. Er hatte in einer Art und Weise geschrieben, die stark an Rebekka erinnerte. Und wir hatten ein kleines Buch von ihm in der Literatenkolonie mit dem Titel *Gegen die Zucht auf dem Lande*. Ich hatte die Schrift für meinen Auftritt in der Kapelle verwendet.

Ich war elektrisiert und begann, in den Dokumenten zu kramen, die ich mitgebracht hatte. War da nicht etwas gewesen, das mich schon bei der Recherche stutzig gemacht hatte? Ich las und las.

Und dann fand ich, was ich suchte.

Rebekka hatte Briefe an Zwicker geschrieben. Aber niemals an Bergius. Und von ihm wohl auch keine erhalten.

Tatsächlich! So konnte es gewesen sein!

Rebekka und Herschel waren ein und dieselbe Person!

Vielleicht hatte sie sich sogar in Göttingen immatrikuliert! Unter männlicher Identität! Als Herschel Bergius!

Und wenn dies zutraf, eröffnete sich eine ganz neue Perspektive auf die Frage, wer die Parteien im Hintergrund waren, die an Rebekkas Einordnung Interesse hatten! Wie würden sie darauf reagieren! Schleiter-König hatte keine Befugnisse. Klingelhöffer besaß angeblich Geld und Ämter. Rosskopf? Bernhard?

Ich griff zum Handy und rief Klingelhöffer an. Es war einen Versuch wert.

Er brummte etwas, sagte dann: *Moment mal*! Und ließ mich warten. Nach einer Weile rief ich in die Unendlichkeit des Smartphones hinein: „Herr Klingelhöffer? Hallo?“ Dann war er wieder dran.

„Hier“, sagte er. „Ganz eindeutig! Herschel Bergius ist 1839 mit dem Kirchenbann belegt worden. Man hat ihn aus den heiligen Hallen rausgeschmissen.“

„Können Sie sich vorstellen, dass Bergius und Rebekka eine Person sind?“

„Wieso das denn! – Ach so, Sie meinen ...“

„Ganz genau! Sie hat als Mann unter seinem Namen studiert und unter seinem Namen publiziert! Rebekka ist Herschel Bergius! Und unter seinem Namen ist daraufhin der Kirchenbann ausgesprochen worden! Denn nimmt man alles zusammen und vor allem den kirchenkritischen Text *Gegen die Kirchenzucht auf dem Lande* dazu, dann stellt das ja einen schweren Affront gegen Kirche und Staat dar. Deshalb hat Campe als Ehrenrettung *Die unglückliche Poetin* unter ihrem Originalnamen veröffentlicht. – Was dann weiter geschah, wissen die Götter!“

„Allerhand“, sagte Klingelhöffer. „Berücksichtigen Sie aber, dass ein Kirchenbann nur gegen Personen ausgesprochen worden ist, die sich als Teil der christlichen Gemeinschaft verstanden haben. – Das müsste bei Bergius der Fall gewesen sein!“

„Da haben Sie recht. Ich werde nachforschen.“

„Ich ziehe meinen Hut, Herr Beiner. Ich hätte nicht gedacht, dass da noch etwas Neues kommt!“

Wir verabschiedeten uns. Ich musste unbedingt in der Bibliothek der Literatenkolonie noch einmal den Text von Herschel Bergius lesen! Und bevor ich noch überlegen konnte, was diese neuen Fakten bedeuteten, die ja nun mindestens so aufregend waren, wie die reine Fiktion, da rief Renate Schleiter-König an.

„Ich bin jetzt befugt, mit Ihnen offen und ehrlich zu sprechen“, sagte sie. „Vielleicht können wir von einem Treffen absehen, ich habe im Moment einen sehr engen Terminkalender. Die Literatenkolonie wird umstruktuiert.“

„Dann mal los!“, meinte ich flapsig, obwohl ich angespannt war.

„Ich muss ein bisschen ausholen. Es gab eine Zeit, in der in Deutschland ein kalter Wind wehte. Das war die Zeit nach dem Wiener Kongress. Alle Uhren wurden zurückgedreht, niemand wollte mehr wirklich wissen – wie spät es war. Um es einmal so auszudrücken. Man hätte auch – modern gesprochen – die Zeiger auf den Zifferblättern abmontieren können. Absoluter Stillstand! Kein Fortschritt mehr, wie er in der Französischen Revolution und danach in den Bemühungen der deutschen Republikaner angestrebt wurde. In dieser Zeit ein Buch zu publizieren war schon schwierig genug. Denn die allmächtige Zensur lauerte überall. Und dann auch noch ein Buch zu publizieren, dass sich gegen die reaktionären Gesetze der bleiernen Zeit und ihren Vorschriften im Alltag auflehnte! Selbstmord!"

„Ja, aber Heine hat es getan! Büchner hat es getan! Andere auch!"

„Denken Sie nach, Johannes! Das waren Männer! Beide sind übrigens im allerletzten Moment ins Ausland geflohen, bevor man sie einsperren konnte!"

„Aber ihre Werke liest man trotzdem noch immer! Und man kennt ihre Lebensläufe!"

„Alles richtig. Aber Rebekka war eben eine Frau. In jener Zeit, von der wir sprechen, war das mit mehreren Makeln belastet. Der nicht geringste war, dass sie sich aus dem politischen und geistigen Geschehen im Land herauszuhalten hatte! Ohne Wenn und Aber! Rebekka von dem Gawein tat dies nicht. Sie publizierte drei Werke, kurze Texte, Gedichte. Allesamt sind sie sofort verboten worden, eingestampft worden und niemand durfte sie von diesem Tag an kennen. Oder gar lesen. Oder für sie werben. Rebekka wurde als Autorin für tot erklärt. Sie war gewissermaßen verseucht. – Erst 1839 hat es Campe mit ihrem Episodenroman gewagt, sie ins Leben zurück zu holen."

„Das habe ich mir so oder ähnlich selbst schon zusammengereimt“, unterbrach ich sie. „Bis hierhin sind es ja die geschichtlichen Tatsachen.“

„Ja. Aber lassen Sie mich weiter berichten! Politische Kreise im damaligen Preußen setzten durch, dass alle Autorinnen und Autoren, die ihnen unbotmäßig erschienen, mundtot gemacht wurden. Es war eine riesige Kampagne im Hintergrund, von der die Öffentlichkeit nichts erfuhr. Wir kennen das in unserer Neuzeit – aus Faschismus und Stalinismus. Schriften, Bücher, Briefe, ja sogar Bilder, soweit es sie damals gab, wurden aus dem Verkehr gezogen. Das führte dazu, dass wir heute zwar aus der Zeit bestimmte Bücher und Autoren kennen, wegen der Ruhigstellung in der öffentlichen Wahrnehmung auch einzelne kritische Werke – und das wir dies für d i e Literaturgeschichte halten. Aber die anderen kennen wir eben nicht. Sie existieren einfach nicht mehr.“

„Das fiel damals desto leichter, weil das interessierte Lesepublikum nur aus wenigen Menschen bestand, die davon Wind bekamen.“

„Ganz genau.“

„Und zu den literarischen Opfern gehörte Rebekka!“

„Ja. Sie, lieber Herr Beiner, sind engagiert worden, um sozusagen unter unseren Augen herauszufinden, wie sich die Quellenlage heutzutage darstellt. – Ob es irgendeine Gefahr der Wiederentdeckung gibt.“

„Eine Gefahr der Wiederentdeckung? Eine G e f a h r der Wiederentdeckung?!“

„Genau so!“

„Sehen Sie, liebe Frau Schleiter-König, das ist es eben, das mich nervös macht! Gibt es eine Verschwörung im Hintergrund?“

„Es gibt keine Verschwörung! Überhaupt keine! Es gibt nur Menschen mit ihren verwickelten Eigeninteressen.“

„Auf welcher Seite der Aufklärung stehen Sie?“

Sie lachte. „Auf gar keiner Seite. Man könnte sagen: ich b i n die Aufklärung. Denn Sie können sich doch vorstellen, dass man die Tatsache, es hier mit einer *verbrannten* Dichterin zu tun zu haben, mit einer gewissermaßen *kriminellen* Dichterin, der Straftatbestände nachzuweisen sind, sehr unterschiedlich beurteilt. Einigen ist das heute egal, sie verkörpern die Seite der banalen aber einflussreichen Interessenvertreter, die einfach ihr Süppchen kochen wollen. Andere, ich nenne sie gern die Geheimdienst-Spießer, zu denen übrigens auch Bernhard von Stuck gehört, dessen Vater ein hohes Tier ist, wollen weiterhin Vergeltung. Obwohl – Bernhard, na ja, seine Haltung ist ziemlich wankelmütig und schwach, er ist als Charakter so unfertig, dass er sich nach dem Wind drehen muss, aber lassen wir das. Wir sind in der Stiftung jedenfalls nicht einer Meinung, das können Sie mir glauben!“

„Das kann ich mir denken. Ich sehe drei unterschiedliche Positionen. Die Stiftung will Rebekka literarisch verwerten – Stipendien, Seminare, Namensnennungen. Die Kirche will den Deckel drauf machen – oder wie es der Pfarrer neulich sagte: diese Person wurde überschätzt und ist unwichtig. Und die Politik will nur Klarheit für ihr weiteres Handeln und Ruhe von unserer Seite."

„So ähnlich, ja."

„Ich muss noch einmal fragen: Wo stehen Sie?"

„Man könnte sagen, ich bin die ehrliche Vermittlerin der Fakten."

„Und? Wie stellt sich die *Gefahr der Wiederentdeckung* heute dar?"

„Es gibt nichts Neues über Rebekka von dem Gawein zu berichten. Sie hat Gesetze verletzt, Kirchenrecht missachtet, in wilder Ehe gelebt, was allein schon einen Kirchenbann rechtfertigte, sie hat die Behörden getäuscht, indem sie unter falscher Identität studiert und publiziert hat – und sie ist verschwunden ..."

„Und ihre unzweifelhaften literarischen Verdienste?"

Sie wischte den Einwand einfach weg. „Mit der Frau ist insgesamt kein Staat zu machen – zu viele Widerstände. Unsere Gegenwart ist leider nicht so aufgeklärt, wie wir es gern darstellen. Die Sache hat sich für uns erledigt. Wir schließen die Akte ab. Davon unberührt werden wir Gaweins Namen für diese und jene Aktivität verwenden."

„Sie wird totgeredet werden! So ist es üblich."

„Wenn Sie so wollen."

„Ich verkneife mir die Frage, wer eigentlich *Wir* ist! Das würde mich schon noch interessieren! Aber ich beschließe soeben, dass mich das nichts angeht. Ich stehe nämlich auch auf keiner Seite der Aufklärung, es sei denn auf meiner eigenen."

„Das ist vernünftiger, glauben Sie mir!“

„Aber wozu dann der ganze Aufwand?“

„Wir brauchten das Expertenurteil, den Stempel unter dem Ganzen von kompetenter Seite! Das kriegt jetzt jeder unter die Nase gerieben! Damit nicht irgendwann die Sache von vorn losgeht.“

„Und dazu haben Sie tatsächlich mich geholt?“

„Natürlich. Es hatte sonst keiner Zeit! Nein, im Ernst, Sie haben einen exzellenten Ruf als Jäger verlorener literarischer Schätze.“

„Kaum zu glauben!“

„Sie neigen dazu, sich selbst zu unterschätzen! Ein bisschen mehr Selbstbewusstsein und Siegermentalität, Herr Beiner! Nebenbei gesagt, hätten Sie dann das Ganze von Anfang an durchschaut und hätten eine andere Strategie verfolgt! Andere Experten hätten das getan!“

„Und weil Sie meine Schwächen kannten, haben Sie mich genommen? Einfach nur, um den Stempel am Schluss zu kriegen?“

„Ganz genau!“

Ich seufzte. „Das ist mein Makel, ja! Hannah wirft mir das auch vor! Ich leide an Selbstunterschätzung! Eine schwere Krankheit, unheilbar! In unseren Tagen aufgeblähter Egos ist das ganz schlecht, es spricht komplett gegen mich!“

Sie lachte nur.

„Und was ist mit dem Kirchenbann? Ist Rebekka gebannt worden – oder nicht.“

„Rebekka nicht – Herschel Bergius ja, von dem

man wusste, dass sich Rebekka dahinter verbarg. Rebekka tauchte in den Unterlagen der Universität Göttingen nicht auf, und dabei ließ man es auch bewenden. Man wollte nicht noch mehr Aufmerksamkeit. Aber der ganze Vorgang, den diese Autorin verursacht hat, reichte natürlich in jener Zeit aus, um sie aus allen Würden, vor allem der bürgerlichen Ehrenrechte und Zivilrechte, soweit Frauen diese überhaupt besaßen, auszuschließen. Damit war sie buchstäblich nicht mehr existent."

„Das alles war im Jahr 1839 absolut systemsprengend, nicht wahr?"

„Ganz genau – im Jahr der Kirchenzuchtordnung."

„Und warum gibt es dann überhaupt noch jenes Exemplar von Bergius in der Literatenkolonie? Und vor allem den Episodenroman *Die unglückliche Poetin* in der Festung?"

„Ich denke, die Archive besitzen ihr eigenes Selbstverständnis und ihre eigene Dynamik. Man könnte auch sagen, ihren eigenen Vollständigkeitswahn. Ich kann mir vorstellen, dass interessierte Stellen damit ablenken von ihrer Zensur. Ein bisschen Zucker, aber wenn es ernst wird wieder die Peitsche."

„Was mich tröstet", sagte ich, „ist die Tatsache, dass ich unwissentlich mit Rebekkas Worten in der Kapelle gepredigt habe. Ist das nicht ausgesprochen versöhnlich?".

„Wenn Sie das so sehen ..."

„Was ist mit Klingelhöffer?"

„Er ist ein gutmütiger Trottel, der glaubt, er kenne das Grab Rebekkas."

„Hat er damit recht?"

„Das wurde nie wirklich gründlich untersucht. Zumindest war die Grube eine Zeitlang belegt. Heutzutage würde man Gen-Analysen machen und dann vielleicht die Wahrheit feststellen. Aber das wollen wir lieber vermeiden, das haben wir auch Herrn Klingelhöffer mitgeteilt. Vor Jahrzehnten dachte daran ohnehin noch niemand. Und die Handschrift wurde ja auch tatsächlich dort gefunden. Von wem auch immer platziert. Das soll uns nicht interessieren."

„Jetzt muss ich doch nachfragen – wer sind die Bösen?"

„Lieber Herr Beiner! Wir sind zwar im Grimmland, aber es geht nicht um Gut und Böse. Sagen wir mal so: Ich bin unter allen Figuren, die das Drama, oder sagen wir lieber das Märchen konstituieren, die Schwellenhüterin ..."

„Ich kenne die literarischen Kategorien. Vielleicht sind Sie auch der weibliche Trickster."

„Suchen Sie sich was aus. Vielleicht begegnen Sie auf Ihrer Odyssee durch die Welt der symbolischen Figuren noch anderen Charakteren. Viel Glück dabei! Wir sind jedenfalls soweit durch – oder?"

„Ja. Schade eigentlich. Ich hätte vielleicht ..."

„Wir überweisen das Resthonorar!"

Damit beendete sie das Telefonat.

Waren die offenen Fragen nun geklärt? Die Antworten gegeben?

Ich wusste es nicht.

Vielleicht sollte ich mich nur noch an die nächstliegenden Dinge halten. Und so ging ich zum Kühlschrank und holte den kalten Rest Nudelauflauf heraus, um ihn aufzuwärmen. Ich gab noch etwas Käse darüber.

***

Rosskopf hatte die Pressekonferenz abgewartet. Dann rief er mich an. Er berichtete davon, dass alle im Landkreis höchst alarmiert waren. Und davon, dass die Behörden dennoch beschlossen hatten, keine Sperrgebiete auszuweisen. Sie hatten in dem toten Vogel keinen akuten Virus nachweisen können.

„Ich bin erleichtert", erklärte er. „Das können Sie sich denken, Johannes. Mein Gott, wenn ich mir vorstelle! Wir müssten ja..."

Seine Stimme bebte bei diesen Worten. Dann fasste er sich wieder. „Aber damit ist die Angelegenheit natürlich nicht beseitigt. Der Virus ist im Labor zwar nicht nachgewiesen worden. Aber was ist mit der Natur?"

„Monster", murmelte ich. „Die Monster sind da. Ich hatte falsche Vorstellungen davon. Sie fallen über uns her und wir haben keine Ahnung, wir sehen sie nicht mal. – Aber nun gut, jetzt können Sie doch froh sein."

„Bin ich ja über die Maßen! Der akute Verdacht ist erstmal erledigt. Wir können aufatmen."

„Der Kranich ist also an seinen Verletzungen durch den Kontakt mit dem Kampfhubschrauber gestorben?"

„Ja. Definitiv. Wahrscheinlich verwirbelte der Rotor

des Hubschraubers die Aufwinde der Vögel, darauf sind die ja angewiesen – keine Ahnung. Das Problem haben wir ja auch bei Windrädern. Der Pressesprecher des Landesveterinäramtes schloss jedenfalls andere Todesursachen aus. Aber die kategorische Art und Weise, in der er es tat, machte mich stutzig."

„Wir müssen nicht immer das Schlimmste wittern. Freuen wir uns lieber darüber, dass die Kraniche weiterhin fliegen werden, und dass sie ihre Reise genießen. Mir ist ja auch schon ganz mulmig geworden, ich verbinde mit diesen Vögeln nur die glücklichsten Phantasien!"

„Aber stellen wir uns nur mal vor: Jeder Zugvogel, der sich jetzt auf die Reise macht, oder der unsere Wiesen als Raststation ansteuert, könnte eine Seuche mitbringen – oder diese dann weitertragen. Dagegen könnten wir überhaupt nichts tun."

„Hat der wütende Jörg sich schon dazu geäußert?"

„Ja, tatsächlich, das hat er. Er hat seine Rauchwolken ausgestoßen und schon beim allerersten Anfangsverdacht vorgeschlagen, die bekannten Rastplätze der Zugvögel einzuhegen und einzelne Vögel stichprobenartig zu testen. Für alle Fälle ..."

„Rastplätze von Zugvögeln einhegen? Das ist doch unvorstellbar!"

„Zum Glück ist das alles ja jetzt vom Tisch!"

„Waren viele Presseleute da? Werden sie berichten?"

„Alle von der regionalen Weltpresse waren versammelt. So viele auf einen Haufen habe ich überhaupt noch nicht gesehen. Und ich gehe davon aus, dass alle schreiben werden. Denn es gab ja eine ungeheure Anspannung, die sich nun auflöst. Eine Frohe Botschaft! Das sind die Themen von Heute, lieber Johannes! Nicht eine unglückliche Poetin aus dem 19. Jahrhundert."

„Da täuschen Sie sich!"

„Was?

„Ihr glaubt nur, das sei wichtiger", sagte ich gelassen. „Aber alles nimmt seinen Anfang mit einer unglücklichen Poetin aus dem 19. Jahrhundert, die uns in ihren Erzählungen zeigt, was auf uns zukommen könnte."

„Wollen Sie behaupten, Rebekka hat einen möglichen Vogelvirus vorausgesehen?"

„Natürlich! Auf jeden Fall! Wer zwischen den Zeilen lesen kann, konnte es lesen! Es steht übrigens zwischen den Zeilen aller Poeten zu allen Zeiten. Man muss allerdings in der Lage sein, genau zu lesen – oder zuzuhören!"

„Also nun verrennen Sie sich mal nicht!"

„Zuhören, genau lesen und die sensiblen, meist fiktiven Ergebnisse nicht unterschätzen! Den Worten vertrauen, die nicht nur Fakten referieren, was Heinrich Heine in einer Polemik gegen die Historiker übrigens *Notizenkunde* nannte, sondern in der Fiktion sichtbar machen, was immer schon da ist, aber niemand bemerkt! Verstehen Sie? Niemand bemerkt es! Dichter sind Ahnende und Seher!"

„Also, verstanden Herr Lehrer! Aber bei allem Respekt!"

„Nicht ich habe mich eingeladen, nach Rebekka zu suchen, Rosskopf", erklärte ich, „Sie waren es!"

„Ach schon gut!“

„Mein Vertrag läuft aus“, sagte ich. „Ich habe nicht die Absicht, ihn zu verlängern, und in der verbleibenden Zeit will ich die restlichen schönen Herbsttage genießen. Einschränkungen und Absperrungen hätte ich als allerletztes gebraucht, die habe ich im kommenden Winter in der Stadt genug.“

„Was haben Sie hier erreicht?“

„Die reale unglückliche Poetin Rebekka von dem Gawein ist tot! Fragen Sie Frau Schleiter-König! Mit der Frau ist kein Staat zu machen, sagte sie! Aber Rebekka lebt in den Erzählungen meiner Schüler. Sie haben alle viel gelernt – was das Schreiben angeht. Ich hoffe, sie nutzen es für sich. Insofern habe ich zwei Fliegen mit einer Klappe geschlagen.“

„Und die Tourismusbranche?“

„Keine Ahnung! Das ist mir, ehrlich gesagt, auch egal. Was im Leben von Menschen geschieht, in ihren Schicksalen, und was in den Worten und Sätzen geschieht, in denen sie uns darüber Auskunft geben, das ist wichtiger als irgendeine Vermarktung mit griffigen Slogans.“

„Sie sollten nicht zu streng urteilen. Natürlich greift die Branche immer zu kurz, jede kommerzielle Idee greift viel zu kurz. Aber lassen sie die Leute doch ein bisschen mitträumen!“

„Mitträumen ist klasse! Aber wenn es nur zu Extremsport in Mischwäldern führt, dann reicht mir das nicht.“

„Natürlich nicht.“

„Waren Sie schon mal in der Literatenkolonie? Haben Sie sich die erzählerischen Wunder angesehen? Alle diese Bemühungen von Schriftstellerinnen und Schriftstellern vergangener Jahrzehnte und Jahrhunderte, das wahnsinnige Leben für Momente anzuhalten und es in sprachliche Medaillons einzufassen? Man müsste davor niederknien!"

„Ich bin jedenfalls erstmal heilfroh, weil ich unsere Viecher nicht einsperren muss! Wir bleiben alle frei, verstehen Sie, Johannes? Wir bleiben frei!"

„Haben Sie mir eigentlich den Blumenstrauß hingestellt?"

„Welchen –"

„Schon gut! Ich dachte es mir schon!"

***

Sie war es, die mir den Blumenstrauß hingestellt hatte! Es konnte nicht anders sein! Es war eine liebe Geste, vielleicht ihre letzte, angesichts der Unmöglichkeit, sich mit mir zu verbinden. Sie wusste es – und ich wusste es auch. Und ich spürte in mir den wilden Impuls, es nicht hinzunehmen. Es war Freitagabend.und ich hielt es nicht mehr aus

Ich rannte die Treppe hinunter, verließ das Haus und lief los. Es war wie ein Anfall. Draußen war es mild und es duftete nach Land und Vieh. Aber ich nahm nur mich wahr, wie ich angefüllt war von einer tiefen Sehnsucht nach Sumaya, die auf mich wartete. Natürlich wartete sie auf mich! Und es war an mir, auf sie zuzugehen. Warum hatte ich das so lange übersehen können! Wie selbstsüchtig ich gewesen war!

Ich erreichte das Haus ihrer Familie im Birkenhain am Ortsrand. Dass die Fenster dunkel waren, bis auf ein Licht im Eingangsbereich, nahm ich wahr, aber es kümmerte mich nicht. Sie würde oben in ihrem Zimmer sein. Ich schaute an der Fassade empor. Sah ich nicht ihre schlanke Gestalt, sah ich nicht ihr Gesicht, dicht am Fenster, wie sie wartete und mich jetzt sah? Ich winkte hinauf. Ich rief. Dann noch einmal. „Sumaya!! Danke für die Blumen!"

Nichts geschah. Totenstille im Haus.

Aber stand sie nicht dort oben, hinter den geschlossenen Scheiben? Ich sah sie doch!

Oder spielte mir die Phantasie einen Streich?

Dann fiel es mir ein. Es war Freitag. In der Moschee fand das Freitagsgebet der Muslime statt.

Kurz entschlossen lief ich zu meiner Wohnung zurück. Ich lief den ganzen Weg durch leere Straßen. Dann stieg ich ins Auto und fuhr los. Es war acht Uhr; das Gebet hatte möglicherweise schon begonnen. Und Sumayas gesamte Familie stand, saß oder kniete auf dem Teppich in der Moschee und hörte die Ansprache des Imam.

Wenige Minuten später war ich schon am Ziel. Ich fand in der Kreisstadt einen Parkplatz, allerdings in einiger Entfernung. Ich wusste ja, zum Freitagsgebet in dieser Moschee kamen Muslime aus dem gesamten Landkreis. Zu Fuß machte ich mich auf den Weg.

In mir herrschte Finsternis. Es beherrschte mich nur ein Gedanke – ich musste Sumaya wiedersehn. Ich sah sie genau vor mir. Es war nicht einmal Sehnsucht in mir. Nicht einmal Verzweiflung über das Alleinsein oder eine Bitterkeit über alles, was einen von einem anderen Menschen trennt. Tief in mir wusste ich, dass diese junge Frau aus einem fernen Kulturkreis mir fremd war und es immer bleiben würde.

Aber ich dachte nicht wirklich daran. Ich wollte nur vorwärts, endlich die Moschee erreichen.

Im Ort neigten sich die Giebel der alten Fachwerkhäuser immer mehr zueinander. Irgendwann würden Menschen hier nichts mehr zu suchen haben. Ein paar Minuten später erreichte ich die Moschee, einen flachen Neubau mit Minarett.

Von drinnen erscholl ein vielstimmiges Gebet. Ich schreckte zurück. Natürlich hatte ich – als ungläubiger Christ – dort nichts zu suchen. Also setzte ich mich, vom schnellen Gehen heftig atmend, auf eine niedrige Mauer gegenüber. Und wartete.

Die Kleinstadt murmelte um mich herum, erzählte von ihren Geschäften, Gebeten und Geschichten.

Nach einer Weile öffnete sich endlich die schwere Eingangstür der Moschee. Ein Wärter sorgte dafür, dass sie geöffnet blieb. Dann strömten Männer, Frauen und Kinder heraus.

In diesem Moment hatte ich mich schon erhoben.

Ich erblickte zwischen all diesen fremden Menschen in ihrer schönen Bekleidung und mit ihren zufriedenen Gesichtern Sumaya und Ali, Seite an Seite.

Ich starrte hinüber. Und bevor sie mich sehen konnten, ging ich.

Ich hatte endlich begriffen, dass ich hier, und in Sumayas Leben, nichts zu suchen hatte.

***

Ich war noch nicht soweit, nach Hause zu gehen. Ich wusste, ich würde keinen Schlaf finden. Und betrinken wollte ich mich nicht.

Also ging ich nach der Rückkehr aus der Kreisstadt durch meinen Ort, verließ ihn auf der anderen Seite wieder in Richtung Westen und wanderte im letzten Glimmen der untergegangenen Sonne über die Felder.

Ein paar tiefe Wolken leuchteten noch, angestrahlt von einer unsichtbar bleibenden Sonne, jenseits des Horizontes. Aber in mir herrschte Dunkelheit. Wo stand ich nun? Was sollte ich tun, als jemand, der sein Leben in der Hand hatte!

Ich stampfte einfach weiter, Wege gab es hier nicht, ich stolperte einmal, fiel aber nicht. Ich sprang über die Wurzeln umgestürzter Bäume und bahnte mir einen Weg durch gefallenes Laub. Blindlings vertraute ich darauf, dass der richtige Weg sich mir schon zeigen würde. Ich verließ das Waldstück wieder und stand am Rand der Felder. Auf der anderen Seite der Lichtung standen zwei Rehböcke und blickten freundlich zu mir herüber. Wie warm und duftend alles um mich herum war! Und ich war so verbissen in meine Probleme!

Rebekka, Herschel, Zwicker, Hannah, Renate, Sumaya, Rosskopf, Bernhard – und mittendrin ich!

Ein Schwall Hitze traf mich. Ein Stau letzter Herbstglut, vor dem Verlöschen. Ich ließ alles um mich herum auf mich einwirken. Ich wollte nichts tun, keinen Plan verfolgen. Nur anwesend sein.

Nach und nach ließ der Aufruhr in mir nach, sank in meiner Seele zu Boden wie Herbstlaub, und ich konnte zurückgehen. Inzwischen war es stockdunkel, der flache Mond spendete kaum Licht.

Ja, dachte ich, *ich bin hier. Aber davon will ich mich nicht täuschen lassen. Denn eigentlich bin ich aus allem draußen.*

Ich brauchte Heimat.

***

In der Bibliothek der Literatenkolonie sah ich mir noch einmal den Text von Herschel Bergius an. Mein erster Eindruck wurde durch die zweite Lektüre bestärkt. Herschel war Rebekka! Sie schrieben beide wie aus einem Geist. Warum war mir das beim ersten Mal nicht aufgefallen. Vielleicht deshalb, weil ich nicht danach gesucht hatte. Ich hatte einfach keine Ahnung gehabt von einem solchen Zusammenhang.

Und welche Wucht besaß dieser Text, wenn man ihn aus Kirchensicht las! Er zog einen Bann unausweichlich nach sich!

Ich ließ mir eine Kopie anfertigen. Der Text musste ja gesichert werden. Bevor er womöglich eines Tages verschwand.

Mein letzter Unterrichtstag begann mit einem Gesang. Die Klasse bemühte sich um angemessene Stimmung. Außer Bernhard sangen alle. Ich war gerührt. Danach sprachen wir nur noch über Belanglosigkeiten. Ich bedankte mich bei allen. Wir würden in Kontakt bleiben. Ich verteilte noch einmal Arbeitsaufträge und sammelte ihre letzten schriftlichen Texte ein. Wir verabredeten uns für das Frühjahr.

Dann wollte ich zurückkommen, um zu sehen, was jeder Einzelne für sich geschafft hatte. Ob sie gelernt hatten, ihre eigenen Erfahrungen in literarischer Sprache auszudrücken. In Erzählungen, Gedichten, Kurzgeschichten. Ich hoffte, dass Slogans für sie keine Option mehr waren. Dann konnten wir Bilanz ziehen.

Bernhard erwartete mich am Ausgang. Mit seltsamem Ausdruck sah er mir in die Augen.

„Sie haben alle Ihre sogenannten zehn Gebote passabel umgesetzt und abgearbeitet. Herr Beiner. Bis auf eines."

„So?"

„Das zweite Gebot konnten Sie nicht erfüllen. Deshalb sind Sie gescheitert!"

„Interessant!", meinte ich. „Wollen Sie mir das erläutern?"

„Erinnern Sie sich? Ich sagte damals zu Ihnen – wie war der Satz noch gleich?"

Er zögerte, schaute mich an und wartete offensichtlich darauf, dass ich mich erinnerte. Ich tat ihm diesen Gefallen aber nicht, er sollte seine Inszenierung selbst zu Ende bringen. „Der Satz lautete: Jeder Schatten an der Wand gehört ja zu einem Menschen, der ihn wirft."

„Ah ja ..."

„Hätten Sie diesen Satz unseres kleinen literarischen Krimis ernst genommen, dann wären Sie vielleicht zum Ziel gekommen."

„Ich bin zum Ziel gekommen, Bernhard."

„Nein. Sie sind erstickt in Hypothesen. Sie haben das Mysterium um unsere fesche Rebekka nicht lösen können."

„Aber ich hätte das nach Ihrer Ansicht geschafft, wenn ich – was noch mal getan hätte?"

„Sie hätten Ihr eigenes 2. Gebot erfüllen müssen!"

„Nämlich? Helfen Sie mir, Bernhard!"

„Figurenentwicklung."

„In der Tat", murmelte ich. „Und ich habe dieses Gebot bei meiner Suche nach der realen Rebekka nicht umgesetzt, meinen Sie?"

„Gute Figuren verkörpern in der Literatur alles das, was sie in der Realität niemals sein würden, haben Sie gesagt. Je extremer, desto besser."

„Ich erinnere mich."

„Jagen Sie Ihre Figuren in Konflikte, sie sind das Salz in der Suppe des Erzählens, haben Sie gesagt. Ohne Konflikte gäbe es keine tragfähige Handlung."

„Und weiter?"

Bernhard lächelte. „Helga sagte daraufhin: *Dann könnte man über unseren Unterricht hier keinen Roman schreiben, denn hier ist ja alles eitel Sonnenschein.* – Darauf sagte Klaus-Jürgen: *Das kann sich ändern!*"

„Ja, richtig! Jetzt erinnere selbst ich mich!", spottete ich.

„Und was antwortete ich, Herr Beiner? Was antwortete ich?“

„Keine Ahnung, Bernhard!“

„Gleichgültig …“ Ein seltsamer und ungewohnter Ausdruck von Erschöpfung ergriff Bernhards exzentrische Züge. Er wischte sich Schweiß von der hohen Stirn.

„Ja, und?“, stach ich in seine Müdigkeit hinein.

„Sie werden doch wohl die Brisanz in diesem kleinen Dialog erkennen, Herr Beiner. Darin steckt die Lösung Ihres Krimis, nämlich der Suche nach Rebekka.“

„Sie sind zu klug für mich, Bernhard“, höhnte ich. „Ich verstehe Sie nicht.“

Bernhards helle, klare, kindliche Augen wurden schmal wie die einer lauernden Schlange. „Sie haben einen rein literarischen Zugang zur Realität, Herr Beiner“, zischte er. „Das ist Ihr Manko! Ihre Rebekka ist von Anfang an eine literarische Hypothese. Zugegeben, unsere Gruppe hat diese Haltung unterstützt, indem wir uns eine fiktive Rebekka ausdachten – ich selbst zeigte mich davon angetan. Aber Sie hätten das stoppen müssen. Sie hätten darauf bestehen müssen, dass es sich um zwei getrennte Bereiche handelt. Stattdessen sind Sie darauf reingefallen! Wir haben es spannend gemacht – auf Kosten der Wahrheit! Bei Ihrer angeblichen Suche nach der realen Rebekka haben Sie übersehen, dass Sie weiterhin von einer reinen Fiktion ausgingen! Die wirkliche Rebekka hat Sie nie interessiert! Darum haben Sie diese auch nicht gefunden! Und durch Ihre Fixierung auf die literarische

Figur sind Sie dauernd in die Irre gegangen! Sie haben alle Spuren übersehen! Es kam Ihnen nur auf die spekulative Kunstfigur an – je extremer, desto besser! Einfach gesagt: Sie hätten nur die Einwohnerverzeichnisse um 1839 durchgehen müssen, die ja in allen historischen Staatsarchiven zur Verfügung stehen. Oder die historischen Dokumente des damaligen Staatsschutzes studieren müssen, die ja heute zugänglich sind. Oder irgendwas anderes, wie Steuerbescheide in landesamtlichen Unterlagen! Jedenfalls ein bisserl mehr Ermittlungsarbeit! Ermittlerarbeit, Spusi, Herr Beiner! Dann hätten Sie Rebekka von dem Gawein mühelos gefunden – hier oder dort! Vielleicht wussten Sie das sogar und haben es ignoriert, weil die Suche nach einer Schimäre für jemanden wie Sie viel reizvoller ist, der im literarischen Wahn lebt."

„Und das alles glauben Sie tatsächlich, Bernhard?"

Bernhard schwieg verächtlich.

„Ich erinnere mich genau! Sie antworteten damals: *Und dann fängt es an, spannend zu werden! Als Autor, der über uns hier schreibt, würde ich alles versuchen, es spannend zu machen.* Das sagten Sie. – Und Tanja rief: *Auf Kosten der Wahrheit!* Und Sie, Bernhard riefen: *So ist Literatur*!"

Bernhard fragte leise: „Worauf wollen Sie hinaus?"

„Ich will Ihnen zeigen, dass Sie nichts weiter sind als ein kleiner Provokateur, Bernhard! Sie sind kein Monster. Sie haben damals nur versucht, die Stimmung anzuheizen, denn Sie haben sich mal auf die eine Seite geschlagen, mal auf die andere. Sie sind charakterlich instabil. Es kam Ihnen nur auf eines an: Stunk zu machen, Konflikte anzuheizen. Und sich als Regisseur dieser Konflikte großartig zu fühlen, und sie allein für sich zu nutzen!" – Und dann sagte ich etwas, von dem ich wusste, es würde ihn treffen. „Anstatt dass Sie mal was Taugliches geschrieben hätten! Mir hätte das gereicht! Immerhin konzediere ich Ihnen, dass Sie Talent haben und sich wirklich für Literatur interessieren!"

Etwas geschah auf Bernhards Gesicht. War da Schmerz? Reue?

Wollte Bernhard mich überraschen? War er zu einer versöhnlichen Geste in der Lage?

Kein Monster, natürlich nicht. Möglicherweise gehörte er zu den konservativen Sturköpfen wie sein Vater, die Vergeltung wollten, die eine widerständige Natur wie Rebekka gern ein letztes Mal zur Rechenschaft gezogen hätten. Ich neigte eher dazu, in Bernhard, jetzt, am Schluss, einen ehrgeizigen und emotional ungefestigten Spieler zu sehen. Ein Mensch – taumelnd, verfangen in den Widersprüchen der eigenen Seele.

Vielleicht würde von ihm tatsächlich bald eine gültige Erzählung zu erwarten sein.

Er gab mir die Hand. Dann ließ er mich mit gewohnt süffisantem Schmunzeln in meiner Naivität zurück.

Ich nickte.

Eine gültige Erzählung.

***

Als Hannah kam, wusste ich mit einem Schlag, von wem die Blumen waren. Sie hatte sie mir mit dem Lieferservice geschickt – anonym. Denn sie ging davon aus, dass ich sofort wusste, sie war die Absenderin.

Sie reiste auch diesmal selbstverständlich ohne Vorankündigung an. Sie war einfach da und klingelte.

„Was für ein herrliches Wetter, Johannes!“, rief sie und lachte.

Ich konnte nicht anders. Ich musste sie umarmen. Ich umklammerte sie geradezu.

„Mein Gott, was alles passieren kann“, seufzte ich. „Wenn man sich in dieser Zeit trennt – es ist ja nicht wieder gutzumachen!“

„Was ist mit dir los, Johannes! So kenne ich dich gar nicht!“

„Man blickt in einen Abgrund, wenn man überlegt, was alles geschehen könnte“, wiederholte ich. „Natürlich geht erstmal alles so weiter. Aber wir wandeln wirklich auf einem ganz schmalen Grat.“

Hannah lachte erneut. Aber sie lachte mich nicht aus.

„Du hast eine seltsame Stimmung! Was so ein paar Wochen auf dem Land bewirken können!“

„Ja“, sagte ich. „Aber die sind ja nun zu Ende.“

„Hast du alles erledigt?“

„Ja, alles“, erwiderte ich. „Bis auf die Dinge, die offen bleiben!“

„Ein typischer Johannes“, sagte sie.

Dann waren wir in der Stimmung, uns mit uns zu beschäftigen.

5. KAPITEL

Es war Anfang März, als ich aufs Land zurückkehrte.

Inzwischen waren die Monster tatsächlich da. Ich sah sie nicht, aber wir alle wussten, dass sie auf uns warteten.

Der Verdacht mit dem Vogelvirus war nur ein Vorgeplänkel gewesen.

Jede Uhr zeigte inzwischen nur noch ihre eigene Zeit. Über den Dächern des Ortes, an den ich zurückkehrte, verwehte ein warmer Frühlingsregen. Menschen bestiegen am Bahnhof Treppen, blieben vor Hinweisen stehen, waren in sich versunken, drehten wieder ab. Niemand wollte mehr etwas zusammenhalten und die Uhrzeit vergleichen. Nicht mehr lange, dachte ich bei meiner Ankunft, und wir werden hier an diesem Ort vergessen sein.

Man könnte, dachte ich, die Zeiger der Uhren abmontieren.

Hannah, die an meiner Seite war, bedrückte das alles, was jetzt um uns herum ist, auf eine Weise, die mich doppelt erschreckte. Ich allein würde mit der Seuche zurechtkommen, aber mit ihr zusammen wird es schwer, wusste ich.

„In dieser Zeit“, sagte sie noch im Zug. „Dürfen wir nicht damit beginnen, uns zu rächen.“

„An wem denn", wollte ich wissen.

„An allem, daran hindert ja nun nichts mehr", antwortete sie. „Wir könnten Schuldige suchen. Die hässliche Seite gehört nun zum Regelwerk."

„Nein, nein", wehrte ich ab. „Das will ich nicht hören! Du siehst viel zu schwarz."

Aber ich wusste, ihre Worte waren die Wahrheit.

Ich schaute über die Dächer des Ortes. Die Balkone leer. Die Fensteröffnungen hohl und schwarz. Irgendwo ganz unten in der Ferne die schrille Melodie eines Krankenwagens, die verwehte. Ich schüttelte mich bei dem Gedanken, dass keine Ansprache mehr von Irgendwo kommen würde.

Die Uhren tickten vor sich hin. Niemand will wissen, wie spät es ist. Niemand interessiert es, ob unsere Zeit nicht vielleicht schon abgelaufen ist.

Ich hatte Mühe, mich aus solchen Gedanken zu befreien. Die Begegnung mit einigen Menschen, die im Herbst für mich eine Rolle gespielt hatten, half mir dabei.

Ich musste meine Angelegenheiten zu Ende bringen.

Tanja als Vertreterin der Klasse war da, sie hatten viel geschrieben – ausschließlich fiktionale Literatur. Das freute mich über die Maßen. Ich traf mich mit dem neuen Leiter der Literaturkolonie und übergab ihm drei fiktive Porträtstudien über Rebekka von dem Gawein. In diesen Porträts lebte Rebekka also weiter. Ich sah das als einen schönen Sieg von Literatur und Phantasie über die feindselige Realität. Sollten die Verantwortlichen sehen, ob sie das jetzt noch für sich nutzen konnten. Die Tourismusbranche hatte ihre Pläne in *Schwalm statt Safari* geändert, was ich genial fand. Mit Renate und Rosskopf telefonierte ich.

Nur Sumaya lebte nicht mehr hier. Sie hatte inzwischen Ali geheiratet. Ihre Familie war mit dem jungen Paar in die Nachbarregion Rotkäppchenland gezogen.

Hannah und ich beschlossen, mit einem langen Spaziergang unsere trübseligen Stimmungen aufzulösen.

Es war mild. Der Frühling duftete schon. Und weil seit Tagen die Sonne strahlte, kamen jetzt auch die Zugvögel wieder zurück.

Wir waren so glücklich, dass ausgerechnet an diesem Tag die Kraniche zurückkehrten. Sie hatten ihre Plätze im Süden offensichtlich bereits vor Tagen verlassen und flogen jetzt nach Norden.

„Da!“, rief Hannah und deutete mit der ausgestreckten Hand zum Himmel.

Aber ich hatte längst die Rufe vernommen.

Wir blieben stehen und schauten. Wie immer hingerissen. Und ich war glücklich darüber, dass Hannah die Vögel nun auch liebte.

Ich musste reden. Ich sagte: „Wovon erzählen sie? Wie lautet ihre Botschaft? Das müssen wir unbedingt herausfinden! Immer wieder aufs Neue!“

Hannah lachte. „Das erzählst du mir schon seit Jahren, Johannes!“

Die Vögel zogen über uns hinweg und wir gingen langsam weiter.

„Wir dürfen es nicht vergessen“, beharrte ich. „Im vergangenen Herbst, als der Kranich aus der Luft fiel, das war hier eine Schockstarre! Das kannst du dir gar nicht vorstellen! Nicht nur der Bio-Bauer war betroffen. Also bewegt das doch auch alle anderen Menschen!"

„Die haben ihre eigenen Gründe! Jeder ist aus einem anderen Grund besorgt. Meistens geht es um kleine, eigene Vorteile!"

„Denk nicht schlecht von den Menschen, Hannah!"

„Nein! Wie kommst du darauf! Das tue ich nicht!"

In diesem Moment begann erneut ein endlos scheinender Zug von Kranichen direkt über uns seinen Weg. Eine Welle folgte der nächsten.

Hannah schmiegte sich an mich und starrte gebannt in die Höhe. Sie küsste mich auf die Wange.

„Herrlich!", sagte sie. „Schau doch nur!"

Ja, dachte ich, wie herrlich.

Hannah und ich standen einfach nur da und sahen zum Himmel. Und ich dachte bei mir: Vielleicht sind die Vögel nicht mehr als ein bloßes Bild der Natur am Himmel. Dann bedeutet ihr Rufen nur, dass sie von hier nach dort unterwegs sind.

Wenn es aber mehr ist, dann erzählen sie uns etwas, dass wir längst vergessen haben. Von den immerwährenden Gesetzen der Natur, die lange vor den Menschen da war. Aus dieser Zeit kommen die Kraniche. Und sie sagen uns, dass sie uns nicht brauchen. Wenn ihre Erzählungen im Vorüberfliegen uns gefallen, dann ist das ein schöner Nebeneffekt. Aber da gibt es etwas, dass wir nicht begreifen können, wir können es nur zerstören. Vielleicht liegt deshalb auch eine Klage in ihrem Schrei. Bitte lasst uns unser Reich, versucht nicht, uns zu verstehen, lasst uns.

Sie sind die Natur, die sich eine Schneise bahnt durch unsere Welt der Geschäfte.

Natürlich, dachte ich, strengen wir uns mächtig an, ihr Erscheinen zu verstehen. Aber die Kraniche kommen völlig ohne uns zurecht. Das sollten wir endlich begreifen. Und uns zurückziehen, klein, wie wir sind.

„Komm, lass uns gehen“, sagte ich zu Hannah.

Sie seufzte.

„Mit dir überall hin“, lachte sie.

„Mal sehn, wie weit wir diesmal kommen!“

Sie hakte sich unter und schmiegte sich wieder an mich.

ANHANG

Rebekka von dem Gawein
Kein einziges Wort
Originalfassung der Erzählung, erschienen in der literarischen Zeitschrift *Wünschelruthe*, Göttingen 1818.

Nach einer unruhigen Nacht trat ich im Morgengrauen ans Fenster und sah, dass der Teich sich in ein Gehirn verwandelt hatte. Geahnt hatte ich es schon immer. Denn so, wie wir uns jede Nacht im Bett wälzten, den Schlaf herbei sehnten und nicht zur Ruhe kamen, immer in Bewegung blieben, so als schaukelten wir auf engelsgleichen Wellen durch die Dunkelheit, musste dort draußen etwas im Gange sein. Hörten wir im Rauschen der Quellen nicht sogar Stimmen, die aus dem Wasser zu kommen schienen?

Man hatte uns gewarnt. Geister waren hier gesehen worden, irrlichternde Wesen, die über dem Wasser schwebten, Gedanken ohne dazu gehörende Köpfe, Worte ohne Münder, aber mit einer Art Sprache, als riefe jemand aus der Ferne, kraftlos zwar, aber deutlich zu hören – etwas war da. Und raubte uns Schlaf und Zuversicht.

Der Teich war tief. Wir hatten uns seit dem Einzug in das alte Fachwerkhaus gefragt, was alles auf seinem Grund liegen möge. Der Teich war seit dem Ende der letzten Katastrophen nicht mehr ausgehoben worden. Etwas konnte auf seinem Grund liegen und sich nun zeigen wollen. Etwas neugieriges, vielleicht etwas gemeines, womöglich aber auch etwas schönes. Es drängte jetzt endlich aus eigener Kraft und mit ungeduldigem Willen herauf.

Bisher hatten wir alles sich selbst überlassen, aus Gedankenlosigkeit, aber auch aus Furcht, draußen auf etwas Beunruhigendes zu stoßen. Man hatte das offensichtlich registriert.

An diesem Morgen ging gerade die Sonne auf. Die ersten Strahlen tasteten über die Hügelkuppen, Tentakel aus Licht, die alles berührten. Jetzt umfassten sie schon die tiefer gelegenen Baumkronen, dann das abgefallene Laub, schließlich stießen sie in das dunkle Wasser. Und der Teich schien zu erwachen.

Es gab Geräusche. Zwei Elemente begegneten sich augenscheinlich dort unten am Grund, die sich gegenseitig zum Leben erweckten. Wo vorher nur gestaltloses Abwarten gewesen war, ein kraftloses Verharren, brach jetzt etwas ganz Neues auf. Das hatten wir wohl bisher bewusst überhört und übersehen. Warum wollten wir nicht wahrhaben, was sich hier in unserem Garten jedes Frühjahr schon immer angekündigt hatte? Diese Energie der Natur – sie gibt ja keine Ruhe und durchkreuzt jeden menschlichen Plan. Ich machte mir Vorwürfe. Immerhin stand ich doch jeden Morgen am Fenster und schaute streng hinaus. Bisher hatte ich nur einen harmlosen Garten gesehen, Buschwerk, Wiesen, einen kleinen, fast kreis-

runden Teich aus schwarzem Wasser, allerdings mit Ausbuchtungen dort, wo die Schädelform dies zuließ.

Ich rief nach meinem lieben Mann. Er stand auf und trat zu mir. Ich spürte seine Wärme neben mir. Eine lange vermisste Wärme. Ich legte meinen Arm um seine Schulter. Schau, sagte ich. Hörst du es nicht? Ja, erwiderte er, natürlich, schon die ganze letzte Zeit. Ich vergaß, was ich sagen wollte. Ich habe es für mich behalten, fuhr er fort, ich wollte nicht, dass du dich beunruhigst.

Ich war verdutzt, dann beschämt. Konnte es tatsächlich sein, dass ich, die sich zugute hielt, eine besonders empfindliche Zeitgenossin zu sein, wesentliche Lebensäußerungen draußen und drinnen nicht wahrgenommen hatte? Dass meine Sinnesorgane dafür nicht ausreichten?

Jetzt fiel es mir ein. Mein Mann hat mir oft vorgeworfen, doch gar nicht mehr anwesend zu sein, längst abgeschaltet zu haben, dicht zu machen. Ja, so drückte er es gewöhnlich aus. Ich lachte nur darüber. Denn in meinen Augen bin ich diejenige in unserer Ehe, die die Wahrheit liebt, sie ausspricht und die Dinge am Laufen hält. Erst letzte Woche war doch ich es gewesen, die versucht hatte, ihn zum Nachdenken darüber zu bewegen, was uns überhaupt noch verband. Ich war es doch, die den Überblick behielt, die es tatsächlich besser wusste.

Es lebt, sagte er. Schau doch, wie es sich bewegt. Ich spüre schon lange, wie es mich beeinflusst. Warum hast du nie davon gesprochen, fragte ich. Er lachte nur. Mit welchen Worten denn, fragte er und blickte mich von der Seite an. Ich hätte ja schreien müssen.

Ich spürte, wie er log. Denn das konnte doch nicht sein, dass er auf meinem ureigenen Gebiet, der Menschenkenntnis, der sorgfältigen literarischen Beobachtung besser war als ich. Dass er mehr wusste. Ich wollte es sagen. Aber er kam mir zuvor. Er sprach jetzt, wie ich ihn lange nicht hatte sprechen hören.

Wir haben unser Leben aus der Hand gegeben, sagte er. Deshalb geschieht das da draußen. Diese Kraft da, diese überwältigende Kraft, ist entstanden, damit wir uns erinnern. Erinnern, fragte ich, schon verärgert, woran denn? An unsere Versprechen, sagte er. Wir hatten es uns doch versprochen. Was denn, fragte ich. So vieles, erwiderte er, ach, so unendlich vieles, und wir haben es nicht gehalten. - Und jetzt werden wir durch dieses .... durch dieses Wesen da draußen, daran erinnert?, sagte ich mit spöttischem Ton. Ja, glaubst du etwa, sagte er, das sei kein lebendiger Organismus; das da draußen, sei eine bloße Einbildung? Es ist da. Es denkt für uns. Es weist uns jetzt unseren Platz zu und legt das Strafmaß fest.

Ich hatte das Gefühl, in diesen wenigen Sätzen hausten Jahre. Was war nur geschehen? Aber ich war doch dabei gewesen! Wir hatten es doch gemeinsam gemeistert, er und ich, unser Leben, die Krankheiten, die Eifersucht, diese ganzen Abgründe, wenn man plötzlich keine Antworten mehr vom anderen erhält und schließlich schweigt. Wir hatten das doch Seite an Seite erlebt!

Nein, sagte er. I c h war hier. D u warst nicht hier.

Ich muss raus, sagte ich. Ich muss nachsehen, was da los ist.

Nein, rief er. Komm dem da nicht zu nahe. Glaub mir, es ist gefährlich. Der Teich ist durchaus bösartig, er setzt sich an die Stelle von allem anderen, die Fische sind schon weg.

Ich habe dir nie zugetraut, sagte ich verächtlich, dass du die Realität richtig einschätzen kannst. Jetzt erweist es sich. Ich gehe raus. Wir werden ja sehen, was da los ist.

Ich ging durch die Türen, betrat den Garten, und sah ihn drinnen am Fenster stehen. Seine ganze Gestalt, die ich einst so geliebt hatte, versank im Spiegel des Fensters in sich selbst. Er hob die Hand und deutete mit angestrengtem Gesicht auf eine bestimmte Stelle des Teiches, wollte mir etwas sagen, aber ich verstand die Geste nicht und hörte kein einziges Wort. Ich drehte mich wieder zum Teich um. Und dann sah ich das Licht über dem Wasser. Es hob und senkte sich. Und der Teich bildete weiter sein Gehirn aus, schon konnte ich die beiden unterschiedlichen Hälften deutlich erkennen, den Kortex der Großhirnrinde, wo der Ich-Bereich sitzt, die Liebeszone. Diese rechte Gehirnhälfte mit der Inselrinde wuchs schneller, der Sitz der Lieder und Melodien, der Sitz der Bilder und des subjektiven Gefühls. Darauf hatte er wohl so entschieden deuten wollen. Dagegen schrumpfte die linke Hälfte eher, wo Logik, Fakten und Deduktionen beheimatet sind, dort kenne ich mich aus, obwohl das

Niemand von mir erwartet, denn ich bin ja nur eine Frau. Ich sah in den Gängen und Windungen der beiden Gehirnhälften die Jagd der Impulse, mit denen unser Leben seine Schrift bekommt. Und dafür bin ich zuständig.

Obwohl ich mich benachteiligt und missverstanden fühlte, wollte ich nicht aufgeben. Ehrlich gesagt, zog es mich auch an. Es rief mich zu sich. Wie überwältigend es war. Es war stärker als Wissen, sogar stärker als Liebe.

Ich wusste plötzlich, dass ich nicht mehr zurück konnte.

Ich drehte mich noch einmal zu ihm um. Aber er stand nicht mehr am Fenster.

Ich war draußen.

BERNDT SCHULZ wurde an den mäandernden Ufern der Havel geboren und wuchs in prekären Berliner Verhältnissen auf. Er veröffentlichte eine Reihe von Kriminalromanen und Historischen Romanen in großen Publikumsverlagen. In der *edition federleicht* erschien zuletzt sein Episodenroman „Schöne grüne Welt" und seine Erzählungen „Glückliche Paare in unglücklichen Zeiten". Mittlerweile zog er auf einen Alten Pfarrhof in der hessischen Provinz.

„Die offenen Erzählweise, die vielen Figuren mit ihren ganz persönlichen Eigenarten und Erlebnissen schaffen eine stimmige Reise durch die Gedankenwelt eines Autors, der zwischen Fiktion, autobiografischen Anekdoten und liebevollen Naturbeschreibungen seine Wahrnehmung präzise aufs Blatt bringt."

DAMIAN RAUSCH

BERNDT SCHULZ

SCHÖNE GRÜNE WELT

EPISODEN VOM LAND

ROMAN

edition federleicht
Frankfurt am Main 2019
Softcover, 192 Seiten
ISBN 978-3-946112-36-5, 14,00 EUR
E-Book ISBN 978-3-946112-43-3, 11,99 EUR

Sie sind emanzipiert, anspruchsvoll oder einfach nur normale Paare oder Einzelgänger und suchen mit Gleichgesinnten das Glück außerhalb der Städte. Endlich auf dem Land angekommen, machen sie erste, schöne Erfahrungen mit Menschen, die noch ihre „ureigensten Eigenschaften" zu besitzen scheinen. Davon handelt der spannende und amüsante Roman. Aber in seinen Erzählungen entwickelt sich zunehmend eine andere Realität. Die vernetzten und tatendurstigen „Aussteiger" erleben auch die Abgründe des Landlebens.

Ein Episodenroman, der Witz, Weisheit und Wahnsinn vereint – und Hoffnung auf ein Happy End macht.

BISHER ERSCHIENEN IM VERLAG edition federleicht

JONAS ZAUELS
DIE REISE DES ELIAS MONTAG
ROMAN
Softcover, 212 Seiten
ISBN 978-3-946112-72-3, 14,95 EUR

KAREN AYDIN
SAPPHOS SPRUNG
ROMAN
Softcover, 376 Seiten
ISBN 978-3-946112-71-6, 15,95 EUR

SYLVIA SCHMIEDER
SALING aus dem Wald
ROMAN
Softcover, 182 Seiten
ISBN 978-3-946112-70-9, 13,95 EUR

PETER JABULOWSKY
LENA
Zwischen Liebe und Intrige
ROMAN
Softcover, 308 Seiten
ISBN 978-3-946112-61-7, 14,95 EUR

JONAS ZAUELS
BOHÈME
ROMAN
Softcover, 270 Seiten
ISBN 978-3-946112-58-7, 14,00 EUR
E-Book ISBN 978-3-946112-64-8, 10,99 EUR

JANNIS RAPTIS
ELASPHERA
Band 1 – Der Fall des Kaisers
ROMAN
Softcover, 876 Seiten
ISBN 978-3-946112-48-8, 19,00 €
E-Book ISBN 978-3-946112-65-5, 15,99 €

BIRGIT SINGH-HEINIKE
KINARE UND DIE UMARMUNG DER UNENDLICHKEIT
ROMAN
Softcover, 288 Seiten
ISBN 978-3-946112-54-9, 14,50 EUR

BERNDT SCHULZ
SCHÖNE GRÜNE WELT
EPISODEN VOM LAND
ROMAN
Softcover, 192 Seiten
ISBN 978-3-946112-36-5, 14,00 EUR
E-Book ISBN 978-3-946112-43-3, 11,99 EUR

PATRICK WEBER
DER PFAD DES EWIGEN FEUERS
ROMAN
Softcover, 480 Seiten
ISBN 978-3-946112-34-1 , 16,80 EUR
E-Book ISBN 978-3-946112-39-6, 12,99 EUR

PATRICK WEBER
DER BOTE
DES JÜNGSTEN GERICHTS
ROMAN
Softcover, 390 Seiten
ISBN 978-3-946112-24-2, 14,80 EUR
E-Book ISBN 978-3-946112-40-2, 11,99 EUR

JOHANNES CHWALEK
GESPRÄCHE AM TEETISCH
ROMAN
Softcover, 198 Seiten
ISBN 978-3-946112-35-8 , 13,00 EUR
E-Book ISBN 978-3-946112-42-6, 10,99 EUR

DANA POLZ
DER SCHMIERFINK
ROMAN
Festeinband, 275 Seiten
ISBN 978-3-946112-09-9 , 16,00 EUR

ANTHEA BISCHOF
DES ZIMMERMANNS SOHN
Von Blut und Wein
NOVELLE
Softcover mit Klappen, 245 Seiten
ISBN 978-3-946112-33-4, 15,00 EUR

BERNDT SCHULZ
GLÜCKLICHE PAARE
IN UNGLÜCKLICHEN ZEITEN
ERZÄHLUNGEN
Softcover, 202 Seiten
ISBN 978-3-946112-68-6, 13,95 EUR

CARINA SCHMIDT
WAS WISSEN HEILIGE VOM LEBEN
ERZÄHLUNGEN
Softcover, 156 Seiten
ISBN 978-3-946112-55-6, 13,00 EUR

SUSANNE KONRAD
WALZER MIT MR. SPOCK
ERZÄHLUNGEN
Softcover, 152 Seiten
ISBN 978-3-946112-53-2, 12,50 EUR

CHRISTIANE WIDROWSKI
JEDES JAHR EIN SCHMETTERLING
Mit Gemälden von Brigitte Struif
ERZÄHLUNGEN
Softcover, 160 Seiten
ISBN 978-3-946112-28-0, 14,50 EUR

IRENE BARTHEL
EINEN PULSSCHLAG LANG
ERZÄHLUNGEN
Softcover, 138 Seiten
ISBN 978-3-946112-12-9, 13,00 EUR

MATHIAS SCHERER
VOM IRRWITZ DES ALLTAGS
ERZÄHLUNGEN
Softcover, 210 Seiten
ISBN 978-3-946112-14-3, 15,90 EUR

KARINA LOTZ
WortRaum
ERZÄHLUNGEN
Softcover, 108 Seiten
ISBN 978-3-946112-00-6, 9,00 EUR

THOMAS BERGER
AUF DICHTERSPUREN
Literarische Annäherungen
BIBLIOPHILE AUSGABE
Illustrationen von Denis Mohr
Festeinband mit Schutzumschlag
und Leseband, 464 Seiten
ISBN 978-3-946112-52-5, 34,00 EUR

THOMAS BERGER
ALBERT CAMUS
ABSURDITÄT UND GLÜCK
ESSAY
Softcover, 80 Seiten
ISBN 978-3-946112-69-3, 12,00 EUR

THOMAS BERGER
WILHELM BUSCH
BEKANNT UND UNBEKANNT
ESSAY
Softcover, 48 Seiten
ISBN 978-3-946112-57-0, 8,00 EUR

THOMAS BERGER
DAS EUROPÄISCHE
FRIEDENSPROJEKT
ESSAY
Softcover, 94 Seiten
ISBN 978-3-946112-46-4, 8,00 EUR

THOMAS BERGER
„INMITTEN DER
EUROPÄISCHEN NACHT …“
Erneuerung der Sozialdemokratie
aus dem Geist des „mittelmeerischen
Denkens“ (Albert Camus)
ESSAY
Softcover, 48 Seiten
ISBN 978-3-946112-13-6, 8,00 EUR

THOMAS BERGER
GUTENBERG UND DIE
REFORMATION
Ein folgenreiches Bündnis
ESSAY, REIHE V
Softcover, 64 Seiten
ISBN 978-3-946112-32-7, 6,50 EUR

SONST GEHT ES MIR NOCH GUT
FELDPOSTBRIEFE VON
GEORG ROLLY
10. Mai 1940 bis 2. Februar 1944
Festeinband mit Leseband, 336 Seiten
Herausgeberin: Eva Schlingmann
ISBN 978-3-946112-45-7, 28,00 EUR

KARINA LOTZ
ALLES AUF EINER KUHHAUT
Heitere Verse
Mit Illustrationen von Denis Mohr
Festeinband mit Schutzumschlag, 128 Seiten
Format: 18 x 27 cm
ISBN 978-3-946112-17-4, 18,00 EUR

DAVID H. RICHARDS
MOSAIKO
GEDICHTE
Softcover, 106 Seiten
ISBN 978-3-946112-62-4, 12,50 EUR

THOMAS BERGER
KURIOSE BEGEGNUNGEN
Tierisches & Menschliches
REIMGEDICHTE
Softcover, 106 Seiten
ISBN 978-3-946112-05-1, 15,00 EUR

THOMAS BERGER
ORTE UND WORTE
IMPRESSIONEN
GEDICHTE und FOTOGRAFIE
Softcover, 86 Seiten
ISBN 978-3-946112-19-8, 12,80 EUR

NIELS-JOHANNES GÜNTHER
WORTE HERZGEMACHT
GEDICHTE
Softcover, 140 Seiten
ISBN 978-3-946112-15-0, 14,90 EUR

JONATHAN RAPHAEL RICHARDS
GERADE DAS ERSCHÖPFTE SINGT!
GEDICHTE
Softcover, 36 Seiten, 2. Auflage 2016
ISBN 978-3-946112-11-2, 5,00 EUR

IRENE BARTHEL und KARL PEIFER
FARBEN DES HORRORS /
COLOURS OF HORROR
Impressionen in Worten /
Impressions in Words
Impressionen in Öl auf Leinwand /
Impressions in Oil on Canvas
Softcover, 60 Seiten
ISBN 978-3-946112-03-7, 16,90 EUR

... IM LEBEN / ... IN LIFE
ANTHOLOGIE
Festeinband, 48 Seiten
ISBN 978-3-946112-27-3, 12,00 EUR

TONY BÖHLE
PLAYLIST
TANKA
Mit Illustrationen von
Valeria Barouch
Softcover mit Klappen, 84 Seiten in Farbe
ISBN 978-3-946112-56-3, 18,00 EUR

RENATE DIEFENBACH
LYRISCHE REISEN
HAIKU
Festeinband, 68 Seiten
ISBN 978-3-946112-31-0, 15,50 EUR

BRIGITTE TEN BRINK
& GABRIELE HARTMANN
KNOTEN IM KOPF ...
DOPPEL-RENGAY und TAN-RENGA
Softcover, 64 Seiten, Format: 16 x 16,5 cm
ISBN 978-3-946112-10-5, 9,50 EUR

SIEGFRIED GROSSE
AUCH SINNE TRÄUMEN
Momente zum Innehalten
LEBENSPRAXIS
Festeinband, 320 Seiten
ISBN 978-3-946112-47-1, 18,00 EUR

SIEGFRIED GROSSE
AUCH SCHRITTE WACHSEN
Reibungen und Reifungen
LEBENSPRAXIS
Festeinband, 320 Seiten
ISBN 978-3-946112-29-7, 18,00 EUR

SIEGFRIED GROSSE
AUCH TRÄUME WANDERN
Begegnungen
LEBENSPRAXIS
Festeinband, 272 Seiten
ISBN 978-3-946112-23-5, 18,00 EUR

SIEGFRIED GROSSE
und CHRISTIAN GROSSE
ÜBER KURZ NACH LANG
Nur mal ein paar Gedanken
APHORISMEN
Softcover, 120 Seiten
ISBN 978-3-946112-16-7, 12,80 EUR

DANA POLZ
FRAGIL
REIHE K
Festeinband, 140 Seiten,
Format: 8,5 x 12,5 cm
ISBN 978-3-946112-73-0, 12,00 EUR

BERNDT SCHULZ
DER GOTT DES GLÜCKS
EINE LIEBESGESCHICHTE
REIHE K
Festeinband, 176 Seiten
Format: 8,5 x 12,5 cm
ISBN 978-3-946112-60-0, 10,00 EUR

MATHIAS SCHERER
ERSTLINGSWERK
Ein Wiesbaden-Krimi
REIHE K
Festeinband, 112 Seiten
Format: 8,5 x 12,5 cm
ISBN 978-3-946112-25-9, 9,00 EUR

HAJO GELLHAUS
MORD IM
TAUNUS ADVENTURE PARK
KRIMINALROMAN
Der zweite Fall von Kommissar Leichtfuß
Softcover, 182 Seiten
ISBN 978-3-946112-30-3, 12,50 EUR
E-Book ISBN 978-3-946112-38-9, 9,49 EUR

HAJO GELLHAUS
MORD AN DER ALTEBURG
KRIMINALROMAN
Der erste Fall von Kommissar Leichtfuß
Softcover, 176 Seiten, 4. Auflage 2018
ISBN 978-3-946112-06-8, 12,90 EUR
E-Book ISBN 978-3-946112-37-2, 9,49 EUR

HAJO GELLHAUS
GOLDFÄNGER
KRIMINALROMAN
Softcover, 176 Seiten
ISBN 978-3-946112-20-4, 12,50 EUR

KARLHEINZ SELLHEIM (Hg.)
AUTORENTREFF BAD CAMBERG E.V.
WELLENREITER
ERZÄHLUNGEN
Softcover, 295 Seiten
ISBN 978-3-946112-67-9, 12,00 EUR

AUTORENTREFF BAD CAMBERG E.V.
FEDERSPRUNG
EINE HUMORIGE MISCHUNG
Softcover, 242 Seiten
ISBN 978-3-946112-49-5, 10,00 EUR

AUTORENTREFF BAD CAMBERG E.V.
KRIMIS UND ANDERE
SPANNENDE GESCHICHTEN
ERZÄHLUNGEN
Softcover, 218 Seiten
ISBN 978-3-946112-18-1, 10,00 EUR

GERHARD MOHLER (Hg.)
MÄRCHEN UND LEGENDEN
Für Kinder und Erwachsene
SCHRIFTKUNST
Festeinband mit Leseband
112 Seiten in Farbe
ISBN 978-3-946112-50-1, 18,00 EUR

NIELS-JOHANNES GÜNTHER
DIE SCHATZFÄNGER UND DAS
HÖHLENABENTEUER
JUGENDROMAN
Mit Illustrationen von
Lara Ennigkeit
Softcover mit Klappen, 180 Seiten in Farbe
ISBN 978-3-946112-26-6, 18,00 EUR

EMELY ARNHEITER
LÜMPFLAND IN GEFAHR
ERZÄHLUNG
Mit Illustrationen von Denis Mohr
Softcover, 102 Seiten, Format: 17 x 17 cm
ISBN 978-3-946112-51-8, 15,00 EUR

BERNHARD SATTLER
LUALMA STRAHLT IN DIE WELT
ERZÄHLUNG
Mit Illustrationen von Denis Mohr
Softcover mit Illustrationen
153 Seiten, Format: 17 x 17 cm
ISBN 978-3-946112-22-8, 15,00 EUR

JELISAVETA KOVA
MIT TIERKINDERN AUF ENTDECKUNGSREISE
GESCHICHTEN
Softcover, 50 Seiten, Format: 21 x 21 cm
ISBN 978-3-946112-08-2, 11,80 EUR

SCHREIBTISCH. Literarisches Journal

Ausgabe 2021
Softcover, 258 Seiten
ISSN 2567-1138
ISBN 978-3-946112-75-4, 14,00 EUR

Ausgabe 2020
Softcover, 236 Seiten
ISSN 2567-1138
ISBN 978-3-946112-59-4, 12,00 EUR

Ausgabe 2019
Softcover, 224 Seiten
ISSN 2567-1138
ISBN 978-3-946112-44-0, 10,00 EUR

Ausgabel 2018
Softcover, 160 Seiten
ISSN 2567-1138
ISBN 978-3-946112-07-5, 9,00 EUR

Ausgabe 2017
Softcover, 112 Seiten
ISSN 2567-1138
ISBN 978-3-946112-04-4, 8,00 EUR